# 幸福实习生

焦阳 —— 著

## 图书在版编目(CIP)数据

幸福实习生 / 焦阳著. —重庆：重庆出版社，2016.9
ISBN 978-7-229-11183-0

Ⅰ.①幸… Ⅱ.①焦… Ⅲ.①长篇小说—中国—当代 Ⅳ.①I247.5

中国版本图书馆CIP数据核字(2016)第102792号

### 幸福实习生
XINGFU SHIXISHENG
焦 阳 著

责任编辑：袁 宁
责任校对：朱彦谚
装帧设计：重庆出版集团艺术设计有限公司·卢晓鸣

重庆出版集团 出版
重庆出版社

重庆市南岸区南滨路162号1幢 邮政编码：400061 http://www.cqph.com
重庆出版集团艺术设计有限公司制版
重庆市国丰印务有限责任公司印刷
重庆出版集团图书发行有限公司发行
E-MAIL:fxchu@cqph.com 邮购电话：023-61520646
全国新华书店经销

开本：890mm×1 240mm 1/32 印张：7.75 字数：195千
2016年9月第1版 2016年9月第1次印刷
ISBN 978-7-229-11183-0
**定价：30.00元**

如有印装质量问题，请向本集团图书发行有限公司调换：023-61520678

版权所有 侵权必究

# 目 录

第一章　领证未遂 / 1

第二章　骑虎难下 / 13

第三章　隐婚男女 / 29

第四章　闪离大战 / 47

第五章　三次断供 / 59

第六章　出游风波 / 73

第七章　啃小风云 / 93

第八章　每个人心里都有一盘小九九 / 107

第九章　前儿媳驾到 / 125

第十章　情场职场 / 143

第十一章　狭路相逢 / 159

第十二章　实习是把双刃剑 / 175

第十三章　覆水难收 / 183

第十四章　以彼之道还施彼身 / 193

第十五章　都是宝贝惹的祸 / 203

第十六章　祸兮福所倚 / 219

第十七章　实习期满转正 / 229

第一章　领证未遂

幸福实习生

今天,是婚活女花萍同学终结单身生涯的重大日子。花萍咨询了民政局精准的上班时间,早早把全部相关证件放进包包里,甚至连领证后跟安窦拥抱的姿势、要说的誓言都反复练习得滚瓜烂熟,她唯一忽略的就是天气,预报说晴,却是雷阵雨。

昨夜漫漫,花萍只睡了两三个小时,就再也不成眠了,这失眠是兴奋的、快乐的、凯旋的,就像女骑手在草原套马大赛上排除万难套中一匹烈性长鬃马,又如驯兽师历尽千辛将一头猎豹调教得会钻火圈、踩单车,会说 I ONLY LOVE YOU。是的,安窦就是那匹暴烈但风采出众的长鬃马,就是那头狡猾、顽劣却潜力无极限的猎豹,一个27岁的不婚主义者,一个玩心很重的熟龄正太,一个带出去很拉风的花样美男。

窗外,小区广场上的广场舞大妈们还没鸣锣收兵,白鸽般朗逸灵动的阳光已经探头探脑进屋,映得梳妆台前花萍的一张俏脸,格外明媚动人。花萍与安窦同岁,生日比他大六个月,可花萍坚决不能容忍安窦喊她姐,一声半声都不行,喊了立刻翻脸,她希望安窦永远比她大,大成她可以依赖的靠山。

本职是市文工团歌舞演员的花萍,兼职在文化宫做瑜伽教练,脸庞、身段与气质,都可媲美芭蕾四小天鹅。那些年少时我要成名的明星梦、台柱子梦也曾霸占着她所有的青春时光,随着腰伤、韧带伤的累积,随着年岁渐长红颜易衰,随着对生活的参悟和觉醒,那些梦幻之城已经不攻自破随风凋零了,取而代之的"我想有个家"的强烈欲望让花萍彻底从不食烟火的舞台下凡到了浓油酱赤的人间,以一个迟到者的心态要把从前失去的统统抓住,比如爱情,比如婚姻,所以,她成了一枚婚活女。

一个眼妆,花萍就画工笔侍女般化了一个小时,一个唇妆,花萍就换了三种口红,涂了又擦,擦了又涂。花萍抬头看看表,时间尚

## 第一章 领证未遂

早,不急,再过两个小时,她和安窦往民政局一进一出,他们就是受中华人民共和国婚姻法保护的合法夫妻了,他们就往彼此头顶戴了一顶婚姻桂冠(其实这形状怎么看都像孙悟空头上的紧箍咒),他必须说爱她,每天晚上必须睡在她身旁,再有美女贱贱地腻上来,她大可一拐安窦脖子,英姿飒爽地开腔:"他是我的人了,赶紧滚,要不我安花氏掏出小红本本摔你一脸!"想到这儿,花萍乐了,这是她对那个小红本本最强烈的憧憬,至于结婚以后呢,怎么柴米油盐,怎么饮食男女,怎么风雨甘苦,她拿出一把锁把这些问题统统"咔嚓"一锁,留待婚后再临阵磨枪不快也光。

当窗理云鬓,对镜贴花黄。任老妈在卧室门外催了几次,花萍依然不紧不慢对镜精心打扮,添一分则浓减一分则淡的清新日妆,神采飞扬的梨花头,勾勒出完好身段的米色羊绒套裙,肩上随意围着玫红银丝的爱马仕丝巾、脚上一双镶满七彩宝石的坡跟小船鞋,花萍上下左右端详,终于满意地点点头,给自己打了一百分,今天民政局里来领证的新娘之花肯定非她莫属了。

花萍起身,向门口走去,突然顿足,急匆匆折转回来,在堆满衣物配饰的床头好一阵摸索,翻出一个新生儿软枕头,小心翼翼塞进腹部,系好,对镜照了又照,确认毫无破绽,这才飞出卧室,在餐桌上扫了包牛奶,头也不回冲爸妈打招呼:"爸,妈,我再不出门就晚了,你们等我的好消息哈,中午饭你们可别做,我请客,不,安窦请客。"

花萍妈抓起两只豆沙包追出门,可花萍已经一溜烟跑下楼梯,花萍妈冲餐桌旁看报纸的花萍爸无可奈何摇摇头:"真没见过咱家丫头这么恨嫁的,今天不过是去扯个证,她就跟上花轿般张罗了大半夜捎带一早上,这个小没良心的,她就这么急着从这个家飞出去啊!"

花萍爸放下报纸摘下花镜,化解老伴心中块垒:"粥都凉了,要

3

幸福实习生

不我给你热热？别总想着咱把养了二十七年的宝贝丫头拱手送给了安窦，安窦父母不也是把养了二十七年的宝贝儿子拱手送给了花萍？将心比心，放心吧，咱不是少了个女儿，而是多了半子，这么一算，咱挺划算的。好啦好啦，赶紧吃，吃完再核对一遍女方宾客名单，今天上午就得去送喜帖，不然怕是来不及了。"说完，花萍爸在自己肚子上比画了个半圆，言外之意是怕花萍一天大似一天的肚子等不及。

花萍妈端起粥锅去热粥，补上一句："要不是花萍闯下这没后悔药补救的祸端，我绝不同意她嫁给安窦，我都托人打听了，安窦那小子是帅，可工作上没个正形，一年能换三份工作，以前谈恋爱时还有女人为他寻死觅活的，生活作风能正派到哪儿去？咱花萍人才、工作、品行都是百里挑一，嫁他亏大了！"

花萍爸冲花萍妈的背影皱皱眉："小心花萍听见又不高兴了，都已经生米煮成熟饭了，咱就一切向前看吧。"

这时，身在出租车上的花萍接连打了三个喷嚏，她不知道爸妈正在家里念叨她，她只知道，如果一向反对她跟安窦在一起的爸妈此刻得知她是假怀孕，会坐火箭来追捕她，把她剃光了头发锁家里，让安窦这一篇儿彻底翻过去！如果不婚男安窦此刻得知她是假怀孕，会坐火箭逃离民政局，躲流感一样躲着她，继续做他的花花大少，得过且过得乐且乐。而她只能把这只羽绒婴儿枕撕碎一口吞了，要么被噎死，要么继续当她的婚活女，独自去餐厅吃饭要忍受"拼桌"的不公平待遇，在办公室动辄拉下脸色就被人窃窃私语是"老姑婆脾气"！亲朋长辈见面俱是复读机般重复，什么时候吃你喜糖？未来老公是做哪行的？有一次，团里一个花心男演员玩短信偷情，老婆大人跑到公司里清查谁是短信署名"寂寞玫瑰"，这悍妇拦住花萍去路不依不饶盘问，花萍掐腰呛回去，让她拿出证据来。她中气十足，单身女人个个看起来都像随时会诱拐良家已婚男！花萍虽然知道跟这种怨妇一般见识是愚蠢的，但还是无法屏蔽掉这种不公平待遇对她的严重打击，到家抱着枕头哭了个稀里哗啦，自此醒悟，爱情不会像馅饼从天而降砸到你面前，爱情没等来反倒等来一鼻子灰一肚子心酸，趁早做个主动出击的猎爱女！

想到这儿，花萍给安窦打去电话，那懒虫还在赖床，她只得给未来大姑姐安可打电话，安可拍胸脯保证半个小时后安窦会准时出现在民政局大门口。

民政局门口，安窦竖着外套领子，拱肩缩背，睡印子还没完全从脸上消退，一脸的别扭，像是谁欠了他两百块钱，衣裤鞋子依旧是昨天见面时那一套皱巴巴的，相比一旁的新人们，有捧着玫瑰的，有录像的，还有带亲友团观礼助阵的，他们倒像是来把大红本本（结婚证）换成暗红本本（离婚证）的。

安窦手插裤兜，瞟了一眼花萍，淡淡一句："不就是来领个证，又不是举行结婚典礼，你干吗穿恨天高，宝宝能受得了么？"

花萍吐吐舌头，心想，安窦眼睛可真毒，差一点就穿帮，嘴上辩道："今天这么隆重喜庆的日子，我当然要盛装以表重视了，快走，不然一会儿又得排队了。"

安窦不紧不慢跟着，嘴里还在嘟哝："不就是领个证嘛，请事假、扣工资还得搭上一场难能可贵的懒觉，你非要大清早抢这头彩，难道下午领证我儿子就会从你肚子里跳出来？"

花萍取号排队，回头笑问："如果宝宝真从我肚子里跳出来，你还会娶我吗？"

安窦难得的一脸正色："乖，你知道我是个什么东西，我就是传说中的四不男人——不承诺、不主动、不拒绝、不负责，在我能对女人负责之前我必须先学会对自己负责，我两年换五份工作，房是借住父母家，如果你能等到我35岁公司上市，我会给你一场世纪婚礼，

幸福实习生

然后我40岁退休，我们周游世界，可你现在突然有了宝宝，我爹妈都把刀架我脖子上了，在做杀人凶手和落魄新郎之间，你觉得我何去何从？我不是咒你跟宝宝哈，如果这一切只是浮云，我还是希望跟你谈风花雪月的恋爱，远离那个麻烦琐碎的婚姻，我们做一辈子的恩爱情侣好不好？"

花萍甩开安窦的手，沉着脸答："不好！你见过有人发50年的高烧么？爱情就是一场高烧，我要在你退烧之前让你转为永远也好不了的慢性支气管炎（妻管严）！"

花萍本想着木已成舟，如果安窦能说出即便没有宝宝也会娶她的滚烫之言，她当即就会掏出小枕头扔垃圾箱去，提前让他"解套"，可他依旧死性不改，玩世不恭，那她就只能把小枕头揣踏实了，等领完证等安窦成了她的人，再揭晓谜底不迟。

排队，核对证件，工作人员例行问询，填表，花萍恨嫁心似箭，大有建国立都甲天下之成就感。安窦磨磨唧唧神思恍惚，认定自己即将悲催地沦为一匹上了笼套订了铁掌的役马，累死累活拉着婚姻这盘磨，死而后已。

仔细认真审核完所有手续，工作人员抬起钢印正要盖下去，花萍将准备好的两包高级糖果双手奉上，身后传来一声霹雳："印下留人！安窦是个大骗子，他有老婆有孩子！"

工作人员的手悬在半空，定格，一动也不敢动。

花萍石化。

安窦一回头，身后人群自动裂开，一个穿条lady Gaga破洞裤的尖下巴卷发女子正目光锋利冷硬地抱臂逼视着他，一个像极了樱桃小丸子的小女童弱弱依偎在她身后，全心全意舔着一只特大号波板棒棒糖。

安窦脱口而出："唐小喵，怎么是你？"

唐小喵上前两步，拈花含笑："这么多年别来无恙啊，若是你跟四年前有什么变化的话，那就是你更帅了，更是痴心女人的克星了，你换了公司换了手机号，幸亏你家住址没有换，我是从你家赶过来的，放心，我只跟咱姐安可交了底牌，安可现在肯定在跟咱爸妈开会研究童童的入住以及上幼儿园问题呢。"

安窦只觉得嗓子眼发甜，眼窝发酸，结结巴巴说："唐小喵，你毁我人我认了，可你不能太狠了，是是是，我知道，当初是我对不起你辜负了你，有了你还跟别的女人腻歪，可你也甩了我一巴掌挠了我一脸猫爪子印，临走前把我的银行卡刷爆，咱们也算扯平了吧，如今你还来搅什么局？"

唐小喵不依不饶："扯平？哪有那么容易的事？我在你身上浪费了三年最好的青春，为了跟你长相厮守我放着响当当的'空姐'不当转做地勤，可你居然脚踩两只船玩劈腿，分手一个月后我才发现自己怀孕了，那时候你被公司外派去了新加坡，我也发誓要自己养大这个孩子跟你再无半点瓜葛，可造化弄人啊，我爸中风住院，我妈奔波操持这么多天，也跟着病倒了，我已经决定放弃这边的一切，回上海伺候我爸妈，童童我没法儿带走，两个老人加一个孩子，我实在无力招架，童童也是你的女儿，你有责任和义务照顾她抚养她，至于照顾的期限有多长，你就诚心保佑我父母赶紧好起来吧，他们一好我就会来接走童童的，放心，我不会让童童妨碍你们太久的。"说完，唐小喵深深瞟了一眼花萍，"你们"这个词她吐得格外重格外长，有股子酒糟的烈味，看来，她对安窦并未忘情，即便这情是恨是怨是叹，她还是惦记着他。

安窦拉起唐小喵胳膊就往外走："姑奶奶，我知道你艺高人胆大，当空姐什么场面什么人物没见过，可我求求你，这是什么地方，你别在这儿耍猴戏了，咱俩分手都4年多了，早就桥归桥路归路，你

幸福实习生

不能平白无故拖个孩子来讹我,我见过'坑爹'的,没见过'讹爹'的,你别闹了,赶紧带着孩子该干吗干吗去,你爸妈那边有用得上我出钱出力的地方尽管招呼,我一定随叫随到,咱俩的情分也仅止于此了,你要非撒泼滋事,我可不客气了!"

唐小喵反手给了安窦一巴掌:"安窦,你这么不像男人不仗义,那就是把我往不要脸的路上逼。你可以找时间去做个亲子鉴定,医院门朝哪儿开,不用我指给你吧?"

唐小喵的话字字如重磅炸弹,炸得安窦皮开肉绽,炸得花萍还魂回神儿,花萍抬手给安窦又补了一巴掌,安窦双手捂住热辣辣的脸颊,眼巴巴地望着花萍,大气不敢喘。

花萍怒斥:"浑蛋!作孽啊!我怎么瞎了眼猪油蒙了心,一心要嫁给你这人渣?咱俩玩完了,领证这事就当没发生过,你以后千万别来找我别说认识我,我丢不起这人!"

说完,花萍怒气冲冲向门外走去。唐小喵在她身后扬声送上一句:"哎,那姐们儿,你可千万别恨我,我这也是捎带着为你好,等你嫁他之后才发现他花花大少的猥琐嘴脸,还不如早分早脱身,早点另找个好男人踏踏实实过日子呢!"

安窦捂住唐小喵的嘴:"姑奶奶,你少说两句不会变哑巴!"

身后的人群发出奚落的哄笑和揪心的叹息,民政局这么严肃神圣的地方今朝成了耍猴戏的舞台,这就是当代年轻人的婚姻标签?草率,任性,稚嫩,难堪大任啊,婚姻,于他们实在是一副担不起的担子。

花萍跑出民政局大门口外,安窦紧追上前从背后一把抱住她:"乖,你听我慢慢给你解释,别这样,你肚子里的我儿子可受不起这折腾。"

花萍回身啐了安窦一口:"呸,别跟我提这个,凭你也配?你给

8

我滚,马不停蹄地滚,有多远滚多远,以后别让我再看到你!"

领证未遂,此刻已然鼻子不是鼻子脸不是脸的安窦,只得拿出他以往对付女人的必杀技,他偶像剧男主角上身般吹吹发梢,调整好眼神的杀伤力,再端出满当当的温柔,至于脸上的唾沫星子他就当是古龙水吧。

安窦深情款款继续拥紧花萍:"乖,你跟我在一起多久了?你见那个女人才几分钟?为什么我说的话你不信,她说什么你信什么?你应该庆幸,你老公是这么一个极富魅力的男人,就连来领证,都有别的女人哭着喊着搞破坏,至于那个孩子,不过就是她达到拆散我们目标的一个小道具而已。这件事反证出你慧眼识英雄,你老公绝对是一只绩优股,你放心,现在、将来我只钟情你一个,其他神马的都是浮云,现在正是我事业上的冲刺阶段,有你这个贤内助助我一臂之力,我保证35岁时咱们的公司就上市了,40岁我退休陪你周游世界……哎呦哎呦……你怎么暗箭伤人……"

安窦这套老三篇花萍听得都会背了,起初听得稀里糊涂感动过,也因为这点酵母再加上其他天时地利人和等要素催发出了一份爱情,后来就得过且过的当他唱情歌了,如今听来竟是天大的讽刺,一个男人连哄女人的招数都不愿意动动脑筋花心思来点新篇儿,可见他自以为吃定你了。就在昨天,就在大红本本的钢印盖下来之前,花萍还笃定爱情是复杂的,婚姻是简单的,扯证,就是把两个人的笑脸映到一张相片上,像父母那样柴米油盐一辈子,这就是婚姻。今天,她有了完全不同的体会,原来爱情是简单的,就是一根直线,婚姻,则是一团被猫咪搞得乱七八糟的毛线球!

急火攻心,花萍出于情感上的自卫反击,抬起脚上那双恨天高,上一秒的美丽武器这一秒变解恨凶器,用力向安窦的尖头小牛皮鞋扎去,安窦的迭声尖叫,证明他的脚趾非死即伤,活该!

9

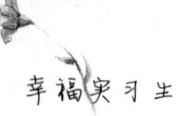

幸福实习生

安窦抱起左脚又揉又跳高，一贯对他柔顺有加的花萍这会儿成了花木兰，令他震撼有余刮目相看，依照安窦的个性，此时此刻他应该仰天大笑出门去，从此相见是路人的，不是么，他不想结婚，这下正好解套，他不想被女人束缚圈养，这下正好重获自由，可他没有，疼得眼泪花花的还是怒不起来，还是哈巴狗一样围着花萍摇尾乞怜，事后他想，自己可能是忌惮花萍肚子里的孩子，是怕在父母那里交不了差，还有就是自己着实理亏，再无其他。直到某年某月的某一天之后，再次站到这个地方，他才惊觉，原来，他早已不知不觉爱上了她，这是唯一的理由，这个发现把他自己吓了一大跳。

花萍这一脚下去挺解气，看着安窦那副衰样更觉过瘾，遂手脚并用起来，"恨天高"胡乱踹过去，手里的手袋也舞成了流星锤，劈头盖脸招呼安窦，安窦那张俊脸立刻添了几道"猫须"，饶如此，花萍嘴里也不肯饶他："明贱易躲暗贱难防，对付你这贱人就得下狠招！你别想赖，你辜负过人家吧，劈腿也是事实吧，人家为你浪费了三年大好青春吧，这些都是真的，那小女娃岂会是假的，别腹黑地以为哪个女人不会生孩子，你们分开这几年她肯定招惹过别的男人，我也是女人，我现在就用拳头告诉你，哪个女人都会生孩子，可有一点，她们只肯为最爱的男人吃这份苦受这份罪生孩子！这一比，我还真被她给比下去了，她比我更了解你的丑陋嘴脸却依然死心塌地爱你，她比我承受更大的压力却咬牙选择了伟大，我想我真是不够爱你，我只敢拿宝宝要挟你结婚，却不敢真正为你生个孩子！"

说着，花萍从衣襟下一把扯出那只小枕头，照着安窦的脸狠狠摔过去，一脸决绝："姓安的你给我看清楚，本姑娘从来没怀孕，你现在可以心安理得去找那对母女了，我祝你们一家三口幸福美满，当然，我也会嫁个比你好一百倍的好男人，过上比你幸福美满一百倍的日子，你要还对我心存半点愧疚的话，唯一报答我的机会就是以后再见是路人,你千万千万别跟人说认识我!"

说完,花萍眼皮都不再夹安窦一下,脆生生地转身,挺直腰板大步流星向前走,走过路口拐角,确定背后那束灼灼的目光没追上来,她眼眶里生生噙住的眼泪,这才天塌地陷地涌落,一发不可收。

第二章　骑虎难下

幸福实习生

民政局里上演一出领证未遂，花萍修理了安窦一顿，原本两点一线的回家路，满打满算半个小时的车程，她花了两个多小时走回家，等脚踝酸疼肿胀，等耗尽最后一点力气，她也拿定了主意，就是有一百个人拿枪指着她，这个婚，她也不结了！幸亏是在领证的当口，唐小喵带着女儿从天而降，这要是当她跟安窦扯了证、办了酒席、孩子都会打酱油了，唐（糖）小喵或盐小喵或醋小喵什么再横刀立马，唱一出遗珠还巢，她就真没地方买后悔药了！在心里画了无数个圈圈诅咒安窦之余，花萍甚至对唐小喵萌生出一丝酸楚的谢意，这就是花萍，敢爱敢恨，善于从危机压顶之中找出一线生机，放自己一马，放生活一马。

进门，家里空荡荡无一人，花萍在门口玄关甩掉高跟鞋、扔下手袋，滚烫的赤脚踩在冰冷的地板上，上卫生间痛痛快快洗了把脸，花萍有了从无间道重返人间的如释重负，她对着镜子里那个卸去粉妆后依旧清新秀丽的自己说："你不过是扔掉了一个浑蛋，天又没塌下来，这没什么大不了的，加油！花萍！"

踏进卧室，花萍一抬头，触目惊心地看到了书架上那张醒目的《猎爱A计划》：一、要像找工作一样找男人；二、百步之外才有"芳草"，牺牲打网游、睡回笼觉时间，积极相亲、参加单身派对，报跆拳道、驾校等学习班，这些地方随时有单身王老五出没；三、禁止"靠""切"这种有损完美形象的口头禅脱口而出，多多对镜练习含笑生媚、眼神放电以及志玲姐姐的优雅身姿等必杀技。后缀：花萍同学如若违反计划里任何一条，罚其长赘肉10斤！这一条的后半句被红笔画去，改为5斤，复又被红笔涂改，还是3斤吧！当时的花萍怕壮志未酬，先被自己诅咒胖成了一个肉球；当时的花萍就是怀揣着这样一颗奋嫁心，在男多女少的跆拳道班与安窦金风玉露一相逢。

那天，跆拳道馆里，教练讲什么花萍一字没听耳朵里去，她垂着

## 第二章 骑虎难下

头、拇指大动给女友发短信，严师点名："花萍出列，安窦出列，你们把刚才我教授的动作练习一遍，各位同学仔细看好喽。"刺、砍、劈、挡，教练念念有词，花萍神思恍惚，女友昨天为她当俏红娘，可惜那个张生从外型到谈吐到气质完全不给力，花萍一心想着如何婉拒才能不打击女友的积极情绪，不料菜鸟安窦一记"蒜头拳"击中花萍的下巴，花萍来而不往非礼也，抬脚回踢，一下击中安窦的下半身要害处！

医疗室里，花萍向安窦又是鞠躬又是作揖："Sorry，我连日来聚会压力太大，思想跑到相亲上撒了回野，出手没轻没重，我会对你负责到底的。"安窦气急败坏："怎么负责？你是能洗衣做饭还是能以身相许？"既没早一秒也没晚一秒，两人就在这电光火石中锵锵一对眼，一个俊眉朗目，一个明丽脱俗，一个半怒半嗔，一个惶恐不安，就这样不打不相识了。

花萍请安窦吃饭赔罪，安窦带花萍去看张靓颖的演唱会，一来二去，有来有往，两人就这么半真半假地开始交往了。安窦偶尔会问上那么一句："你的猎爱A计划是不是得了肠梗阻，身边怎么还没出现护花使者？"花萍把这视为安窦在吃醋，以牙还牙答："你比我能好得了多少，对你抛媚眼儿的不是中年富婆就是清汤挂面的大学女生，这些都不是你的菜，女白领们个个眼睛都长在头顶上，只看得到金领、白金领和富二代，你算哪根葱？"

后来，花萍回想，两人就是从这么互掐开始着了爱情的道儿，花萍曾把安窦当成男人百科全书，频频讨教，安窦，你说成功男人最喜欢小鸟依人型的还是妩媚型女人？安窦，第一次跟男人约会太过主动会不会讨人嫌？安窦，男人说跟你相处感觉挺不错是要进一步还是要退一步……

安窦从一开始的不屑渐渐变得矛盾起来："尽信书不如无书，同

幸福实习生

理，爱情也没有标准答案，关键是要一对一多实习多总结经验。"

花萍打铁趁热："要不，咱俩练练？"

如同正瞌睡给送来个枕头，安窦满口答应："练练就练练。"花萍当即拐着安窦从跆拳道班光荣退学，两人开始单练。

恋爱谈了三五七个月，安窦的确是个模范男友，女友生日、纪念日不敢忘，逛商场从不喊累，掏钱包绝不小气，虽然安窦钱包里能掏出来的红色大钞着实有限，但脸不红气不喘手不哆嗦肉不疼的气度，彻底把花萍给秒杀了，唯一的心头恨，安窦从不求婚，甚至在花萍的屡屡明示暗示之下，他依然顾左右而言他。

花萍不是不知道安窦的死穴，对女人耳根子软眼皮子浅，虽没干过违反组织纪律的原则性错误，但擦边球不断，他手机里不时有暧昧短信探头探脑，他是女同事们首选的KTV搭档，有次他开车轻轻"刮"了一个女人一下，等他带着女人从医院检查出来，那女人已经哥哥妹妹乱喊一通，主动要他手机号码约饭局了。花萍也不是吃素的，她思来想去，唯一一招就是把安窦变成她的人，如此天下才无事。

掐算好一个天时地利人和的最佳时机，花萍提着水果篮主动登了安窦家的门，与安窦全家人同桌吃饭时，安窦妈给花萍夹了一筷子鱼，鱼到嘴边，花萍捂着嘴跑进卫生间，干呕了个天翻地覆，安窦没心没肺在她身后问："花萍，你平时不是挺爱吃清蒸鱼的，今天这是怎么了？"安窦妈白着一张脸把安窦拽进卧室，后来安窦姐安可也跟着进去了，从卧室传来的交谈时而如抑扬顿挫的周立波清口，时而如群口争锋的郭德纲相声，只有安窦爸全然不知地与花萍随意攀谈。

等这娘仨鱼贯而出，等桌上的清蒸鱼换成了西湖醋鱼，等安窦那一张脸白了又红红了又绿绿了又灰，安窦妈开腔问他们有没有结婚的打算，即使没有，也该为肚子里的宝宝趁早打算了。中了一个全垒打，花萍在心里为自己鸣锣高歌……

## 第二章 骑虎难下

接下来，花萍摆平了对安窦一向看不上眼的父母，跟安窦的父母也处成了干爸干妈和干女儿的关系，她把安可发展成了文化宫成人瑜伽班的中坚学员，她甚至把安可的女儿小雨点也"收买"成了朋友，她以为排除了这些千难万险，剩下的就是"王子和公主从此过上幸福的生活"，怎么也没料到还有唐小喵这一劫等着她栽跟头了，看来婚姻这点事，就是九九八十一难之后，也未必就能取到真经，风雨过后接着还会下冰雹，见彩虹那等美事人间难得几回闻啊。

想到此，花萍抬手扯下这张计划书，撕了粉碎扔进纸篓，一屁股瘫坐在地板上，举目茫然。

从大门传来响动，紧随其后的是花萍妈的声音："马上要出嫁的人了，怎么还跟小孩子似的，鞋子东一只西一只地乱丢，你这样嫁到人家家里去叫我怎么放心？花萍，你给我出来，你看谁来了？"

花萍蔫头耷脑走出来，深吸一口气，豁出去了："爸，妈，我有话要跟你们说！"一抬头，玄关处站着白发苍苍、两眼笑成了月牙的姥姥，姥姥见了花萍，裂开豁了好几颗牙的瘪嘴巴，依旧一口浓重豫东口音道："花儿，我的一朵鲜花儿要成别人家的了，姥姥一定来喝你这杯喜酒！"

花萍的嘴巴立刻被安上了消声器，口还张着，下一句"这婚我不结了"，硬生生被她给吞了回去。她最亲最近最可爱的姥姥来了，她是由姥姥一手带大的，直到上小学才回到父母身边，姥姥现在真的成了一棵熟透的老柿子树，随时随地都有果熟根落的可能，她老人家不但牙齿没剩几个，眼睛花了腰弯了，身上的零件们也时不时来闹个小罢工，花萍是个有孝心的孩子，姥姥的喜出望外她看得真真切切，老妈请了N次都请不来的姥姥这次为了宝贝孙女的婚礼第一次迈出村庄，她和安窦的这场变故如果把姥姥给气出个好歹，她万死难辞其咎！

幸福实习生

　　花萍不敢造次，迎上去搀扶着姥姥，努力像从前那样耍宝卖乖："姥姥，你来怎么也不通知我一声，我肯定要去接您的，这次来就别走了，我还想吃小时候您给我做的虾仁蒸蛋羹。"

　　姥姥捧着花萍的脸怎么也看不够，看着看着眼睛就泛起了泪光："好，好，好，我天天给你做，等你吃撑着了我就拉着你满院子捉萤火虫消食，不对，你们这里没瓜架花藤，哪儿来的萤火虫哦，姥姥真的是老糊涂了。"

　　花萍亲着姥姥的脸，试探出口："姥姥，我不爱听，您再说一个'老'字，我就不结婚了！结婚不就是一男一女搭伙过日子，柴米油盐吵吵闹闹一辈子，这还是好的，更有为钱反目、婆媳成仇、为小三儿掐架、半路各奔东西的，我这辈子就守着您孝敬您，您说好不好？"

　　姥姥被唬住了，赶紧改口："姥姥不老不老，小祖宗，结婚不是儿戏、过家家，哪有你这样触自己霉头的，你这不是要折姥姥的寿吗，我不要你守着我这棺材瓢子，我还怕安窦跳着脚骂我呢！再说了，你肚子里的娃娃也不依你这个当娘的这么做，你赶紧收收心，快别胡思乱想了。"

　　花萍爸给姥姥沏了杯银杏茶，冲花萍不无担心道："花萍，你是不是患上新闻上说的结婚恐惧症了？"

　　花萍妈接过话茬："花萍，都到这节骨眼上了，你就别作了，知道我们今天都忙活什么去了？去商场给你买了化妆品、衣服还有首饰，通知了你二叔、三叔全家，然后去火车站接你姥姥，我们进门连口水都没顾得上喝，你就拿这话堵我们的心？你堵我的心窝子不要紧，可你得知好歹，别伤着你姥姥，她连自己的压箱底钱都拿出来了，要给你买对金镯子当陪嫁，你对得起我们么？"

　　花萍努努嘴，尽最后一丝努力："姥姥、爸、妈，其实……其实我没怀孕，那是我骗你们的鬼把戏，妈，你不是一直都不喜欢安窦

## 第二章　骑虎难下

吗，嫌他好高骛远，嫌他好吃懒做，嫌他桃花太旺，我不嫁不正遂了你的心愿！"

知女莫若母，花萍妈觉察出花萍的神色有异话锋有异，眉头拧成一个疙瘩："花萍，你老实跟我说，你今天到底是怎么了，是不是安窦那小子欺负你了？还是你发现他啥问题了？我其实早就对你怀孕这事半信半疑，你这倒去了我的心病和后顾之忧。你说吧，安窦到底怎么了，招惹得你说出这么一大堆有的没的，你说出来，妈给你做主，是杀是剐，妈不会便宜那小子！"

花萍刚要一五一十和盘托出民政局里的扯证始末和唐小喵母女来，臂弯里的姥姥突然身子一沉，身子向后仰去，花萍吓坏了，连声唤："姥姥，姥姥，您怎么了？"

花萍妈从姥姥的贴身口袋里掏出个小药瓶子，倒出丸药给姥姥含服，回头冲花萍嚷："你姥姥的心脏病犯了，赶紧去拿个枕头，让她躺舒服喽，没事你瞎添乱，有事就知道掉眼泪。"

花萍爸把花萍叫到一边耳语："丫头，你是不是想把这个家掀翻？你姥姥这个病现在是一日重似一日，她年龄太大只能做保守治疗，听说你要结婚她老人家才欢喜了两天，你这么快就想把她往医院里送哇，你个小没良心的。"

全家人一通忙乱，姥姥缓缓睁开眼，眼神像撒出去的网，打捞花萍。

花萍赶紧上前握住姥姥的手，姥姥虚弱开口："花儿啊，听姥姥的话，安窦那孩子小毛病是多可本质不错。姥姥这辈子看人就没走过眼，你就信姥姥一回。姥姥不管你肚子里有没有孩子，姥姥就一句话，女人就是为婚姻而生的，嫁谁都一样得尝遍酸甜苦辣，关键是得心贴着心，甜了你会觉得赛过蜜，苦了你还能尝出一丝甜，酸了你更回味当初的甜，辣了你就更知道珍惜舌头根底下的那点甜。"

幸福实习生

花萍哄着姥姥:"姥姥,您别费力气说话了,好好休息好好吃药,我跟安窦好好的,什么事都没有,我就是像我爸说的那样患上了恐婚症,这下被您给治愈了,您就踏踏实实把心放肚子里吧。"

姥姥笑了,笑得像朵秋菊,又像个孩子,那么纯真,那么满足。

下午六点,安窦醉醺醺进门。

经历了又是日出又是雨的一天,经历了两个女人的欢笑和眼泪,经历了民政局围观人群的鄙视,安窦不能怨天也不能尤人更无法怪自己,他心中也疼也酸,可说出来都没人信,除了跳进东湖他好像也只能大醉一场。他要不醉,真没勇气跨进家门,更没勇气面对接下来的一切。他人是醉了心却更加的清醒,从此时此刻起,才是这场风暴真正的开始,唐小喵是有备而来,花萍也不是好惹的。这也是他的报应,他对爱情的出发点是自娱自乐,从没想过伤谁害谁。他承认自己自私、胸无大志、没有担当,可他把这视为从男孩成为男人的瓶颈期,他知道自己有一天会真正长大的,所以并不着急。可花萍、唐小喵并不这看,老姐安可也不这么看,除了娘亲之外的天下女人都不会这么看,所以,他在她们眼里就成了情场浪子、花心大少,这终审就像猪肉上的紫戳,只要被盖上了,甭管他再心不甘情不愿,也逃不脱过街老鼠人人喊打的下场。所以,他没有追上花萍,他不知道追上之后该怎么办。他也没回身去找唐小喵母女,他知道她会再来找上门的。安窦关了手机,哄散了围观群众,没头苍蝇般乱撞乱走,本能地一头扎进一个冷清的小酒馆,随便点了两个菜要了瓶酒,把杯中物当成毒药或者解药一口口闷下,他多希望酒醒后这一切只是一场梦。

闷酒伤身,苦酒伤神,安窦在马路牙子上抱着一棵树搜肠刮肚地吐,直到把苦胆水都吐完了,这才直起腰来,顶着一颗滚烫的脑袋,捂着皱巴巴的胃,任由一双脚把他带回家。

安窦进门,安窦父母和安可从沙发上应声而起,团团把安窦围

## 第二章 骑虎难下

住，兴师问罪。

安可率先发问："安窦，你真是浑蛋，你捅了这么大的娄子，全家人都急疯了，你把手机关了不声不响跑去喝酒，花萍呢？唐小喵呢？童童呢？你倒是快说话啊，诚心想把爸妈都给急死是不是？"

安窦爸气得浑身哆嗦，手指戳着安窦脑门儿，恨不得把安窦的脑仁当成块豆腐戳出里面的幺蛾子来："安窦，咱们老安家的脸面都让你给丢尽了，我以后出门都没脸见左右邻居了，你今天别说是灌了黄汤，就是灌下去一瓶敌敌畏也得给我交代清楚，你到底打算怎么办？你要再这么自私自利下去，把人家伤到底，我这就把你撵出去，权当我没生你这个儿子，咱俩断绝父子关系！"

老子来硬的，老娘就来软的，儿是娘的心头肉嘛。从小到大，安窦妈对安窦偏心眼儿偏得不要太狠哦，这是安家人有目共睹的。

安窦妈一闪身，横在安窦爸和安窦之间，不显山不露水地做了他们之间的防火墙，她一脸心疼地帮儿子脱去外套，头昏脑涨重心不稳的安窦顺势挂在娘亲肩头。他一米八的大块头把娘亲压了个趔趄，安可上前搀扶，暗地里掐了安窦一把。安窦夸张地大叫，安窦妈连揉带安抚，像哄一个永远包着尿片嚼奶嘴的娃娃。

安窦妈多年前就老花眼，但儿子的脸在她眼睛里永远是故宫博物馆里的珍贵瓷器，她眼尖，一眼就看到儿子脸上多了两道"猫须"，儿一声肉一声地喊："我的儿啊，这是唐小喵还是花萍挠的？疼不？安可，赶紧把小药箱拿来。老安，你让让，让儿子坐沙发上好上药，脸上要留了疤可就破相了。"

安窦给点颜色就敢开染坊："妈，还是您对我最好，这个世上最疼我的女人就是您了，我喝醉了让树枝给刮的，您甭担心，我不疼，我口渴了，想喝水，冰可乐更好。"

安窦爸着实看不下去了，一抽腰里的皮带，扬手就给了安窦一

21

幸福实习生

下:"安窦,你给我站直了,别总跟没断奶似的拿你妈当靠山!安窦妈,慈母多败儿,他要不是从小被你给惯坏了,现在至于这么吊儿郎当一事无成么?"

安窦妈平时是家里的一把手,鸡毛蒜皮柴米油盐她统统说了算,本来嘛,女主内男主外,安窦爸也乐得看着跟他做了一辈子贫贱夫妻的老太婆,在当家做主时脸上泛出女王般恩威一世的光泽,所以,能顺从她的尽量都顺从了。也有例外的时候,安窦爸很少发火,安可长这么大只看到老爸发过三次火,只要安窦爸一整天铁青着脸不发一言,一开口就跟海啸似的,扬起皮带就是最后的红色预警,包括安窦妈在内的全家人都小心谨慎,老安同志火上头了!有错的赶紧认错,没错的闪一边去,千万别惹火上身,不然这个家的房顶是要被掀翻的!

安可闪到一边,她在内心里是绝对站到老爸这边的,安窦这次太混,是该好好受点教训,不然将来指不定还能闯出什么祸事来呢。

安窦妈识相地把安窦的脑袋扶回他自己的脖颈上,丢眼色让他识时务站好喽,赶紧跟老子认错,她也小心翼翼敲起边鼓:"安窦,你这次错得太离谱了,妈也帮不了你。酒席、婚庆公司的礼金都下定了,你爸把单位里上至一把手、书记下至对桌同事的喜帖都发了,多年的老领导、老同学、老战友一个都没落下,连门卫老大爷也给派了喜糖。你爸是最要面子的人,安可告诉我们唐小喵的事时,幸亏我逼着你爸服了药,不然这会儿你得上医院看你爸去!唉,这一闹我都给忘了,花萍怎样了,肯定特伤心,你给人家赔礼道歉了么?你得哄着她,她肚子的我孙子可不能跟着伤心,否则就保不住了!"

安窦从后腰里掏出那只小枕头,往娘亲手里一塞:"给,花萍骗咱们的,她根本没怀孕,她就是想用这招逼我娶她,这下我不用娶她了,唐小喵那孩子八成也不是我的,即便是我的,她当初要不要这个

## 第二章 骑虎难下

孩子,我也有一半的知情权和决定权,不带这么耍回马枪的!"

安窦妈捧着小枕头有点发蒙,安窦爸的皮带已经劈头盖脸抽过来,安窦抱头鼠窜,安窦妈半拦半劝:"他爸,你这么打也不是解决问题的办法,我不怕你打安窦,他该打,我心疼你把自己气坏了,你往医院一趟,伺候你受累的还不是我么!"

老安同志哪里听得进去,打得眼睛都红了,下手越来越快越来越狠,他恨儿不成器,恨自己老脸丢尽,恨这个家被安窦给带累了。

一旁观战的安可也看不下去了,她起初觉得安窦该受点惩罚,可没料到老爸出手如此稳准狠,姐弟之情终于压倒了女人为女人打抱不平之心,安可喊:"爸,打坏安窦是小,童童这就要离开妈妈,再没了爸爸,你这当爷爷的于心何忍?"

安可的话犹如集结号,老安同志立刻垂了手,把皮带一扔,厉声厉色说:"兔崽子,看在童童面上,我今天姑且饶了你,我不管你认不认童童,就冲她跟你一样的血型、胎记,跟你小时候的照片一模一样,我就认她是我孙女!只要童童妈开了这口,我们全家都有责任义务照顾童童,直到童童妈把她接走为止!花萍是个好女孩,你不能对不起人家,她假怀孕这事但凡明眼人都看得出她对你有多痴情。童童由我跟你妈来照顾,千万不敢让她沾染了你的坏毛病,这孩子不劳你费心!你别在这里碍我的眼,赶紧滚回自己屋里去,认真反省多做自我批评,明天早上起来就去花萍家负荆请罪。花家要认你这个女婿,我也就既往不咎等着你重新做人,花家要把你给撵出来,你就彻底从我眼皮子底下消失,我就当没生养过你这么个儿子!早知现在,当初还不如让你被人……"

"老安!别说了,再说就过界了!安窦,你爸的意见就是我的意见就是我们全家人的意见,你只有服从的分儿没有申辩的余地,明天一大早,你哭也好求也罢,反正得把花萍给我好模好样地接回来,听

幸福实习生

见没！赶紧滚回屋里去！"安窦妈打断老伴儿的话，名为训斥实为呵护地把安窦给救下了。

一夜无话。

第二天一大早，花家门铃就公鸡打鸣似的聒噪得没完没了。

怕吵醒姥姥，花萍穿着熊猫图案的珊瑚绒睡衣、顶着蓬草的乱发跑去防盗门的观察窗，喝问："谁啊？"

"送快递的。"

观察窗外，果真一个工装快递哥捧着鲜花，霍霍而立。

花萍打开门，想当然地以为花是送给自己的，更想当然地以为，这花是安窦那贱人送来赔罪的，她有一百个理由拒收。

花萍拦问快递哥："这花是安窦送给花萍的吧，拒收，慢走不送。"

快递哥仔细核对了单据，淡定答："你只说对了一半，这花是安窦下单送的，但不是送给花萍，是送给花妈妈和花姥姥的，请问您是哪位？"

花妈妈？花姥姥？安窦到底想玩什么花样？

花萍妈搀扶着姥姥走出来，快递哥照着单据里备注一栏念道："花妈妈，括弧，实际年龄五十五，看上去至多三十五，跟花萍更像一对姐妹花，气质高雅，最衬一束香水百合，括弧完毕；花姥姥，括弧，老当益壮童心鹤发，是这个家的老寿星，送她老人家一束康乃馨准没错，括弧完毕。看来您二位就是收件人，麻烦在这里签收，我还得往下一家去送货呢。"

花萍妈还在迟疑，姥姥已经抱着康乃馨满屋子找花瓶了，笑称自己活这么大岁数，还是头一回有人给她送花，安窦那小子鬼心眼多，真是招人疼。

花萍见状，只得草签了单据，快递哥完成任务撤退，花萍正要关

## 第二章　骑虎难下

门,一副拐杖别在门角,一个阴魂不散的声音响起:"姥姥,妈,我这毛脚女婿上门给二老请安了。"

花萍一回头,正是安窦,但见他左脚瘸着挂着拐,右臂缠着白纱布吊在胸前,脸上贴了两块橡皮膏,其余还有几处青红瘀伤。

花萍怒目圆睁,低声问:"你来干什么?找打还是找死?"

安窦咧嘴笑,牵动嘴角伤口,疼得倒抽冷气,讨好答:"我都这样子了,还不解你心头之气么?我听门口保安说姥姥来了,你怎么也得让我拜见她老人家吧。"

姥姥抱着花瓶迎上来:"这就是安窦吧,我听花萍妈提起过你,你怎么伤成这样?赶紧进屋来,坐下说话。"

安窦用他那只唯一健全的手臂,给姥姥来了个热情的法式拥抱:"姥姥,您好,我昨天就应该跟着花萍一起来看你的,因为公司有事我急着赶回去,半路上又出了点交通意外,您老可千万别心疼,我这伤来得快去得也快,保证不耽误月底举行婚礼。"

花萍知道姥姥耳背,遂用胳膊肘杵了安窦一下,扭过脸去冲他低声训斥:"给你台阶你就赶紧下哈,别让我当着全家人的面把你那点老底全都揭穿了。"

安窦一脸烧香拜佛的虔诚:"花儿,求你了,我这伤姥姥看不出来你还看不出来?我已经被我爸给教训成伤残人士了。杀人不过头点地,那都是我遇见你之前干的糊涂事,遇见你之后我已经立地成佛了。你不看僧面看佛面,我爸说我要不能求得你原谅,他都要跟我断绝父子关系,我妈已经把我的银行卡和车钥匙没收了,我拄着拐挤公交车来的,你就高抬贵手吧。"

花萍啐了一口:"活该,现世报。"

正说着,花萍父母换了便服出来,二老一见安窦这副模样,着实吓了一跳,安窦又解释了一番,故意挤出几丝痛楚博同情,这招好

25

使，老人们也全都不计较昨天花萍的失常话语以及安窦为何没跟着花萍登门正式拜见准岳父母了。

花萍心里开了个调料铺，酸甜苦辣咸齐齐涌上心头，她恨安窦花心是真的，可怜安窦的伤势也是真的，她不想跟安窦领证是真的，她做不到当着全家人面揭露安窦的丑陋嘴脸也是真的，她从没这么矛盾过痛苦过，她的思想已经冲起来揪住安窦的衣领子，一个飞脚把他踢出门去，可她的人却纹丝未动，难道恨也是爱的一种极端方式？她无解。

安窦向三位家长汇报："姥姥，爸，妈，按理说昨天我就应该请吃饭表达一下心意，不想遇上这突发状况，我是心有余而力不足。今天我打电话订了酒楼的饭菜，一会儿就到，咱们就在家里热闹热闹，等我伤好了再请姥姥去燕翅鲍搓一顿。"

眼见着安窦就这么轻轻松松过了父母这一关，花萍以商量婚礼细节之名，将安窦连拉带扯拽进了卧室，门一关，笑脸就沉下来，半打实木衣架握在手中！

没等花萍动刑，安窦"哎哟"一声蹲了下去："花萍，我腿伤不轻，站不了太久，我且蹲着给你负荆请罪吧。我知道你刚才在客厅里给我留颜面是为了姥姥的身体着想。其实不瞒你说，昨天我爸也差点被120送医院去了。我们这是何苦呢，我爱你，你爱我，只为一个从天而降的唐小喵就反目成仇，咱们的爱情就这么经不起考验么？你心心念念的婚姻就这么脆弱得不堪一击？我知道我以前是浑蛋，但我跟你在一起后这些老毛病都一一改掉了。我多希望你能做我情感上的终结者啊，我宁肯让我的人和全部情感都葬在你这一亩三分地上，也断不作其他非分之想了。求你给我一次机会，我们这就去领证，接着举行婚礼，我会用一生一世爱你宠你的，如果说到做不到，就罚我下辈子当光棍！"

## 第二章 骑虎难下

花萍一咧嘴,复又赶紧绷住:"领证?你想都别想,我可实在没勇气跟你一起出现在民政局,抛开工作人员对咱俩的刮目相看,保不住又冒出来个张小喵李小喵什么的,那我可真被下咒嫁不出去了。"

安窦眼珠子一转灵机一动:"那咱就先举行婚礼,在婚姻里做一对实习夫妻。你给我一个立功表现的机会,等什么时候你觉得我可以转正了,咱就去把手续办了。我爸那边连多年前的老领导、老同学都请了来,我想你父母这边也差不多。咱们不能为了自己的自私让父母都无地自容。再说我也不是奸淫掳掠十恶不赦,咱俩的情分也不能因为一个从过去穿越而来的唐小喵就荡然全无了。你就给我一次立功赎罪的机会,我愿意为此搭上全部身家性命,也在所不惜!"

花萍半信半疑:"此话当真?搭上你全部身家性命也在所不惜?"

安窦信誓旦旦:"大丈夫一言既出驷马难追,决不食言!"

花萍想起团里一个好姐妹跟老公结婚时联名投保的一份"爱情保险":一份保单同时承保两个被保险人,共同支付保费,两人都有收益权,婚姻越持久保单价值就越大,反之,如果一方提出离婚,那这份保单的全部收益就归另一方所有。没人能预期婚姻的前景如何,但这份勇气可嘉,花萍当时感动得一塌糊涂。由此及彼,花萍不无感叹,我们总在最不懂婚姻的时候,遇上最想嫁的人。分手,我对他下不去手;嫁他,我对自己下不去手。莫让情两难,那只有摸索前进,不管结局如何,我都认了,并且无悔。

花萍捉住安窦的下巴,直逼他的眼睛,像是要看穿他的内心,使出一招杀手锏:"你敢和我投保一份'爱情保险'么?咱们的情感越长久保单价值就越大,如果有一天你变了心,我也不会太亏,至少我不会成为唐小喵第二,还有这笔钱补偿我的伤痛,你敢么?你现在说不,我只当你今天没来过。"

安窦眼前晃过老爸的皮带、老妈的眼泪、老姐的不屑,还有唐小

幸福实习生

喵的冷嘲热讽,以及花萍解剖刀一样的目光,他牙一咬心一横:"我同意!"

这反倒将了花萍一军,她本意是让安窦知难而退,她也趁早死了心,没想到安窦越挫越勇,四不男人破天荒地敢担当一回,她没辙了,不是冤家不聚头,这杀手锏该怎么往下使?

安窦看出了花萍眼底的慌乱,继而以眼镜蛇捕捉田鼠的闪电速度,出击吻住了花萍的唇,吮吸了她的恨意和惶恐,继而偷走了她的思想……

过了好久,花萍才缓过神来,这吻让她心碎也让她心醉,可她就是觉得有什么地方不对劲,她摸了摸安窦缠绕腰际的手臂,捏了捏他的瘸腿,一副贝齿朝着安窦游弋的舌头咬去,安窦捂着嘴唇倒退两步:"你到底是女人还是母豹子,怎么咬人?"

花萍得意笑了:"咬的就是你,你左腿不是瘸了吗?刚才我掐你大腿你怎么一点反应没有,你右臂骨折了吧?怎么还能游刃有余地缠上我的腰?你脸上的橡皮膏不会也是假的吧,我要揭穿你的庐山真面目!"

花萍撕去橡皮膏,"猫须"赫然而立,安窦指指伤处:"这是你赏赐给我的,你总不会忘了吧,我爸下手真狠,不过都打在你们看不见的地方,我只能缠上绷带来博取你的同情心了,要不,我现在脱掉衬衣,让你好好验验伤?"

花萍一把推开安窦:"你坏透了,我找姥姥评理去!"

安窦扯着花萍不撒手。

客厅里,花萍妈摇头叹息:"这俩孩子马上就要自己居家过日子了,还这么没正形,也不知是福是祸。"

姥姥接话:"是福不是祸,是祸躲不过,他们的日子得他们自己过,甭管是福是祸,心贴着心就成。"

第三章　隐婚男女

幸福实习生

　　花萍与安窦的婚礼如期举行，宾客如云，仪式隆重而不烦琐，菜单丰盛而不奢费，场面热闹而不慌乱，从头到尾一环扣一环，虽谈不上完美，但总归没闹出类似新郎忘带婚戒、伴娘被青皮小子们给闹恼，这一切都得归功于安可这个功臣，可礼成之后，却并不见她的身影。

　　安可早早退了席，带着6岁的女儿小雨点去了儿童乐园。如此喜庆热闹的场合，一双幸福满满的璧人，还有不绝于耳的祝福声，越发映衬出她的孤单和失意，显得那么格格不入。该为安窦和花萍尽的心意她都尽到了，该替他们做的事也做了，花萍唯一能为自己做的，就是问小雨点吃饱了么，然后悄悄离开。

　　三年前，前夫吴大为出轨，安可抓了个现行，这婚姻就不得不瓦解了。小雨点归安可，房子卖了三七开，吴大为拿了三成，这是吴大为提出来的，除了出轨这个污点，他对女儿对这个家对安可还是挺不错的。

　　独身三年，随着女儿小雨点一天天长大，安可也一天天成熟起来。午夜梦回，或者纤纤玉手修理抽水马桶时，再或者小雨点跟小朋友闹别扭哭喊一句"我让我爸爸来打败你"时，安可都会特别揪心难过，这种难过是莫名的，是无法与人言说的，但它真实存在，只有自己能懂。

　　从前，安可对婚姻持非黑即白的态度，爱来了就婚，爱受伤就散，绝对没有含含糊糊的灰色地带做缓冲，这是不成熟的婚姻观，随着年龄的成长，生活的磨砺，以及心上的伤口结痂后的反刍，都让她下意识地开始做起自我批评——如果当初我不是把工作放第一位，忽略了家，如果我肯好好跟吴大为谈谈，或许我们的婚姻走不到这一步，如果离婚后我不是连吴大为的面都不见，什么难听对他骂什么，他也就不会草草跟那个女同事完婚……

## 第三章　隐婚男女

安可这么想着的时候，是零智商的，是绝对软弱的，是连她自己都看不起自己的，她知道覆水难收是什么意思，她也知道破镜重圆未必能比破镜不圆好多少，他们的矛盾和问题依然存在，他们比从前更多了猜疑和防范，她是否能不嫌弃他的脏，而他是否愿意浪子回头，这些都是再现实不过的问题，安可明白，吴大为已经与她背道而驰渐行渐远，女人都恋旧，她有回头看看的权利，但绝没有回头走老路的信心。

31岁的安可，总被弟弟安窦嘲笑是80后的外壳，70后的脑仁儿，是父母心中的最佳女儿，是小雨点心目中除了总是忙其他一百分的好妈妈，是同事眼中的女强人。身为外企行政经理，虽不至于像《杜拉拉升职记》里莫文蔚演的玫瑰那么摩登时尚、呼风唤雨，但荷包满满事业通达还是有的。无人知晓，这样一个女人竟有脆弱得躲到一个快捷酒店三天不出门不吃不喝的时候，沮丧得跑去酒吧买醉找茬吵架的时候，寂寞得上网随便抓一个人倾吐心事然后拉黑他的时候。

林更生就是那个听安可倾吐完心事被拉黑，继续加她继续被拉黑，如此周而复始7次的"执着帝"，直到林更生对安可倾吐了自己的心事，安可才手下留情，加他为好友，继而发展为男友。

林更生，具体干的活儿很清闲很暗淡，在市税务局思想政治工作办公室当副科长，主要负责全市地方税务部门的宣传教育、共青团、工会的思想政治工作和精神文明建设。林更生中等个，有个小肚腩，喜欢喝茶，不烟不酒，踏实有余魄力不足，经历过一场失败的婚姻，不知道为什么他始终对这场离婚的因由保持缄默，对安可也只是三两句就带过，继而转移话题。林更生饱尝了独自拉扯9岁儿子的艰辛，生活把他打磨成一个前怕狼后怕虎的中年男人，他的政治前途基本与此保持一致，四平八稳，无甚风生水起的可能性。

安可第一次见林更生时提出的第一个问题是："在Q上我一次次

拉黑你，你干吗一次次又加回我？"

林更生低头认真想了想，说出一句并不文艺腔但着实感动了安可的话："我感觉到我们是一路人，同病相怜惺惺相惜，找到你就是找到组织了。"

安可什么也没说，突然找到一种叫做归宿的感觉。

从安窦的婚礼早早退了席，安可带着小雨点来到公园，就是来与林更生约会的。安可与林更生约会尽可能地带上小雨点，不外是希望她与林更生增进感情，把注意力从一个月才能见一次的吴大为身上转嫁到林更生身上，有一天她要嫁给林更生的时候，小雨点不会哭着喊STOP！另一方面，安可已经处心积虑地讨好林更生的9岁儿子林林，给他买航母颗粒积木拼图，带他和小雨点一起去博物馆，那孩子每喊一次阿姨都能换来安可讨好的甜笑。安可后知后觉地发现，她其实早已经把林更生列为奋嫁的目标了。林更生何尝不是这样呢，他比安可下的功夫更多更早，第一次见小雨点就驮着她满头大汗玩了一个小时。一遍遍追问安可父母的脾气、喜好。做惯案头工作的他还稍显夸张地掏个小本子出来一笔笔记上，以备毛脚女婿登门时的不时之需，他每次带林林见安可之前都是千叮咛万嘱咐过的，安可虽没长千里眼顺风耳，但能明显感觉到有林更生在场，他那虎子就伪装成了绵羊，一旦躲过老子的监控，虎子就想张牙舞爪。他们都有过一场失败的婚姻，所以对这段感情倍加珍惜，他们之间的发展比之年轻时那会儿要有效率得多，除了成熟之后的褪去青涩和不再矫情，更多的是他们比谁都更加渴望拥有一个家。

安可带着小雨点在旋转木马前找到了林更生，林更生手里举着的冰激凌筒已经融化了。

安可牵着小雨点的手，上前打招呼："等半天了吧，路上塞车。"

林更生好脾气地答："没事儿，我也刚到。"

## 第三章　隐婚男女

小雨点人小口快,她一指林更生手里的冰激凌:"林叔叔,你说谎喽,冰激凌快化掉了,这证明你等我们好半天了,你是急着盼到妈妈,还是更盼着跟我玩?"安可一扯小雨点的手,冲女儿丢了个"别过分"的眼神。

"是啊,我来了好一会儿了,因为我急着见到小雨点,让你教我猜脑筋急转弯。对了,冰激凌化了,这个我吃,我去给你另买一个来。你们等我,别乱跑。"

安可抿着嘴,笑着点点头。

进了儿童乐园的小雨点犹如进了大观园的刘姥姥,眼花缭乱目不暇接,旋转木马,海盗船,摩天轮,"妈妈我要玩这个","妈妈我要玩那个",小雨点只恨自己分身乏术。

安可安抚道:"好,好,一个一个玩,等你林叔叔回来,咱们一起玩。"

口袋里的手机响个不停,是新娘子花萍打来的,小弟妹娇嗔地追问大姑姐为什么提前离席,她要三杯喜酒敬亲人呢。安可与花萍解释着,小雨点不耐烦地挣脱了妈妈的手,自由活动去了。

姑嫂之间的话题一扯开头就没完没了,林更生举着两个甜筒回来时,安可才草草挂机。林更生问:"怎么就你一个人,小雨点呢?"是啊,小雨点跑哪儿了?安可四下顾盼,巴掌大点的小人,怎么一下子就跑得无影无踪了。

两人边找边喊,边喊边找,奈何今天是个周末,天气又晴好,园里游人特别多。东找西找,一时焦躁,安可不由得埋怨起自己来,林更生一边找小的,一边还得安慰大的。

突然,林更生探手一指:"那个可不是小雨点吗?在滑梯上,穿着红色外套的!"

安可张望过去,一颗心跳到了嗓子眼儿,几只动物造型的滑梯

幸福实习生

上，穿着红色外套的小雨点正攀爬在最高的大象鼻子滑梯平台上，那滑梯足足有三层楼高，别说一个6岁的小孩子，就是大人上去也腿肚子打战犯头晕。

安可满眼闪着金灿灿的小星星，在小星星迸裂变成黑幕的前一秒，挣扎着勉强喊出一句："雨点，快从台阶下来，危险！"说完，腿一软，瘫在草地上。

小雨点只听得到妈妈的声音，但没听懂这呼唤的内容，还以为妈妈给她呐喊加油呢，绽放一个花朵般灿烂的微笑，坐在滑道上，手一松，飞"滑"直下三千尺！

说时迟那时快，林更生扔了甜筒，拿出刘翔的冲刺速度迎头冲上去，双膝刚刚跪倒在滑梯落脚点，小雨点一头扎进他怀里！如果晚一秒，后果不堪设想！

小雨点整个人栽进林更生这个巨大、柔软的"安全气囊"中，有点蒙有点后怕，混沌了几秒才咧开嘴哇哇大哭起来。林更生老母鸡护小鸡般拥紧小雨点，以磁性而温柔的男中音轻唤："雨点，没事了，有林叔叔保护你，你永远不会有事的。"

踉跄着追过来的安可，从林更生怀里把小雨点揪出来，劈头盖脸呵斥："吴雨霏！谁允许你上这么高的滑梯？你知道不知道你刚才差点没命了？走！回家！什么也别玩了，回家你给我好好检讨认错，再有下次，你干脆先拿把刀把我给杀了吧！"吴雨霏是小雨点户口本上的名字，吴雨霏这个名字仅供小雨点在学校用，在吴大为那里用。因为吴雨霏这个名字是吴大为给起的，安可不想再去想起有关那个人的一星半点。所以，如非事态严重，吴雨霏这个名字是绝对不会从安可嘴里蹦出来的，所以，小雨点一下子就明白过来，自己这次犯了相当严重的错。

母女俩正红眉毛绿眼睛呢，林更生不安地开口："安可，教训孩

## 第三章　隐婚男女

子不在这一时半会儿的，你先看看孩子这白裙子上的血迹是怎么回事？要不赶紧上医院！"

安可的脑袋就像扔进水里的海藻面扑，嗡的一下涨大N倍，到底还是摔伤了。哪儿出的血？会不会有生命危险？这个要命的小祖宗哦！

小雨点的裙摆处的确有几处隐隐的血迹，安可嘴里发腥心里发苦，迭声追问："小雨点，你哪儿疼，头晕不晕，告诉妈妈，妈妈带你上医院！"小雨点除了哭就是摇头，根本说不清楚。

关键时刻，还是林更生冷静，他仔细认真地排查小雨点的胳膊、膝盖、后脑等处，柔声问她这里疼不疼那里疼不疼，小雨点渐渐止住了哭，但还是一味地摇头。安可有点贪婪地望着林更生，在白花花的日头下面，他那副紧张、认真的表情，如此动人。这样的表情也曾出现在另外两个男人的脸上。一个是安可的爸爸，安可小时候时常见到老爸脸上的这抹表情，这是父爱，这是吾家有女初长成的甜蜜的担忧。后来，这表情就渐渐从老爸脸上消失了，或者说是刻意藏在心底了，那个时候她有了吴大为。再次从老爸脸上看到这抹表情，是她跟吴大为离婚后，老爸又开始替自己的女儿操心、担忧，他的心又开始像舞台上的聚光灯，锲而不舍地追溯着她的喜怒哀乐。另一个是吴大为，热恋时吴大为也曾流露出这样的表情，这使得他那张平凡的脸显得生动而棱角分明，只可惜这样的表情没多久就消失了，一去不复返，安可曾想，吴大为会不会对那个女人也有这样紧张、认真、怜惜的表情，如果有，这是比捉奸在床更能一举将安可打倒在地再踏上一只脚的羞辱，这心魔多年如一日地啃噬着她的内心。安可未曾料，林更生居然会拿这种秒杀自己的表情去疼惜小雨点，这比疼惜她自己更让她感动、满足和甜蜜，就在这一刻，她知道自己完了，林更生胜利了，她心甘情愿成为他的俘虏。

安可看到林更生的手肘下方有处血痕，血痕有半寸长，不深，鲜血将凝未凝，应该是林更生扑到滑梯底部时被草叶残根之类划伤的。

安可嗔怪道："看你傻的，伤口这么深都不觉得疼。"

林更生抬起胳膊看看，确认了小雨点裙摆上的血痕是从他的伤口而来后，长出了一口气，满不在乎地笑了："这点小伤算什么，走，咱们去玩旋转木马，今天有惊无险，值得庆贺，咱们要好好玩上一天。"

林更生刚才的紧张，是担心小雨点受伤，现在的笑，是不在乎自己的伤口。安可心生感慨，如果小雨点能有这样一个爸爸，如果自己能有这样一个依靠，夫复何求？安可这样想，林更生何尝不是这样想，刚才的滑梯事件也让他看清楚了自己的内心，他把小雨点视作安可的生命延续，他早已爱屋及乌！他们都迫切地想跟对方坦露自己的心迹，都焦灼得想牵着对方的手向全世界宣告，可他们说出口的依然是无关紧要的云淡风轻，比如今天天气真好啊，小雨点玩得真开心，我刚才的样子是不是很糗，诸如此类。羁绊他们舌尖的是过往的婚史，林林和小雨点的意见，还有越爱对方越怕自己不够好的惶恐，他们近情情怯，这说起来可笑，但无比真实。有过此类经历的男女当会明白，第一次选择婚姻的人是天马行空的鸟，第二次选择婚姻的人是背着重重壳的蜗牛，说我们结婚吧比说我爱你要艰难一百倍，繁重的责任把他们压得一丁点都任性不起来。

谁也没想到，是小雨点解了他们的围。

从旋转木马下来，小雨点嚷嚷着要坐海盗船，排队时小雨点眼尖，一下子认出排在前面第六个的小胖子是同班同学李壮壮，李壮壮是一（1）班里拔尖儿的调皮捣蛋鬼，平时没少干欺负女生的事，李壮壮不知道从哪儿得知小雨点是单亲家庭，就编了顺口溜欺负她，小雨点以前除了捂住耳朵抛开，也没别的辙，今天可能是因为有了给自

## 第三章　隐婚男女

己撑腰护航的保驾人林更生，小腰杆立马挺直了，左手拉着林更生，右手拉着安可，大步上前唤："李壮壮，这是我爸爸，这是我妈妈，以后你再编顺口溜骂我，我就让我爸爸修理你！"

李壮壮的爸爸赶紧跟林更生和安可打招呼，然后沉下脸追问儿子。李壮壮同学做过坏事心虚，自露马脚："我哪有？顺口溜里半个你的名字都没有，你……你是自作多情、自以为是、自说自话！"这倒霉孩子估计把所有一知半解的成语都用上了，用以撇清自己，但李爸爸照着他屁股给了一脚："小子，赶紧给你同学赔礼道歉，回家我再好好修理你！"

得理就饶人的小雨点并未深究，转而认真又天真地对李爸爸说："叔叔，李壮壮同学有错您得教育他，不能动手打人，打坏了他您还是要心疼的。"

三个大人哈哈大笑，李壮壮同学识时务为俊杰，已经奔向远处的充气城堡。

越荡越高的海盗船上，小雨点、安可、林更生的手紧紧握在一起，一张嘴，风就往嘴里灌，一睁眼，全世界都在脚下乱舞，不少人开始大呼小叫起来，小雨点兴奋地尖叫，安可则惊慌地嘶喊。

当海盗船荡向一百八十度角时，林更生大吼："你们抓紧喽，别害怕。"

安可与小雨点齐声喊："好，抓紧了，不害怕。"

林更生又吼："安可，嫁给我吧。"

安可怀疑自己听错了，呐喊："你说什么？"

林更生继续用吼的："安可，嫁给我吧，我爱你，我想照顾你们娘儿俩一辈子。"

小雨点呼喊："林叔叔，您说什么？再说一遍。"

林更生撂开嗓门，以人肉喇叭的分贝振臂一呼："安可，嫁给我吧！"

这下,全海盗船的人都听到了,大家齐回应:"安可,嫁给他吧,不然这海盗船永远不会停下来!"

安可完全眩晕了,这样求婚的方式和场景太意外太浪漫了,以她30岁的"高龄"还能享受这么隆重而热烈的求婚,她只能激动到颤巍巍地呼喊:"我——愿——意!"

地面上的海盗船主人用小喇叭广播:"船上各位请注意,为了祝福这对新人,我们免费让各位再乘坐一次,时长十五分钟,请系好安全带,'幸福'号海盗船起航喽!"

船上立刻响起一片"乌拉"的欢呼声。

当晚,安可与林更生各回各家各找各妈,分头与家人商量结婚大事。

先说安家。

安可进门只说了一句"我要结婚了",就被小雨点抢过去说一半丢一半地叙述了今天下午的来龙去脉。

花萍第一个发言:"姐,咱家这是双喜临门啊,我跟安窦今天刚办了喜事,你这儿就有捷报传来,看吧,我的花球可真没白白传给你。"

安窦侧脸冲花萍开腔:"你嫁进我们家还没二十四小时呢,属于安家的'新人',我们家的具体情况你不太了解,希望你最后一个发言。"

花萍撇撇嘴,但没再出声。

安窦拿起个苹果,咬了一口,对安可说:"姐,你确定这林更生与吴大为不是一路货色?你确定他能对你好一辈子?我是男人,我太清楚男人是个什么东西了。他没追到你时,你要天上的月亮他也架梯子给你摘去,什么好听他跟你说什么,什么感人他冲你做什么,等你成了他老婆之后,你就是想吃盘子里菜他都懒得给你夹,情话实话废话他慢慢都留着暖肚子了。他无事不献殷勤,一讨好你准是在外面做了什么亏心事。姐,你已经走过夜路了得学会怕黑。"

花萍忍不住插嘴:"听你说的这些真是肺腑之言啊,你将来也会这么对我吧,那不如咱俩现在就离了,我没走过这夜路也怕黑。"

安窦一瞪眼:"我那是说吴大为了,他就是这种货色,我正替我姐担心呢,你添什么乱啊!"

安窦妈一抬手,打断安窦的话:"安窦,你姐比你玲珑剔透一百倍,不用你操心,你跟花萍今天也累了,赶紧回卧室休息,我们娘儿俩好好谈谈。"

安窦与花萍拉起小雨点,心有不甘地边撤退边回头。

安窦妈表态:"安可,妈知道你是个稳当人,不会像安窦那三脚猫让人操不完的心。你要结婚是好事,妈替你高兴,可妈是过来人,不得不嘱咐你几句。二婚不比初婚,初婚一切从零开始,新人新貌新气象,两人只有未来没有过去,你跟林更生都是二婚,他有前妻你有前夫,三不五时的因为孩子还得从中来往,这其中就有很多剪不断理还乱的麻烦事,他百分百信任你么?你百分百相信他么?他跟前妻为什么离婚你弄明白了么,他们真的绝无复合的可能了?还有,林更生有个男孩吧,比雨点大3岁吧,后娘难当你知道不?尤其他是个已经快长成的半大小子了,他亲妈还知冷知热地跟他处着呢,你这个后妈该有多难当啊!再说你未来公婆,有前任媳妇当参照物,你做得好那是应当应分的,你做得不好他们就会拿你跟人家比。俗话说人比人气死人,你又是个处处要强、什么苦都自个儿往肚子里咽的主儿。女儿啊,说实话,你嫁到林家,妈是一百个担心,一百个睡不着觉啊!"

老妈的话虽略带偏激,却也不无道理,这个过来人一切都料出来了,唯一没算准的是,安可此时已然是爱在弦上不得不发了。

安可给老妈出了个难题:"妈,那依您之见,我该找个什么样的人嫁了才能幸福美满此生呢?"

老妈以为女儿回心转意:"依我说,我的女儿百里挑一,事业有成、模样俊俏、贤良淑德,嫁什么样的男人都是他前世修来的福分。他最好是没结过婚的,这样就不会有什么前妻、孩子的跑出来闹心。要么就是离异孩子归女方抚养的男人,咱就是把门槛降到最低了去,他带个孩子也得是个女孩,要比咱小雨点小几岁,这样你们娘儿俩都不至于受气,小孩子的心也好捂热。还有就是你嫁个公婆都不在本地的男人最好,那样一年只见上几面,不至于天天一个屋檐下勺子磕着碗的……"

安可打断老妈:"嘘——,花萍刚嫁到咱家,您现在既是老妈又是婆婆,您这婆婆可得当正喽,如果我是花萍,您还会这么说么?再说,如今离异过的女人是个什么局面,你也得访访。我是您女儿,所以您能把我看成一朵鲜花,在别人眼里我这三十岁的离异带个孩子的女人,早就是一支塑料花了!您每个周六周日都看《非诚勿扰》,您看那上面带着孩子的女CEO、女博士有谁被没婚史前科的男人给牵手去了爱琴海?我的妈妈,咱得学会面对现实!"

老太太蔫了:"我这不是顺嘴一说嘛,说一千道一万,我就是怕你嫁过去操心受累还惹闲气!到时候你可千万别回来抹眼泪,你这事,我持反对票!"

安可把目光投向老爸,老爸是最沉默的一个,自始至终都没发出一个字,她知道,这是因为老爸太重视这件事了,太重视自己的表态会对安可产生的影响力,所以才不敢轻率开口。

老太太急了:"他爸,女儿等着呢,你发个话,你也不同意女儿嫁给林更生吧?"

老安同志缓缓抬眼看了看老伴儿,又看看安可,那目光深沉、凝重又具有一股神奇的力量，瞬间就让安可娘儿俩安静下来。

安家真正的一家之主发话了："安可，第一次婚姻的失败，是你跟吴大为一人一半的过错，但我看到你长大了成熟了，这是比失败更加难能可贵的经验，你跟林更生的婚事还是由你自己做决定，爸爸相信你，相信你能——面对并解决好的，你真的长大了！这个家永远是你和小雨点的家，你们要常回家看看。就这些，散会。"

安家会议上的投票结果，三票支持，两票反对。

再说林家。

林更生比安可沉得住气，饭桌之上等各位汤足饭饱，他这才宣布自己与安可打算结婚了。

话音刚落，林林把筷子一摔："我不要后妈，我有亲妈，我亲妈叫孙美娜。孙美娜今天下午还带我踢足球吃麦当劳。你要敢给我找后妈，我就离家出走，搬到我亲妈家里住去！"

孙子是奶奶的心头肉，林林这么一闹，林妈妈连盘问清楚安可的人品、家庭背景乃至工作的心情都没有了，她哄着孙子，话头却直指儿子："林林乖，你爸哄你玩呢，他就疼你一个人，哪会给你找什么后妈？你爸那边刚刮起风你这边就下雨！吃饱了么？没吃就再扒拉两口，吃饱了就跟你爷爷下楼踢球去！"说完，冲老伴儿丢了个眼色，林爸爸历来唯老伴儿的号令从事，当即撂下碗筷，给孙子捧着球，爷孙俩一前一后出门了。

林妈推推碗盘，把胳膊架餐桌上，做出一副与儿子长谈的架势，语重心长道："儿啊，不是当妈的为难你，林林已经9岁了，人小鬼大，大人的事哪里能瞒得过他，你觉得他能接受除孙美娜之外的女人当他妈吗？你跟美娜离婚快两年了，你们俩当初离婚离得突然，你什么底也没给我们交，事到如今，我也不追问你们到底为什么离婚，我想问的是，该恨的该怨的都过去这么久了，为了孩子，你们有没有可

能复婚？你但凡点个头，我这就找美娜去，我不为别的，我一颗心就为了我孙子着想，如果我孙子每天过得不痛快，我的日子根本就没法过！"

林更生跟老妈摊牌："妈，我跟您说过多少遍了，就是太阳围着地球转，我跟孙美娜也没可能复婚了。过去的不可能重来，您只顾为孙子的快乐着想，就不为儿子的幸福着想？跟您实说了吧，我带着林林见过安可几次，安可善良、有责任心、处事周全，安可跟林林相处得挺好的，安可的女儿小雨点跟林林相处得也挺好的，林林是一时之间拐不过这个弯来，安可说了，林林可以喊她阿姨，等他愿意改口了再说，她完全有这个心理准备，今天下午，小雨点已经改口喊我爸爸了！"

"啥？天哪天哪，那女人还有个女儿，已经管你叫爸爸了？你瞧你那一脸没出息的笑，那小丫头肯定乖巧嘴甜，我林林心实嘴笨，我现在就替我的宝贝孙子担心，你将来肯定偏袒她们娘儿俩，那我林林吃亏受委屈的日子就在后头呢。不行，我坚决不答应这桩婚事，坚决不能让我孙子受后娘的委屈，你说你就是找也找个大姑娘或者离异无子的，现如今社会上不是流行二婚女人像棵草二婚男人是个宝吗？凭你的工作品貌和咱这家底，你就不能再考虑考虑？"

"妈，你说的这些我都考虑过了，做出这个决定也是认真慎重的，等你与安可相处一段时间下来，你会比我更喜欢她的，妈你放心，我不是娶了老婆就薄待自己儿子的黑心爸爸，我会尽力给林林一个完整的家，如果错过安可，我会后悔一辈子！"

林妈知道儿子铁了心，心里为林林叫苦，脸上还撑得住："我知道，你现在满心满眼都是那个女人，想当初你跟孙美娜不也是这样，结果呢，如今还不是一对冤家！我把一句话拍这儿，林林反对你跟那个女人结婚就是我反对，我反对就是你爸也反对，那个女人要真心爱

## 第三章　隐婚男女

你，要真心想当林林的妈，谅她也不会介意我这个未来婆婆的一个小小要求吧？"

林更生听出老妈这话有转机，语带催促："妈，您快说您有什么要求？安可跟我一定答应！"

林妈冷笑："别高兴得太早了，我的要求就是，你跟安可签一个婚前协议，把存款、各自的房产以及各自孩子的抚养问题什么的都划分清楚，谁也别占谁的便宜。你们先去民政局把手续办了，用不着大张旗鼓的，就两家人吃个便饭，让她们母女住进你跟林林的家里先试试，如果没几个月就露出马脚、吵吵闹闹、面不和心也不和，那就趁早再悄无声息地离了，谁也别耽误谁再往前走一步，如果她真能相夫教子做得来我林家的媳妇，那老太太我亲自掏腰包去五星酒店包上十几桌一等一的婚宴，请遍亲朋好友为你们举行婚礼，亲手把咱林家的掌门钥匙交给她！"

林更生倒吸一口冷气，刚才的笑模样全吞进肚子里，老妈这招太厉害，可他说不出半个不字。

当晚，林更生连给安可打手机的勇气都没了，安可捧着哑巴掉的手机发了半天呆，婚事遇阻，不言而明。

第二天午后，安可接到林更生的短信：我在你家楼下，方便的话下来一趟，我有话面谈。

安可随便找了个借口下楼，林更生在小区对面的马路牙子上来回徘徊。两人找了个小茶馆坐下，简明扼要地交流了一下昨晚各自家庭会议的结果，就陷入了长长的沉默之中。这种沉默的滋味就是一种煎熬，他们宁可对方申辩几句、抱怨几句甚至拍拍桌子，这样自己心里还好受些，可沉默之后依然是更长的沉默，他们的心都在为对方流泪。

幸福实习生

安可的手指机械地在茶杯口来回摩挲，眼睛已经探向玻璃窗外，街头营营役役的众生相，有多少人手牵着手心里却已分离，有多少人笑着却饱含泪滴，有多少人浑浑噩噩却依然随波逐流，有多少人嘴里说爱脚下却从未迈出一步？谁参透爱情到底为何物，谁了悟婚姻的意义它在何处？

一个小人儿从安可心头跳将出来，指着她当头顿喝："安可，一段感情，总是会有太多希望和失望，这就是贪婪带来的恶果。希望太多或失望太多，都会让感情亮起红灯，平常心，在这个时候是多么的难能可贵，如果你以平常心处之泰然，那婚姻里的沟沟坎坎总有一天会变成平常事、平坦路。到了你这个年纪和境地的女人，至少该明白一件事，与其去改变男人，不如改变对男人的期许。你要学会对婚姻不再盲目憧憬也不再极端针砭，平常心平常事，一切尽心尽力而为，过程即是结果。林更生他妈的'隐婚'要求没什么不能答应的，这是为了他也是为了你，因为每桩婚姻的春天都是煎熬出来的。"

林更生把手指关节捏得发白捏得咯咯作响，终于，他犹豫着开口："安可，我替我妈跟你说声对不起，我想了一整夜，今天早上拒绝了我妈提的那个要求，这对你是侮辱对小雨点是委屈，我非但履行不了保护你们母女的誓言，还让你面对这种难堪和刁难，我要跟你忏悔，昨晚我甚至企图站到我妈那边说服你，我甚至猥琐地想只要过了结婚这一关，以后就一步一步来，现在我只想抽我自己！"说着，林更生给了自己一记脆生生的耳光，幸亏这会儿小茶馆里没什么人，服务生都躲到一边打盹去了。

安可捏住林更生的手："我愿意，这是真心的，就按你妈说的办吧，以后的事真得一步一步来，花萍，也就是我弟媳妇，她姥姥有句名言，'只要夫妻两个心贴着心，哪怕不能脸贴着脸呢，也得心贴着心，前面就没有过不去的火焰山'。我把这话送给你，权当新婚贺礼，我们一起努力，希望咱们能有接受众人祝福、在婚礼上喝下交杯酒的那一天！"

林更生举杯："安可，今天之前我只是爱你，从这一刻开始，我对你又爱又敬，来，我以茶当酒，先干为敬！"

安可举杯："为了我们尽早煎熬出婚姻的春天，干杯！"

二人一干而尽，对视一笑，一切尽在不言中。

从这一分钟起，是新的开始，他们要并肩出发。

# 第四章 闪离大战

安可与林更生来到民政局,他们穿着平时上班的深色正装,没有手捧鲜花,也没有举着DV,从他们的脸上既找不到初婚男女的激动雀跃,也找不到离婚男女的貌离神离,在这个人人可以放大自己表情、夸张自己情绪的特殊地方,他们这一对儿倒像是路过借用一下卫生间的。

证件齐全、婚前协议面面俱到、两人态度淡定更坚定,安可与林更生的领证手续一气呵成。揣着滚烫的大红本本,安可想对林更生说的话很多,但说出口的只有一句:"你赶紧回去上班吧,既是请假出来的就别耽搁太久,我今天没什么事,替公司给自己这个新娘子放假一天,晚上你早点回来,你妈答应了两家人一起吃个饭嘛。"

林更生点点头:"听老婆的话吃饱饭!从现在开始我就归你管了,我会早点下班的,你等我电话。"

两人就此分手,林更生走出几步,复又折回来,深深拥抱着安可,在她耳边低语:"谢谢你让我成为天下最幸福的男人,我不会辜负你的。"

安可鼻子一酸眼睛一热:"傻瓜!"

目送林更生远去后,安可站在路边拦出租车,她还没拿定主意,是径直回婆婆家报到,还是先回娘家收拾出她跟小雨点的两箱行李搬过去,缺了一场热热闹闹的婚礼,安可从娘家搬出来就有些像缺少一台官方发布会的小工厂重组合并,理不直气不壮。

一辆出租车在安可面前停下,没容安可打开后排车门,车门豁然被推开,一颗花椰菜般的梨花头探出来:"姐,我老远就看到是你了,怎么就你一个人,我林姐夫呢?"居然是花萍。

安可笑:"你就是场云中雨,哪儿有云彩哪儿就有你,林更生去上班了,我正打算回家一趟,一大清早你跑这儿来干吗?"

花萍跳下车,不容安可阻拦打发了出租车,推着安可往民政局里

## 第四章 闪离大战

走:"姐,你正事办完了,我知道你是你们公司里的'二领导'没人查你考勤,你帮我一个小忙,中午我请你吃饭,不,中午赵学而同学请你吃饭!"

安可驻足不前,连连问:"你要我来这里帮什么忙?你跟安窦刚举行完婚礼这才几天啊,难不成要离?这忙打死我也不帮!这其中又牵扯赵学而什么事,赵学而是谁?"

花萍抬手一指:"喏,她就是赵学而,一个被亲情瓜分了婚姻的悲催女,她是我最好的姐们儿,我今天就是为她来两肋插刀的,你是我姐也就是她姐,两肋插刀你就不必了,但摇旗助阵是你的活儿!"

安可顺着花萍指的方向望去,广场上一对母女正与一群男女老少理论着什么,跟母亲并肩作战的年轻女子安可见过一两面,她正是花萍婚礼上的伴娘之一,婚礼上的赵学而可是个像波斯猫一样华丽、慵懒的女子,如今却成了一只剑拔弩张的刺猬,难怪安可第一眼望上去没认出来。

花萍跟安可继续介绍:"赵学而与李赫男是大学师兄妹,校园恋情原本纯粹热烈。赵学而一毕业就嫁给了李赫男,两人婚后是经常有点小摩擦小矛盾,可他们之间的小摩擦小矛盾最后往往被双方父母插手干涉。李赫男家世代经商,他现在在老爸手下做事,经济不独立的他难以人格独立婚姻独立。赵学而的老爸过世得早,她与老妈相依为命多年,现在女儿嫁得好,老妈理直气壮成了'啃小族',这样一来,常常是小两口拌嘴怄气耍花腔,两边父母护子心切插手其中,总把小矛盾闹到不可收拾的地步,甚至鼓励他们离婚,今天他们就是在双方父母挟持之下来'闪离'的。"

安可一拍脑门:"苍天呐,我只在咱们地方台的晚间新闻上看到过有个别'极品'父母帮着年轻夫妇去咨询离婚问题的,比当事人态度还积极坚决,没想到,这事真真切切就在眼前发生了,都说80后

是自私、任性、缺乏责任感的一代,有谁知道80后的婚姻不但要抵御物质膨胀的诱惑、小三的围追堵截,还要承受父母的直辖管理,真是九死一生啊!"

说着走着,安可与花萍迎上去,与赵学而会合。三个女人整装、昂首、阔步,她们无法让一段得了软骨病的婚姻痊愈茁壮,但至少能捍卫一下婚姻的尊严,女人的尊严。

此时,赵学而的老妈正与李赫男的娘亲唇枪舌剑。

赵妈:"是你们男方主动提出要离婚的,理所当然得拿出李赫男的房子、车子和存款跟我们家学而一人一半。"

李妈:"您老大风天吃炒面,说这话也不怕牙碜,你女儿跟我儿子结婚总共才8个月,眼看着就'闪离'了,这房子里有一颗螺丝钉是您女儿买的么?这车子有一个轮子是您女儿买的么?白住白用了不算,还想白拿,门儿都没有!"

赵妈:"你们李家说出去也是大户人家,娶媳妇时恨不得往脸上贴金往腚上贴银,那排场摆得能把人眼睛看疼了,如今是你们两个老的非逼着这两个小的离婚,离得这叫一个孤寒刻薄,让我女儿净身出户。我今天替我女儿做主了,要不给我们应得的该拿的,这婚你们别想离,不然我们娘儿俩妇联恭候你们大驾!"

李妈:"你把话给说清楚喽,什么叫'我们非逼着这两个小的离婚'?是他们自己要离的,我们实在跟着折腾不起,这才催促他们把手续办了,早离早脱生,不信你问问你女儿,是不是她隔三岔五跟我儿子吵吵闹闹的,一急眼就要离婚?"

赵妈:"学而为什么要跟李赫男吵闹?还不是因为他有错!答应去接学而下班,结果被朋友拉去喝酒忘了,害得我女儿在雨里等他一个钟头!还有上次,学而出差帮男同事捎个土特产,李赫男就吃醋打去电话追问人家跟学而什么关系,这多丢人啊!还有上上次,李赫男

## 第四章 闪离大战

应酬就应酬,干吗在夜总会让女的坐大腿,被学而撞见了,他还理直气壮生意就是这么谈的,他老子就是这么谈生意的,敢问亲家母,不对,前亲家母,您家的家风就是这么的么?"

李妈:"你——你——你怎么为老不尊出口伤人?嫁进我们家就得守我们家的规矩,我们家是做生意的,逢场作戏那是有的,我儿子这么做还不是为了赚钱养家,他有什么错?再说了,你女儿那是撞上的么,她是故意跟踪去的,这种不识大体不能助老公一臂之力,除了会花钱会撒娇会抹眼泪的媳妇不要也罢!三五天这么一闹,半个月来上一大吵,这日子根本没法过,俗话说有其女必有其母,你比你女儿更能花钱更会享受更贪得无厌,知道外面的朋友都是怎么说我儿子的吗?他们说,'能呼风唤雨的李赫男现在是被老婆的裤腰带给拴到床头了,天天像驴一样卖命赚钱过得却比狗都惨,不但要养个娇滴滴的老婆,还要养个花钱如流水的丈母娘'!"

赵妈:"你胡说,我花骨朵儿一样的女儿从小养到大,双手送给你们,李赫男作为我女婿孝敬我一点怎么了?我女儿是教书育人拿国家工资的人民教师,我花我女儿的钱那是天经地义谁也管不着,这总比你一把年纪还得拿钱供儿子开公司赔钱然后你再拿钱帮他还债要舒心惬意得多了吧,人各有命,不能比哦!"

李妈:"你狗嘴里吐不出象牙,别扯那些没用的,今天这婚你们是离也得离不离也得离,至于家产都在我名下,我儿子一个子儿都没有,你就是把这官司打到联合国,也讨不了半分便宜去!你撺掇着他们不办这手续,是不是怕你女儿离了只能找离异的有孩子的中年男人,我告诉你,我儿子再离一百次他也是钻石王老五,排队相亲的水灵灵的小姑娘多了去了,人各有命,不能比哦!"

两个老妈越说眼睛越红火越大,转眼就成了两头背水一战的母狮,赵学而和李赫男起先还能各劝各妈,架不住二老这话越说越难听

51

越说越离谱,两人各为其主、护妈心切,最后那一点点理智也荡然无存,从劝改为参战。

赵学而一推李赫男肩膀:"李赫男,你不就是想跟我离婚吗?我成全你,拜托你管管你妈,这好歹是公众场合,别当你们家后花园,想怎么撒泼就怎么撒泼。"

李赫男反唇相讥:"你把话说清楚,到底谁为了一点鸡毛蒜皮口口声声要离婚?这应该算是我成全你吧,你别光嘴上逞英雄事到临头再反悔哈,你凭什么说我妈,你先堵住你妈那张刀子嘴吧!她丢人也就算了,犯不着拉上我们全家!"

赵学而眼睛都红了:"姓李的,你妈才刀子嘴斧头嘴呢,我还告诉你了,这婚就得按照我妈说的条件离,当初是不是你跪地求婚的?你求婚时是不是信誓旦旦说要爱我一万年,要把你的人你的心你的房子票子车子统统都给我?我没讹你吧?这才过去几天啊,就把说出来的话给吞回去了,别忘了覆水难收这句话,你答应我的就得做到,房子一人一半,存款一人一半,不然这婚你就别想好好离!等咱俩离婚这事闹上了市电视台市晚报,最好能上央视《今日说法》,你家就更名门了,你也就更名人了。我和我妈是光脚的不怕穿鞋的,不信走着瞧!"

李赫男安抚住老妈,三两步迎上去,与赵学而鼻尖对鼻尖:"一日夫妻还百日恩呢,你这种黑心拜金女我怎么早没看出来,我的钱就是捐出去给敬老院给山区孩子,我也不会白白便宜你,你跟你妈趁早死了心吧,提醒你一句,你赵学而是嫁给我的,不是卖到我妈家的,若要卖,也得先瞅瞅你自身条件,能卖几个钱……"

"啪",赵学而甩手给了李赫男一记耳光,赵妈妈抄起茶几上一只保温杯,连茶水带茶叶兜头泼向李赫男,李赫男成了一只头顶冒热气的落汤鸡,李家爸妈也不示弱,抡起胳膊就跟赵家母女互掐,他们身后的亲朋好友也团团围上来，离婚门眼看就变成互殴门，赵家母女明显呈弱势，赵学而的头发已经被婆婆揪下来了一小撮，婆婆的盘发被亲家母抓成了鸡窝头，李赫男要掰开岳母狰狞在自己老妈头发上的铁钳手，他的手臂被赵学而一口咬下去……吵的闹的动手的下嘴的烧底火的看热闹的，这婚离成了一出动作片，一场闹剧，一个笑话。

正不可开交呢，安可提着一口气跑到大门口喊来了五六个保安，花萍更生猛，不知道她打哪个科室找出个半新不旧的大喇叭，"噌噌"爬上接待处的桌子，居高临下吆喝："110五分钟后就到，你们各位头顶可有监控录像呢，有不想丢人丢到姥姥家的，有不想去派出所留案底的，就赶紧住手！"

保安们或许见识过这种离婚离得跟打仗一样的惊心动魄场面，个个身手矫捷，一个上前隔离开了二位女当家的，另外几个架开刚才出手最麻溜的，沸腾的人群渐渐落了滚儿。花萍的当头棒喝犹如一道驱魔咒，人人仿佛一瞬间从魔界返回到了人间，良知和理性即刻复苏，大家尴尬而快速地整理仪容，收敛戾气，退后几步，张望着赵学而和李赫男这两个当事男女主角的脸。

李赫男的脸由红变白接着泛灰，他以眼神哀求着老妈，李妈妈读懂了儿子的心声："妈，求您了，我什么都听您的，别再闹了，接下来的事交给儿子处理吧。"李妈妈不忍心再为难儿子，头一偏，冲亲家母丢下一句："我不是怕你，我是心疼我儿子，这笔账你给我记好喽，咱们将来慢慢算。"说完，用眼神从赵学而、安可、花萍身上依次狠狠剜了一遍，接着领着一队人马，灰头土脸地走了。

李赫男看也不看丈母娘，盯着赵学而一字一顿："好的，我依你，咱们住的房子一人一半、咱家的存款一人一半，那辆宝马你要稀罕就拿去，我什么都依从你，这下你满意了吧。"

赵学而刚才的伶牙俐齿不知道跑哪儿了，好半天只哼出一句：

"哼,我被你骗过太多次了,你这话注了多少水只有你自己知道,有种你把刚才说的话写进离婚协议里,等手续办完了我就再信你一次!"

李赫男没再废话,从服务台要了纸笔去趴大理石台面上奋笔疾书,赵学而半信半疑地跟着,赵妈妈虽然还是一副苦瓜脸,但脸盘的底色已经渐渐渗出喜气来。

安可与花萍对视一眼,她们原本是想劝和不劝离的,可惜双方的父母都太过强势太过越俎代庖,根本容不下任何不同的意见和声音,赵学而和李赫男之间纵使还有爱,只怕也如同严霜寒雪之下的麦苗,要等返青只得等来年春天了。

写协议,打印,签字,工作人员审核,这一系列过程中,赵学而都紧紧盯着李赫男的脸,可惜李赫男的眼皮就像灌了铅,始终都没抬起来过。

工作人员例行公事问李赫男:"你对这份离婚协议有异议么?"

李赫男木然答:"没有。"

工作人员问赵学而:"你对这份离婚协议有异议么?"

赵学而答:"有。"

刚刚目睹了双方为达成离婚协议而闹得不可开交的众人都不敢相信自己的耳朵。

工作人员再问赵学而:"你对这份离婚协议有异议么?"

这次,赵学而抬起头,抓过那几份已经复印签字过的离婚协议,两手一绞,撕了。她认真地说:"我不同意,这份离婚协议无效,我们重新去拟一份。"

李赫男快崩溃了:"赵学而,你要我玩是吧,我都退让到悬崖边了,你还想怎么着?亲手推我下去?再抛下块石头给我助助力?"

赵学而取过纸笔,回头冲李赫男粲然一笑:"等我写完你就知道了,必须照我写的条件,我才答应你离婚。"

## 第四章 闪离大战

李赫男一拍大理石台面,痛得直甩手:"赵学而,不带你这样的,你要不想离婚明说,我能给你的都给你了,你要再觊觎我父母辛苦半生打拼来的家产,那可就真是太过分了。"

赵妈妈悄悄扯扯女儿衣襟:"你们毕竟做过一场夫妻,就按他说的离了吧,别把他逼急了,兔子急了还咬人呢。"

赵学而不理老妈和李赫男,快速拟好了协议。

等协议交到李赫男手上时,他彻底蒙了,揉揉眼睛,从头到尾又看一遍,原来,赵学而放弃了之前那份协议,放弃了原本可以归她所有的房子、存款和车子,她只要求带着自己的衣物和陪嫁物品离婚。

赵学而答:"刚才你妈跟我妈'火拼'时,安可姐就悄悄跟我说了,新婚姻法规定哪一方出钱买房离婚时房产就归其所有,这房子是你妈付的首付,你还的月供,我充其量就是与你一起选装修材料定设计图,每周擦拭一遍地板家具,每天在厨房煎炒烹炸,每晚在卧室床上跟你吵架怄气跟你同床共眠。我之前想要,一是天天这么侍弄这个家真有了感情,它在我眼里不是一栋房子是一屋回忆,二是怕你舍不得给我。你是有钱人,但你比任何人都小气,舍不得花时间陪我,舍不得拿甜言蜜语哄我开心,舍不下面子先跟我赔礼道歉,我每次跟你吵架的源头各有不同,但最后争的其实就是这些,这些在我心中比银行卡比衣服比珠宝更贵重,如今你舍得给了,我就心领了,我们之间的这笔账就扯平了,我们离婚吧。"

赵妈妈攥住女儿的手,声嘶力竭:"你个傻女啊,我这么拼还不是为了你!他离一百次婚还是钻石王老五,你这一离婚,还是净身出户,将来想嫁个不带拖油瓶的帅小伙都没可能了!看来你还是跟他一条心还是胳膊肘往外拐,你爸走得早,我怕你受委屈硬是没敢再嫁,我一个妇道人家把你拉扯大我容易么?那这婚也别离了,不然你索性先勒死我算了,我也不眼睁睁跟着你白白地操心受累了……"老太太

号着,人就往后仰去。

花萍赶紧一把扶住老太太,拿话给她宽心:"阿姨,你消消气败败火,这新婚姻法对奋嫁的女人更是一记响亮集结号,学而敢嫁就证明她看上的是人不是房,这目标更纯粹更令人肃然起敬。学而可是响当当的高姐,薪水不薄福利厚厚,将来她也可以先买房后嫁人,您就跟着学而享福吧!"

安可也劝慰道:"阿姨,我之前劝学而是因为一日夫妻百日恩,冤家宜解不宜结,感情事往往是败亦萧何成亦萧何,眼前看学而是吃了点亏,但将来肯定会有慧眼识珠的好男人因此敬重学而,会加倍好好疼爱她。别说将来,就眼下这大厅里,见证学而不拜金的人们,个个都对她肃然起敬,连我都佩服得很,半套房子与一个女人一生的幸福PK,您说哪个更重要?"

赵妈妈虽一时半会儿拐不过这个弯儿来,眼见半套房子就这么打了水漂,更是心疼肉疼,但知女莫若母,她知道学而打定主意的事,八辆马车都拉不回来,她也只能哭两嗓子捶女儿几下子罢了。

这一切李赫男看在眼里,他突然觉得此时的赵学而格外陌生格外高大,把他映衬得渺小猥琐不堪,他哑了,呆了,蔫了。

接下来的离婚手续办得很利索,赵学而把离婚证递到李赫男手中时,大大方方冲他伸出手:"保重,再见。"

李赫男与赵学而的手重重一握,轻轻一抽,夫妻就变成了前妻前夫,亲人就成了路人,自此天各一方,各自珍重。

赵学而对老妈好一番叮嘱开解,送她老人家上了出租车,转身对花萍和安可一抱拳:"今天幸得两位女侠拔刀相助,我才不至于被那恶婆婆打得落花流水,小女子无以为谢,午饭我请了。"

澳门豆捞火锅城,肥羊、毛肚、牛仔骨、竹节虾、鱿鱼、丸子、

## 第四章 闪离大战

青菜的要了满当当一桌子,三人开涮。

赵学而把每个人的杯子斟满,随口问:"安可姐,花萍今天是我通知她到民政局'救驾'的,你是不是被花萍给生拉活扯来的,那我得敬酒赔罪。"

安可举杯一碰,老实作答:"我今天是去民政局领结婚证的,不过,这也不是什么值得羡慕的事,因为我婆婆觉得我难以胜任好后妈一职,所以给我设立了考察期,期满合格才能补办婚礼,接受亲人朋友的祝福。"

花萍也凑过来杯子:"姐,学而,你们谁有我悲催?唐小喵终结了我跟安窦做一对合法夫妻的美梦,我是为了姥姥不受刺激病情不恶化,才跟安窦如期举行的婚礼,我对他又恨又爱,拿不起放不下,我不知道这是不是爱,我对与他的未来严重缺乏信心,我不知道跟安窦这对实习夫妻要做多久才能否极泰来顺利转正!"

杯筹交错间,赵学而电话响,她打开包包翻电话,一样东西被带出来落了地,赵学而捡起来,是一张裹了纸条的建行卡,纸条上只有一句话:"学而:一夜夫妻百日恩,卡上的钱不多,是我的心意,希望你一定过得比我好。李赫男。"

赵学而想起,早上出门时,李赫男曾鬼鬼祟祟动过她的包,当时那剑拔弩张的气氛,她也没细想,如今看来,李赫男也是个刀子嘴豆腐心。想着想着,赵学而居然忘了接电话,未接来电显示是李赫男。

安可开解赵学而:"爱情是唯美的也是含有杂质的,有转化的一天也有升华的空间,你跟李赫男之间没有原则性的错误,没有残忍的彼此伤害,没有最具杀伤性的冷漠,这或许表示,你们之间的故事才刚刚开始吧。"

赵学而摇摇头又点点头:"很多恶行,是因为爱而不得,比如分

57

幸福实习生

手是因为痛恨当初没牢牢牵住彼此的手，谩骂是因为心智迷失突然忘了怎么说爱。我们谁都不是先知，无法未雨绸缪，甚至，在恨已经发生后，仍不肯承认，我们曾经爱过。但就在这一刻，我要命发现了一个可怕的事实，我爱他，他也爱我。"

花萍举杯："来，为我们三个为爱情奋斗到底的女战士，为我们这些纵使不被亲人祝福、不被法律保护、不被公婆庇佑依然顽强狠狠爱的实习夫妻干杯！"

干杯。三个女人的微笑就是最好的祝酒词，三个女人的泪花就是最好的行酒令。

## 第五章 三次断供

幸福实习生

安窦想破脑袋也想不到，婚礼后他与花萍的第一次正式争吵，居然是——谁来洗袜子！以前，安窦也曾听过已婚的同事朋友们倒过此类苦水，比如谁谁昨晚跟老婆吵了一架，因为他没洗碗；某某被老婆丢的烟灰缸砸破了脑袋，他乱弹烟灰惹得老婆发飙。此类围城战争当事者说起来义愤填膺苦大仇深，安窦却总是耐着性子付之一笑，觉得不过是当事者添油加醋言过其实，等自己身临其境之后，安窦才仰天长叹一句，子非鱼焉知鱼之苦啊！

周一至周五的早上，是安窦与花萍铆足劲地抢卫生间。这一次，花萍又赢了，任卫生间的门被敲成了战鼓，她依旧有条不紊地洗漱如厕。等花萍走出卫生间，安窦捧着小腹踮着脚尖一头扎进去："我要是把肾给憋坏了，你得赔偿我。"花萍乐："行啊，我给你买一卡车肾宝喝，不过，刷你的卡。"

卧室里，借着穿衣镜的反光，正在戴耳钉的花萍悻悻看到，卫生间的洗衣机旁，安窦猫着腰在储物桶里翻找那堆臭袜子。花萍嘴角浮出胜利的微笑，装没看见也不做声，继续试穿。安窦的这堆臭袜子她已经攒了两周，正是她的无声宣战。

夫妻之间爆发战争，往往是由鸡毛蒜皮点燃导火索，但真正的内因，则是日积月累下的"冰冻三尺"。安窦在婚礼上要做个五好老公的宣誓言犹在耳，脱下新郎袍换上老公衣他就心安理得地当起甩手掌柜，进家门第一句话就是："老妈，今晚吃啥？"进卧室第一个动作，就是脱掉脚下的臭袜子，往地板上一扔："老婆，我今天累死了。"除此之外，花萍做过统计，安窦一天下来对她说的频率最高的三句话居然是"老婆，给我拿双袜子"、"老婆，给我揉揉肩膀"、"老婆，关灯睡觉"。好像安窦娶她回来，就是娶了一个免费的女仆，还自带工资上门服务的。一到双休日要做积累了一周的家务时，安窦倒成了大忙人，不是早早约了朋友就是喊了同事，反正不等花萍累个半死把臭袜

## 第五章 三次断供

子脏衣服洗完把地板拖得能当镜子使他是不会进家门的。

安窦有一个最让花萍不待见的毛病，贪杯，他喝高了之后特能吹牛，市民营企业家第一人当年赚的第一桶金就是从他手里赚的，两人至今还时不时坐在林肯里品人头马；别看他安窦现在还是不起眼儿的小人物，只要他一发威发力，三十五岁时公司就上市了，四十岁退休周游世界，他手里有人脉，有内幕，有资源，如今缺的就是一股东风而已……

等安窦喝大发了吹过瘾了打道回府，花萍自然要给他脸色看，捎带啰唆上几句，一次两次的，安窦还能"好男不跟女斗"，架不住次数多了，安窦开始不阴不阳地还嘴，嫌隙渐生。

由于是跟安窦的父母同住一个屋檐下，花萍与安窦结结实实吵一架的机会都聊聊等于无。花萍牙都快咬碎了才想出一招——以牙还牙，以后，他的臭袜子他自己洗，本姑娘我还不伺候了！这世道有断供房贷车贷的，怎么就不能断供婚姻！我是嫁给你了，可我没嫁给你的臭袜子脏衣服，断供，除非你能意识到自己在这场婚姻里除了是权利方还是义务方，谁怕谁？于是在这个再找不到一双袜子穿就要打卡迟到被扣工资的早晨，一向玉树临风潇洒倜傥的安窦安公子，捏着鼻子皱着眉头，义愤填膺却又无可奈何在那堆臭袜子里翻捡来翻捡去，用两根手指头拎出一双稍稍看上去不那么灰蒙蒙不那么皱巴巴的脏袜子，狠狠地闭着眼睛套在自己脚上，连早饭也顾不上吃，风驰电掣地上班去也。

安窦是个聪明男人，他只用了喝一杯咖啡的时间，就明白了自己为什么会落得个穿着脏袜子来上班的结果，脏袜子脏衬衣之类的他还能想办法周旋，比如跟老妈撒个娇，请老妈代劳，或者送去干洗店，最不济也能去批发街买上几打备战备荒，可万一因为这等芝麻绿豆大点儿的事惹恼了花萍，有一天她在床上也来个断供，那可真是能要了

他的命！这太得不偿失了，他必须寻求一个解决之道，于是，做惯了快乐单身汉的安窦，又用了喝掉五杯咖啡的时间，想出了一条解决花萍断供的妙招。

当晚，花萍下班进门，就看到家里桌子锃亮地面洁净，阳台上晾了整整两排湿答答的衣服和袜子，看来安窦已经彻底打扫了这半个多月来的家务战场。安窦很低姿态地递过来拖鞋，接过去皮包。人家既然给了把梯子，花萍也就顺势下了台阶："你今天怎么这么勤快啊？难不成今天的月亮太阳打东西南北一块儿升起来了？你爸妈呢？"

安窦呵呵一笑："他们去周托的幼儿园接童童了，知道你不待见童童，他们就领童童吃过麦当劳在街心花园玩够了再回来。"

花萍眉毛一挑："小心你的措辞，谁说我不待见童童，我不待见童童她妈唐小喵是如假包换的事实，我再小心眼儿也不会因此刁难一个不懂事的孩子，你再这么针对我小心我翻脸无情！"

安窦话题一转："您今晚是太后老佛爷，您的懿旨小安子谨遵就是，请太后老佛爷移驾卧室，更衣上床上菜喽。"

"上床？上菜？"

"是啊，今晚是难得的二人时光，我把床上电脑桌改成小炕桌，亲自下厨做了几个小菜，咱们也举杯邀明月一番。"

花萍嘴上撇着眼睛里不屑着，但心里很是受用安窦的这番刻意讨好，男人愿意花心思哄你，起码证明他在乎你。

卧室里，"小炕桌"摆上床，几样卤味，两个凉拌菜，一看就是外面买回来的成品，但花萍假装没吃出来，每吃一样就认真点评一番赞美一番，安窦酒没喝就上头了。

正啃鸭脖的花萍踹了安窦一脚："去去去，别一见我就起腻，拿纸巾去。"表面看，花萍是正襟危坐，其实她心里也松动了，可她脸上挂不住啊，今天早上两人还为了一双臭袜子硬碰硬呢，这天还没黑

## 第五章 三次断供

透就过起家家来,以后要被安窦拿捏死了,自己的断供戏码怕是唱不下去了。

家务问题先抑后扬得到解决后,紧随其后的就是单位个性与婚姻共性的矛盾冲突。

做婚活女那会儿,花萍彻底被一条流行至街头巷尾的"爱情真理"给洗脑了:舍得给你花钱的男人,才是最爱你的人。恰好彼时她身边就有个花钱向来如流水的豪放男友安窦,看他每个月都把过半薪水花在与自己谈情说爱、送自己礼物的分上,花萍觉得找到了最爱和归宿。

不料,婚后没多久,花萍发现这条"真理"从爱情的田地里挪移到了婚姻的苗圃里,就从鲜甜可口的橘子变成了酸涩难下咽的枳子,所谓橘生淮南则为橘生于淮北则为枳,不除之寝食难安。

婚后,花萍对安窦说的第一句话就是:"亲,从今天起,你的就是我的,我的就是我们的,以后你就光荣地成为'无产者'了,恭喜恭喜。"

心不甘情不愿的安窦只能用软弱的语言以示抗议:"乖,我在刮我们的胡子。""乖,我在刷我们的信用卡,当然是给我们的爱车买户外装备。""乖,我们的朋友下星期要结婚,麻烦你的工资卡,哦不,我们的工资卡借我用一下下。"

这不,安窦又拎着购物袋进门了,两件外套:"乖乖,都是原价货,一点折扣没打。"花萍的眼睛差点淌出水:"还有一个月就到打折季了,世贸打出广告要四折清仓呢!"新买的一套钓鱼竿,明晃晃的四位数价格,花萍觉得头晕眼花:"亲哪,进口渔具比国产渔具贵了好几倍,难不成你用它能钓上来条大白鲨?"

花萍知道自己的脸色一定很恐怖,因为安窦心虚地掏出最后一件

商品，献媚道："乖，我给你买了件打底衫。就凭你节省下来的那几滴水，还能积攒出一个太平洋？"转过身去，安窦窃窃私语："我怎么娶了个葛朗台他妈，结婚前她不是这样的，难道婚姻是女人的变形师？"

花萍打开衣柜，抱出半打打底衫，不无揶揄："你是不是要给我的打底衫凑足赤橙黄绿青蓝紫七个颜色拼成一条彩虹？"

安窦吹了声口哨，避开花萍的声讨，去检验他今天的"战利品"。就在这一刻，花萍决定要给安窦的钱袋子来个断供，不然她这辈子都得跟着安窦做一对月光族。

要拿下安窦的财政大权，必须先搞定婆婆这一关，花萍原本就是文工团的舞蹈演员，演好婆媳连心这场戏对她不是什么难事，更何况，她们俩原本就有着一个共同的目标，盼着安窦好，盼着这对俏冤家的婚姻好。

在舞台上尽得掌声和粉丝的花萍，驾轻就熟活学活用地把婆婆当成了这个家的"巨星"，而她入戏三分地带着一个晚辈的仰望，一个新成员的虔诚，一个新女性的鬼机灵，成为婆婆的"粉丝"。

婆婆喜欢京剧，是一枚自学成才的票友，打从花萍嫁进安家门，逢婆婆有演出活动，花萍必是尽量调休换班跟随，在天桥下、在公园里、在广场上，花萍学那明星大腕的私人助理模样，为婆婆整衣、补妆、手里还时时捧着一把饮场的小茶壶，里面是不冷不热的枇杷润喉茶！有票友问婆婆这个"粉丝"是谁，婆婆刚要张嘴应答，却被花萍抢了先："我是李老师的粉丝李子，请您多多关照。"婆婆偷偷问花萍啥是"李子"，花萍呵呵一笑："人家李宇春的粉丝叫玉米，您姓李，李老师的粉丝当然要叫李子啦，青青李子，硕果在枝头，多好的彩头。"自此，婆婆看花萍的眼神散发出熟透的李子般香甜柔软的气息。

餐桌上，花萍赞美婆婆做的每一道菜，电视机前，花萍敷上一张

## 第五章 三次断供

面膜也会给婆婆敷上一张,除此之外,花萍偷偷从公公和安可那里,把婆婆的生日、结婚纪念日等一概记录在案,婆婆的喜好也烂熟于心,等到那些对婆婆来说具有无比纪念意义的重大日子来临时,花萍早就安排好出游目的地,特色小吃,当然,拍照片、DV时,婆婆这个女主角一定要选取最佳角度最佳位置。

看花萍这"粉丝"当得如此尽心尽力,婆婆对花萍越来越像老母鸡护小鸡那样的庇佑起来。

安寞去老妈面前告"御状":"妈,花萍现在恃宠而骄,连我的衣服都不给洗了,您是她婆婆,得多多批评教育,做好对接班人的传帮带工作。"

老妈拨拉开安寞,两眼直盯电视屏幕:"起开,别挡电视,这可是花萍给我找回来的名家唱腔碟子。花萍要上班又兼一份职,工作那么累人又长得瘦弱,你该给她多洗洗衣服才是。"

安寞直翻白眼:"我说我亲爱的老妈,我才是您十月怀胎生出来的哦,您偏袒花萍是不是有点太过了?"

老妈拿眼一瞪:"这个家是你当家还是我当家?你要当家我以后就清清静静地天天带着花萍出去唱戏去。"

安寞一跺脚:"得,从今后我是倒插门女婿待遇了,我自己找个封条把嘴贴起来,以后我自己动手丰衣足食吧。"

在卧室听了门缝的花萍,乐得上床直蹬脚,一杯羹,难两分尝,婆婆的关爱,他都享有这么多年了,也该我抢过去独享一番了。

婆婆彻底为己所用,下一步花萍就开始收编安寞的财政大权了。

一天,趁公公、安寞都不在家,花萍沏了两杯桂花茶就进婆婆房间了,婆婆正甩水袖唱《锁麟囊》呢,看得出她老人家心情大靓。花萍一落座,茶一口没喝,眼泪就像拧开的水龙头,啪啪地往外淌。婆婆吓了一跳,收了水袖罢了唱,摇着花萍肩膀问:"出啥事了,是不

是安窦欺负你了,有话好好说,只要理在你手里,我就给你做主!"

花萍抽抽搭搭地开了口:"妈,有句话我不知道该说不该说,不说吧就跟鲠在我嗓子眼的一根鱼刺,说吧我又怕安窦恼我。"

婆婆眉毛一挑:"说,安窦再厉害也越不过我这一层去!"

花萍等的就是这句话,她垂着头说:"妈,您可别笑话我,我过门就想跟咱家添丁进口,可安窦一直不同意。您知道他是'月月光'将军,又不想过早被我和孩子拴死,他对这事就一直推推搡搡的,揣着明白装糊涂。我朋友中生过孩子的都说,这怀孕买营养品、生孩子选医院乃至将来养育孩子需要的就是钱!安窦的财政一直都是负数,我说他好几回了他都当耳旁风,光靠我自己那点工资要攒到哪一天才能攒下一笔育儿费啊!妈,都说男人要立业先立家,您说他连个育儿费都挣不来存不住,别的我还敢指望么?我就是盼着安窦好,他好了我才能跟着好,我们过好了您看着也喜庆不是?这话我说给您听都嫌羞臊得慌,我也是真没主意了,我们结婚也有些日子了,总不能就这么混一天少两晌地瞎混吧,妈,您给我做个主吧!"

普通婆媳,谈到小夫妻之间谁掌握财政大权的敏感问题上,肯定少不了有声无息的硝烟弥漫,立场不同自然"政见"不同嘛,这其中并无谁对谁错,关键这财政大权是婚姻之中最最敏感的问题,一般情形之下,婆婆要么代为理财管钱,要么干脆把儿子的工资卡收缴上来,能拱手交给媳妇掌权的少之又少。偏偏花萍押对了宝,她是婆婆的粉丝,此番"夺权"更是师出有名——要为安家添丁进口开枝散叶,这胳膊肘可是往里拐着呢!有此忠勇儿媳,婆婆护着疼着还来不及,怎么忍心拿自己人开刀?婆媳问题到了花萍这里真不是问题,老天爷还真是睁着眼睛长着一颗怀柔心的,眼见着花萍嫁了一个花心后进郎,尚且是实习阶段,就在婆媳关卡上卖了她一个天大的人情,让她一路通关。

## 第五章 三次断供

婆婆拉着花萍的手叹息:"好孩子,就知道你跟妈是一条心,既然你想得这么周到,妈就只能站到你这边了,我明天就让安窦把工资卡交到你手里,你们也不用往家里交伙食费,你每个月给安窦打几个车钱烟钱就行了,你要真怀孕了也别怕,有妈呢,我最乐意的事就是当我孙子的提款机!"

当晚,安窦蔫头耷脑地把工资卡和钱包上缴,愤愤不平逼问花萍到底给娘亲灌了什么迷魂汤,花萍强忍着笑,一五一十将来龙去脉娓娓道来。

安窦一下子从电脑椅上弹起来,嚷嚷道:"花萍!你太不厚道了!你拿我当靶子我无话可说,可你不能拿子虚乌有的怀孕说事啊,咱俩每次办事不都是你坚持要吃避孕药么?你怎么能把这事扣我头上?你太阴险狡诈了,最毒妇人心!"

花萍没理也不饶人:"你吼什么吼?我为什么要吃避孕药你不知道啊?还不是因为咱俩现在是实习阶段,万一怀上了可是未婚先孕,你到哪儿要准生证去?咱俩虽然暂时没打算要孩子,可我真就是这么打算的,你我的工资,三分之一存爱情保险,三分之一存定期,三分之一淘宝交电话费打车,这样合理的计划经济才能保障我们的婚姻可持续性发展,真到生孩子那一天,我们也不用心惊胆战做孩奴!"

安窦抱着膀子又琢磨出一个问题来:"哎,别说我不替你打算,我妈把我的财路都交给你打理了,她老人家声称你一怀孕她就积极主动做提款机,可三五七八个月之后,你的肚子还是扁扁平平的,纹丝没动静,你该怎么去跟抱孙心切的她老人家解释呢?"

花萍眯起眼睛狡黠一乐:"嘿嘿,这后路我刚才就想好了,还得拿你使使,我就跟咱妈她老人家打个小报告,说你下半身的'软实力'堪忧,体检查出有少精症,怀孕概率只有正常人的几分之一而已……"

安窦"咕咚"一声从电脑椅上失足跌落，冲门外嚷："妈，咱家今晚买豆腐了么，我想一头撞上去，我不活了！"

花萍捧起笔记本电脑浏览网页，波澜不惊道："你接着演接着演，你越是这样，我以后的小报告打得就越是证据凿凿啊。"

第二天一早，花萍上了趟银行，堂而皇之地切断了安窦的一切财路，正式让安窦成为"无卡男"，这第二次的财务断供，着实挫败了安窦的锐气，让安窦对花萍刮目相看，两人之间的情感天平渐渐已无强势弱势之分，渐渐趋于平衡，个别的时候花萍这一端还略略上翘，这充分说明，三分聪明三分努力三分好运道的花萍在丝毫不引起除安窦之外婆家人反感的过程中，神不知鬼不觉地"炼"成了"权职太太"，一步步把安窦的实力"架空"，让他从前张扬丰满的羽毛一点点收敛、单薄起来，从大局出发从长远打算，这倒不是什么坏事，失去了依靠资本和随心所欲的安窦，不得不被动地在蜕变，但现在还只是一个物理的量变。

被花萍断供了经济来源的安窦，过了一阵子孤寒男的潦倒日子，他的钱包从以前的肥头胖耳田鼠变成了凄惶兮兮的风干田鼠皮，绝对不超过两百大元，每笔花销必须上报，如有盲目花费、入不敷出等情况，错一罚十！自此，安窦买盒烟都不忘索要发票，恨不能刮出个五百大洋，打个车也要把小学算术派上用场，一旦出租车行驶出12公里后，他就会按下计价器重新打表，这样比不重新打表能节省出车费2.85元！

可安窦毕竟是安窦，他长期混迹职场中练就的拆东墙补西墙的心法，外加他从前在情场中左右逢源的功力，很快就让他找到"野火烧不尽春风吹又生"的见招拆招心得，私藏奖金，卖网游装备，找哥们儿打马虎眼儿，一个副业比正业忙活、好吃胡花的安窦再度还魂上身。

## 第五章 三次断供

这晚,安窦出去跟酒友聚会,他故意对花萍显摆:"老婆大人,今晚大华做东,找哥几个聚聚,我就是去当一个吃货,不花咱家一分钱,这您老人家总没意见了吧,不然你搜我口袋哈,我大可以连钱包、钥匙、手机都不带,洒家赤条条来去无牵挂。"

花萍一撇嘴:"手机必须带,必须在服务区,必须有电,必须随呼随回,不然你就死定了。"

安窦得令而去。

一直到子夜十二点,花萍还没见到安窦的人影,打过仨电话,安窦第一个回话说饭局快结束了,第二个说正起身离场呢,第三个说已经在回家的路上,说着说着信号就断了。花萍左等右等,十二点过一刻,花萍再也等不下去了,平常从电视剧里看到的各种午夜街头车祸、打劫、醉后斗殴等离奇情节接二连三在眼前晃,安窦难不成被车撞了?被歹徒劫了?被高空坠下的花盆砸了?被……

花萍拨通了大华的手机:"大华,都这点儿了安窦还没到家,你知道他在哪不?"

"是花萍嫂子吧,安窦在我这儿呢,饭局早散了,我们哥俩有日子没聚了,就再聊会儿,放心吧,安窦在我这里丢不了,再聊一会儿我就把他全须全尾给你送到家。"

挂了电话,花萍的超感官知觉也就是俗称的第六感、心觉,在潜意识里突然霍霍霍地跳了几下,这个颇具神秘气息的提示信号让她品出大华这话说得太对答如流,似乎是有备而来,这话的可信度大打折扣。

花萍低头寻思了一会儿,拨通了安窦另一个哥们儿的电话:"喂,小东,安窦在你那儿么,他的手机怎么也打不通了。"

果然,话筒里传来:"安窦在我这儿呢,我们聚完一起往家走,路过我家我拉他上来坐坐,他手机没电了,要不等他一会儿从厕所出

来我让他给你回一个?"

"不必了,你让他早点回家就成。"花萍心说:我今晚撞鬼了吧!

花萍不甘心,再拨了一个号码,问的是同样的内容,得到答案也同上,不外是安窦他人在我这里,手机没电了,一会儿就回去,云云。这三个人分别住在这个城市的东西南三个方向,安窦肯定分身无术,唯一的答案就是,他们这帮人是串通好的,一方有难八方支援,什么情况下怎么应付查岗,都是对好词儿的,正所谓"互捧够友"嘛,花萍恨得牙痒痒。

苦思对策之际,安窦进家门了,答案依然同上,他人在大华那里,手机没电了,多聊了一会儿,聊完就回来了。

得到这个男人帮的统一答案后,一整晚花萍都把后脑勺晾给安窦,同时暗暗拿定主意,你有张良计我有过墙梯,嘿嘿,走着瞧。

一连几天下来,花萍吃过晚饭就猫在电脑前,忙得不亦乐乎。花萍组建了一个QQ群,东拉西扯来了二三十号群友,网名五花八门的,有"天蓝蓝蓝""凌霄花""第八号饭铺""柠檬树"等等,花萍给这个群美其名曰:太太帮俱乐部。群里的聊天内容上至明星八卦下至今晚菜谱无所不有,人人打招呼一律"亲爱的"。

安窦不以为然随口问:"现在都流行玩微博、微信了,你这会儿咋想起来'烫剩饭'玩QQ群?"

花萍边打键盘边答:"我这还不是拜你所赐啊,就兴你们男人茶朋酒友的,我们女人就不兴弄个自己的小圈子过过'群居'生活?"

安窦挖苦道:"三个女人就够一台戏了,你们这N个女人凑成的师奶兵团敢情是要唱一出大戏。"

花萍粉脸一冷:"师奶也是一群美貌跟智慧并重的师奶,你烦不烦,扫地去。"

言多必失啊,安窦悻悻地抄过笤帚把儿,把嘴巴拉上"拉锁"。

# 第五章 三次断供

太太帮俱乐部成立后没多久，安窦和他的"互捧够友"们就尝到了厉害。安窦说要加班，花萍含笑应允，一个小时后，以花萍为首的一群女人就出现在红苹果KTV，把安窦、大华等男人堵了个正着。男人们这才明白过来，原来当他们搭帮结伙为彼此打掩护设伏时，女人们也及时觉悟及时组织起来，组建以花萍为首的互通各自老公消息的太太帮，彻底断供了男人们串联搞怪的愚蠢念头。

安窦是男人帮里第一个站出来举白旗投降的，他承认骗老婆是不对的，偷偷出来撒欢是不对的，可他保证并无其他非分之想。

安窦的叛逃之举招惹来男人们的鄙视白眼儿，也迎来了女人们一出师就喜获俘虏的喜形于色，可没人知道，安窦此举是迂回是逃避是迎合。他怕，因为他有唐小喵的案底还在花萍手里攥着呢，原本感情基础就不牢固，任何风吹草动都有可能将他们的关系画上句号。他一闭上眼，就遥感到自己回到了从前那个无限自由无限颓废的单身汉时代。他后知后觉地发现，他早已不想回去，他开始留恋这种与花萍甘淡安定的小日子，一点小快乐就能腻上好几天，没事儿撒个小谎，有事两人一起扛，再晚回家卧室那盏灯都亮着，这样，其实挺好的。

有些话，安窦只能说给自己听，"我不太愿意去想爱情这个问题，虽然我知道自己很有女人缘。其实，我是害怕。男人比女人更缺乏安全感，怕被心爱的女人嫌弃或遗弃，怕她把全副身家性命交给你承担的'超重'，怕原本简单清澈的爱情被追加上家庭价值和社会责任的强迫症。"有那么一两次，他差点就跟花萍说出这番话，可不是被花萍打断，就是他的手机突然响了，等他再迎上花萍那放大镜般雪亮的目光，他就只能如一粒尘埃静默了，接下来，他举白旗投降，认错悔过了，其实，他只是不想跟花萍在欺骗与被骗、爱与被爱、忠诚与出轨的问题上纠缠下去，他知道自己连百分之一赢的概率都没有，

所以，他放弃。

安窦的这些心思，花萍无从所知。花萍只知道，她跟安窦的婚姻，即便躲过生活习性差异的困扰，逃过经济问题的滋扰，还是有可能遭遇职场、婚外情感等种种难题，但好在他们总能从一次次焦躁主观的行为里意识到自己的偏差，及时纠正过来，因为他们有一个共识，一辈子只续供这一场婚姻，才是最幸福的夫妻。此时的他们，虽然稚嫩、莽撞，但已经在磨合、隐忍、踟蹰前行，这一点，难能可贵。

## 第六章　出游风波

"红苹果"KTV的聚会华丽丽地开始,灰头土脸而散,一个个被揪住了小辫子的男人们分别被各自雄起起气昂昂的老婆带回家。

花萍和安窦走到家门外,一路上耷拉着脑袋闷声不吭的安窦突然换上一张轻松笑脸,转过身去捏了捏花萍的脸颊,把她的嘴角往上牵:"乖,不管我们在外发生什么不愉快的事,都不要带进这扇门里去,这是我这个'败家子'唯一能为家人做的事。"

虽然取得胜利但毫无胜利喜悦的花萍被安窦这句话感动,她挤出笑:"安窦,其实你是个挺善良的人,如果有一天,你也把我当成你的家人那样呵护关心,那该有多好。"

安窦突然意识到自己这话无意刺伤了花萍,他这话就是把花萍摘出他的家人范畴之外,或者说,他还没准备好把花萍当成自己的家人。安窦赶紧往回找补:"不是,花萍,我不是那意思,其实你也是……"

花萍已经掏钥匙开门,门开的那一瞬,花萍笑靥如花:"爸,妈,我跟安窦回来了,姐?你这么晚回娘家,给我带什么好吃的来了?"花萍从前真没白白选修戏剧表演,她的没心没肺功力还真是说上身就上身。

沙发上的安可撇撇嘴:"别忘了你可是我的瑜伽教练,晚上7点以后禁食可是你教授的保持身材的秘诀哈。"

安窦妈不知是问花萍还是问安窦:"你俩不是一起出去的,怎么一起回来了?"

安窦抢过老妈手里的橘子往嘴里塞:"我们在小区门口碰上的,这证明我们夫妻俩心有灵犀嘛。"

安可欠欠身子,给花萍让出半个沙发来:"我今天跟客户吃饭,就在咱家附近,所以谈完事顺便回家看一眼,对了,这个客户送了我七八张温泉度假村的票,这周末的,我跟林更生带俩孩子,你们小两

## 第六章 出游风波

口带上咱爸咱妈，正好八个人一起去度个假吧。"

花萍雀跃："姐有点好事就想着我们，来，亲一个，我早就想去舒舒服服泡个温泉呼吸一下天然氧吧的新鲜空气了。姐，我新买了两件泳衣，特别显身材，我分你一件。"

安窦妈皱皱眉："我跟你爸怕是去不了，你爸一个老战友的儿子这个周六结婚，我们一早就得过去帮帮人场的，再说我血压高，泡温泉也不适合我，你们年轻人去玩吧，记得看好孩子，注意安全。"

安可有点扫兴，花萍提议："姐，两张票浪费了太可惜，不如我们喊上赵学而。上次吃过饭她一直羡慕我有个这么好的婆家姐。她离了婚总宅在家里，我们带上她一起吧。"

安可点点头："我怎么没想到她，带上她吧，她趁机换换心情，人多玩起来也更热闹。"

花萍是个急性子，急不可耐跑屋里去给赵学而打电话了，安窦去冲凉，安可继续被老妈追问林更生有没有亏待她，林林有没有不敬她，小雨点在林家有没有受委屈，以及林更生他妈有没有为难她。问到最后，安可无力招架，推说时间太晚落荒而逃。

转眼周六，早上8点，林更生开着一辆借来的黑色途胜，带着安可、小雨点和林林，浩浩荡荡率先奔赴新城区的立交桥下，这是大家事先约定好的地点。没多久，安窦和花萍打出租赶到。安窦原本也找朋友借了辆车，不料今早被朋友放了鸽子，他一看到林更生的这辆途胜，立刻打起主意来，软磨硬泡非要蹭着开开。姐夫注定了是被小舅子欺负的，更何况林更生这样的老好人遇上了安窦这样的油滑男，自然被吃定了。

花萍正要给赵学而打电话呢，一辆簇新漂亮得晃人眼的白色卡宴停在了途胜的三米之后，安窦像看到辣妹般立刻两眼发直，等赵学而

从卡宴的副驾驶出来，花萍和安可的眼睛也直了。

赵学而先羞涩一笑，继而走过来开口："安可姐，花萍，我准备了烧烤炉和一大包鸡翅、肉串、香肠什么的，一个人根本拿不过来，就找人帮我送过来了。"

花萍勾起赵学而的肩膀挤眉弄眼："喂，老实交代，你手腕够高的，这才离婚几天啊，就找到新男友了。看他这车，可比李赫男更多金！哎，你选来选去都是嫁金龟婿的命！"

安可邀请："我还有一张票，既然人家送心上人都送到这儿来了，不如咱们一起去玩吧，八个人两辆车，正好够坐。"

赵学而有些迟疑："可是，可是……"

花萍急了："可是什么？我认识你这么多年，从没见过你这么婆婆妈妈的，你男友该不是青光眼，怕见太阳么？赶紧带他来见我，我和安可姐给你把把关，他要连我们这关都过不了，你妈那关就是天堑了，就这么定了，赶紧着。"

赵学而咬着下嘴唇，转身冲卡宴招招手，迟疑了半分多钟，这才下来一人，李赫男！

花萍一个趔趄："我没眼花吧，世上还有长得如此相像的人，该不是李赫男还有个双胞胎兄弟？"

安可扯了花萍一把："那天吃火锅时你那拿不起放不下的样子，还有他一个电话接一个电话地追，我就预料到，你们俩的故事可能才刚刚开头，瞧，被我说中了吧，恭喜你，爱情女战士。"

安窦冲过来，一把握住李赫男的手："欢迎欢迎，热烈欢迎，欢迎你这只迷途羔羊重新回归我们的大部队。"

说着，安窦做主把八个人分成了两车，他让姐夫林更生带着一群娘子军先开拔，娘子军们正好要打听这对拆伙夫妻是如何神速和好的，乖乖听话上了车。安窦一晃驾证，觍着脸抢过李赫男的车钥匙，

## 第六章 出游风波

安心要过一把驾豪车瘾,李赫男嘴上不好拒绝,但心里着实不放心,坐在副驾驶上暂时充当驾校教练,林林和小雨点两个小家伙在后排,一会儿打打闹闹,一会儿各玩各的,安窦这个大头虾甚至忘了给他们互作介绍。

车行两辆,各表其一。

先说途胜车内的。赵学而不被逼供是天理难容的。林更生老老实实全神贯注开车,安可饶有兴致地作壁上观,后排座位上的花萍嘴巴像机关枪,恨不得拿出满清十大酷刑撬开赵学而的嘴巴。所以,赵学而只有娓娓道来——

赵学而与李赫男离婚当晚,李赫男的电话一个接一个地打来,已经住回娘家正收拾行李的赵学而统统不接,离都离了,还闹得跟从前怄气耍花腔似的,太无聊了。

李赫男的手机追魂CALL一直闹到十点多才消停。客厅里电视开着哗哗响,赵妈妈蜷缩在沙发里睡得那叫一个香甜。赵学而拿了张毯子给老妈盖上,叹了口气。老妈也是有年纪的人了,多年来一个人支撑着这个家,今天陪着她在民政局心力交瘁了一整天,晚上还放心不下地以看电视为借口,坐镇客厅听着女儿房间里的动静,生怕女儿一时想不开做点什么傻事。想到此,赵学而在心里跟老妈说了一千个一万个对不起。

赵学而调暗了台灯,关了电视,自己洗漱完毕躺到床上,一点睡意没有,白天的那一幕翻江倒海般一遍遍涌来,不仅如此,对过去的回顾,对未来的遥望,更是让她的大脑皮层像有一万只爬虫在跳康康舞。

几个小时后,赵学而数了一万只羊、一万头猪和一万只牛后,上下眼皮终于开始打架,在掉进那只梦魇黑洞的前一秒,赵学而祝自己晚安。

好梦刚开了个头,电话又响了,漆黑之中赵学而摸索到了手机,软绵绵地出声:"李赫男,求求你饶了我吧,别来我的梦里捣乱。"

电话那头一个肝火很旺的男中音答:"李赫男要不来我们派出所捣乱,我就不会去你的梦里捣乱!看来你是李赫男的妻子没错,我是派出所的值班民警,李赫男酒后伤人,你赶紧来一趟。"说完,电话挂断。这一下,赵学而睡意全无。

派出所的电话一共来了三个,赵学而才不得不赶到派出所,李赫男醉成一摊烂泥,警察简明扼要地说,李赫男在夜市摊上把人家脑袋开了瓢,摊主报的警,等110赶到后,李赫男只说出"我老婆是赵学而"这句话,就身子一软滑溜桌子底下去了,他手机里的已拨电话全是赵学而的,他们就联系了她。

民警深深看了赵学而一眼,问:"你在哪里高就啊?"

赵学而反问:"我要是在联合国安理会高就,您就高抬贵手饶了李赫男?"

民警摇摇头:"那不能够,我就是好奇,李赫男说出'我老婆是赵学而'时那神气,比那谁谁说'我爸是李刚'还气冲牛斗,我这就是一小小的好奇心。"

赵学而没好气答:"您会错意了,他说'我老婆是赵学而'时肯定不是牛气冲天而是咬牙切齿。我们俩今天上午刚刚离的婚,他正给自己庆祝呢,尽管他这种自我庆祝的方式看上去像失心疯。那位被开瓢大哥的医药费我全出了。他是不是也得醒醒酒?等他酒醒后该打打该罚罚。"

民警冲赵学而一竖大拇指:"你俩都离了,你还能管他这破事,真挺仗义的,要是拆伙夫妻都能像你这么心平气和该帮一把是一把的,咱这社会就更加进步了。得,我跟你搀着他先去休息室,你照顾着他,我忙我的,等他醒了咱们接着处理。"

## 第六章　出游风波

等李赫男酒醒过来，天色已经是鸡叫头遍蒙蒙亮了，李赫男睁开眼睛的头一件事就是紧紧抱着赵学而不撒手！

赵学而像甩掉两手湿面粉般狠命甩开李赫男，没好气地说："我也就是手贱，接了派出所民警的电话管了你这破事。你爸妈的手机号我已经删除了，你妈那副夜叉嘴脸我也实在惹不起，这事我能力有限也只能管到这一步，之后人家民警叔叔怎么处置你那是你的事。你现在可以给你妈打电话，让她来救驾了，我先走一步，回去就换手机卡！"赵学而依旧是刀子嘴豆腐心，她嘴上说的永远跟心里想的是照一半不照一半的。其实，她没给李赫男父母打电话，是知道李赫男的老妈有心脏病。她见过李赫男老妈犯病时的惊悚现场，李赫男是他妈的心头肉，永远的乖乖仔，他犯事在派出所人事不省，他老妈知道了肯定晕厥过去。她是怨恨李赫男，恨不得把他撕吧撕吧像扔碎纸片一样扔出去，可到底夫妻一场，她还是见不得李家因此而人仰马翻兵荒马乱。

李赫男歪歪斜斜地再次扑上来，赵学而一闪，李赫男跌在地板，他毫不气馁，完全不顾形象，就势双手圈住赵学而的腿，耍赖道："好了，媳妇，咱不闹了，咱们复婚吧，以前的事都是我错了，今天我一个人回到咱们的小家，眼泪唰地就掉下来了。我承认我大男子主义，总是赚钱第一。我是被我妈给宠坏了，我是时时事事都过于依赖我妈，我以后保证改正！我对你妈'啃你'，哦不，我对你妈的诸般要求推来挡去是太小心眼太自私，可是，咱俩这次闹得太过火了，还把双方父母都拉进来当同盟军，从两口子的小打小闹上升到两个家庭之间的战争，自断了退路，自取其伤！从你离开我一个小时，不，十分钟起，我就后悔了，我就知道自己这次错得太离谱了，因为我爱你，你也爱我，你是这个世界上唯一一个不爱我的钱我的房子我的家世只爱我这个人的傻女人，我们复婚吧，我保证以后决不以做生意为

79

由而冷落你，我保证答应你的事再小也要做到兑现，我保证对你妈就像对我妈一样，我保证一吵架我就先跟你道歉，我给你写保证书，我们去公证……"

赵学而听不下去了："够了，早知现在何必当初？咱家梳妆台左边第一个抽屉里的化妆盒底层，还收着你以前哄我写下的好几份保证书呢。保证书要都能兑现民政局就可以关门放大假。太晚了，一切都太晚了，男人为什么一定要这副死德行，等到把人家的心伤透伤死，再来混充'蒙古大夫'起死回生？白天在民政局你妈跟我妈的水火不相容我刻骨铭心，我妈已经放话给我，在她与你之间我只能二选一，想必你妈更有过之而无不及，你要敢把刚才那段话复述给你妈，估计她立刻心脏病复发上医院，到时候你就枉做小人了，像你这种根本撑不起婚姻只会听命你妈的'超龄婴儿'，我还真奉陪不起了，送你一句话，给不了女人幸福还妨碍女人寻找幸福的男人，是最可耻的！"

赵学而说完，扬声喊套间外正办公的值班民警，当大皮靴子到门口的那一秒，李赫男触电般缩回了绞住赵学而脚踝的手，一个打挺，站起来整理头发、衣领，自然得如同看见红灯就刹车看见绿灯就踩油门一样。

赵学而不屑地斜挑嘴角一笑，这个男人口口声声说要为了心爱的女人改变，其实他跟从前一样，还是面子第一，还是以自我为中心，还是旗帜鲜明的李家人李家魂。李赫男老妈常挂在嘴边的话，"赫男啊，知道妈妈为什么给你起这个名字？就是希望你做个显赫一世光宗耀祖的李家掌门人！你一定要记住，做男人一定要有面子，在老婆面前在朋友面前在生意场上，永远面子第一派头第一！面子都撑不住了，谁还相信你有实力？面子都撑不起来，谁还有兴头跟你合作？虎死尚且不倒威，这威就是面子！"

## 第六章　出游风波

赵学而曾经对此嗤之以鼻："李家是大姓，按照五百年前是一家的说法，华夏儿女但凡姓李的五百年前都是至亲一家人，你们李家已经出了一个显赫三世光宗耀祖的李嘉诚老先生，你还能超越李老先生的成就不成？小心你妈寄予你的厚望把你给压死，依我说你还是做个无害于社会有益于人民有利于家庭有乐于自己的平凡人就一百分了。"

不料，李赫男这只傻鸟，把这闺房闲话当成笑话传给了老妈，自此，老妈就对赵学而有了成见，认为她不是来这个家打酱油的不是来这个家锦上添花的，而是来这个家捣乱的，要挑唆李赫男脱离自己二三十年的统辖与治理，要策反李赫男疏老妈亲老婆，这还了得？

赵学而恨不得把李赫男的脑袋戳个窟窿："夫妻之间的话都是哪儿说哪儿了，偏你这个长舌夫鹦鹉学舌，这下捅出娄子来了吧？婚姻最忌讳的就是把两个人的事变成整个家庭的事，这娄子会越捅越大。总之，我帮不了你了，你自己给自己擦屁股解决吧。"

赵学而与李赫男的婚姻有了这个误会的开始，以后就难免继续矛盾重重的锅碗瓢盆变奏曲。赵学而想把李赫男打造成一个彻底断奶的男子汉，能为这场婚姻当家做主负责任。婆婆就认为赵学而别有用心要"夺权"，从而全力以赴看住儿子，极力干涉小两口的婚姻，生怕儿子吃一点亏，更怕儿子被抢了去，以至于造成婆媳矛盾、夫妻矛盾越演越烈的局面，最终离婚收场。

想到此，赵学而叹了口气，这些已经是过去的事了，覆水难收，干吗还要劳心伤神呢？趁民警问询李赫男之际，赵学而给李赫男公司的秘书打了个电话，让秘书将此事缓和点报告给李家二老，然后，就抽身退了。

继派出所别过一个月后。

一个周六，赵学而老妈把宝贝女儿从被窝里捞起来，眉飞色舞地举着电话称，她发动所有能发动的群众力量为女儿淘到了一个海龟加

## 幸福实习生

金龟男作为今天的相亲对象，赵学而条件反射地抬出加班这个理由冠冕堂皇拒绝之。

这已不是第一次，近段时间，赵妈妈煞费苦心地安排了各种款式的型男、钻石男、家常男作为宝贝女儿的相亲对象，他们个个条件非凡，个个醉翁之意不在酒，只在赵学而的眉目之间。赵学而心领老妈的一片苦心，她没法当面拒绝只能背地里搞搞小动作，让对方知难而退，伤谁的心她都无所谓，但伤了老妈的心就不可以，老妈可是她在这个世上唯一的亲人啊。可是，赵学而实在不想用替代疗法为自己的离婚疗伤止痛，这对谁都不公平，这不是她有多高尚，而是她想为了自己下半辈子的幸福脚踏实地地爱一次，最后一次。

可惜，魔高一尺道高一丈。"加班？加什么班？我早打去问清楚了，你们公司今明两天电路整修，你去哪里加班？我一把屎一把尿把你拉扯大，你现在翅膀硬了，会骗你亲妈了，你亏良心不？我给你介绍的全是条件好顾家有责任心的好小伙子，个个都比李赫男强百倍，你怎么就是不上心不入眼？你是不是还等着李赫男回心转意呢？你可千万别让妈猜对了哈，妈是过来人，对你们俩看得一清二楚，李赫男的妈不是省油的灯，对你根本就是除之而后快。李赫男对他妈唯命是从，压根儿不可能反了他妈护着你。你跟他在一起，注定了要受委屈要忍气吞声。你趁早与李赫男划清界限，趁早另选个好男人嫁了，别让妈前半辈子辛苦，后半辈子心苦，一辈子为你担心受怕操不完的心。你听见没有！"

赵妈妈说着说着就捂着嘴抽噎起来，赵学而天不怕地不怕就怕老妈掉眼泪！没辙，赵学而举白旗投降，拿着老妈给的相亲地址和资料，匆匆洗漱更衣出门。赵学而走出家门几米远了，还觉得老妈那婆娑的泪眼还粘在自己后背上呢，她千算万算都没算到，老妈刚关上门，就从针织衫口袋里掏出小半个洋葱丢汤锅里去了，她刚才的哭

## 第六章　出游风波

戏，全靠这半只洋葱发力呢。

金典咖啡屋，金龟男从仪表到谈吐都没让赵学而挑出半根刺来，赵学而心想，这应该是个不太闷的下午，比在家被老妈唠叨强太多了。这么一想，脸上的笑容就灿烂起来。正在这时，咖啡屋两名保安灯塔一样的威武身躯从天而降，双手交叉胸前，请赵学而跟他们去经理室走一趟。金龟男像遇到瘟疫散播者般往后趔趄身子，全无刚才对待女同志像春天般的温暖，左瞅右瞅苗头不对，撤了。

经理室里，经理称他刚接到一个举报电话称赵学而在咖啡屋从事走私活动，为咖啡馆的声誉和生意着想，他才选择低调处理，如果情况属实他就报警。赵学而的脑袋像风车飞速转了几圈，也没转出自己到底跟谁有过节，遭受这等飞来诬陷。

正当赵学而解释不清跟经理拍桌子时，李赫男喘着粗气推门而入，他迭声向经理道歉："对不起对不起对不起，举报电话是我打的。我女友赵学而有点花心，我派秘书天天盯着她呢。今天她趁我出差之际跑去跟别人相亲，我只得出此损招求助你们，她没'走私'别的，只是在'走私'爱情。事情就是这么个事，给你们带来的麻烦我负责赔偿！"

经理下巴一抬："你能怎么赔？"

李赫男掏出名片："你随时给我秘书打电话，以后我们公司招待客户用的饮料点心都包给你了。"

经理的下巴立刻被应声挤出的笑容削掉一半："哦，原来是李总。你们的家务事我就不掺和了，我先出去招呼一下，二位慢慢谈。"

经理室只剩下赵学而和李赫男这对冤家，赵学而两眼的怒火让空气变得稀薄起来。

三分钟后，赵学而爆发："李赫男，请问你怎么赔偿我的损失？我的名誉受损，人格受损，心情受损，你要怎么赔？"

## 幸福实习生

李赫男诚惶诚恐:"我也是接到秘书报告说你正在相亲,跟那男的聊得挺投机,我一下子慌了神,这才胡乱出招。你说吧,怎么赔你才能原谅我!"

赵学而点点头:"好好好,我告诉你怎么赔,你去死吧!"

说完,赵学而一团火般冲出咖啡屋,横冲出马路。

此时已近中午,正是这一路段的高峰岗,一个刚受了莫名羞辱又被气昏了头的弱女子就这么毫无征兆地弹出路面,一辆迎面开过来的客货车司机被唬得忘了去踩刹车!千钧一发,李赫男抱着赵学而跃进植被隔离带,有惊,无险。

赵学而挣扎起身,回头冲李赫男发脾气,李赫男脸色灰白,眼睛半闭,连回嘴的力气都没有。赵学而仔细一看,原来李赫男像只超大号海绵垫垫在她身下,保障了她的毫发无伤,自己却被隔离带里植被的荆棘给刮成了"猫须",这还算好的,更严重的是他大脑左侧砸在一块拳头大的石头上,慢慢渗出血来。

赵学而慌了神:"起来,别装死,你以为你装死我就会心软啊!"

李赫男动也不动。

赵学而又冲他喊了几嗓子,李赫男睡着了一样。

赵学而快疯了:"李赫男你有病啊,脑子进水了吧,我让你去死你就真的死啊!你要以为死了我就会愧疚一辈子那你大错特错了!我会第一时间找个男人把自己嫁了,给他做好吃的,特听他的话,不跟他斗嘴吵架冷战,绝不与他妈为敌,李赫男你听到了没?你听说我跟人相亲你就受不了了,这会儿我都要跟人过家家了,你怎么一点点反应都没有?李赫男,你不能死,你死了我怎么办?你死了我嫁给谁啊?"

赵学而哭得哆嗦得连手机上1、2、0这几个数字都按不了,李赫男突然翻身坐起,一把抱住赵学而:"媳妇,你刚才说的话我都听到

## 第六章 出游风波

了录音了,我不死,你还嫁给我,我们扯平了。"

赵学而泪眼一横:"你那么爱演怎么不去当演员?你骗我有意思么?"说着,当胸捶了他一拳。

李赫男一咧嘴:"装死是演的,头破了流血了是真的,你还不赶紧带我上医院,我要得了破伤风你这辈子嫁给谁啊?"

两人赶紧拦车上医院,李赫男清创、消毒、包扎完毕走出来时,坐在走廊上的赵学而反复默念一句话:看一个人的气血,只需看他的头发就知道;看一个人的心术,只需看他的眼神就知道;看一个女人是否养尊处优,只需看她的手就知道;看一对恋人的关系,只需要看发生意外时,另一方的紧张程度就知道。赵学而把马路遇险那一幕在心底反复播放,确定了一件事,她和李赫男的关系,还没结束,或许正如安可所说,才刚刚开始,因为发生意外时,他们对彼此的紧张程度都是忘我的、担忧的、惊恐的,他们都还爱着对方,那不如,给他一次机会,也是给自己一次机会。

介于两家父母对他们的态度依旧是极端排斥、抵触和势不两立,两人头抵头一合计,新的开始从地下恋情开始,等他们假以时日磨合好了,成为一对彼此相处舒心、父母看着放心、在婚姻里心贴着心的"三心"伴侣,再跟父母摊牌,由他们主持复婚。

赵学而的这番剧情回溯让每个人都跟看了场微电影似的,有嗟有叹,有喜有憾。

林更生握紧方向盘,一言不发,权当自己是个人肉驾驶仪,女人们之间的事,他一大老爷们可不往里掺和,这是他的原则,也是他惯有的谨慎性格。

赵学而把她跟李赫男之间的分分合合来了个竹筒倒豆子,倒完之后往车背上一仰,重重舒了口气:"安可姐,萍子,你们是不知道,我整天揣着这个秘密吐不出来咽不下去,心里有多纠结有多痛苦,今

天好了,总算有你们俩分享我的秘密了,以后我就有倾诉对象和军师了。"

花萍呸道:"呸,我就说你这段时间怎么不去瑜伽教室上课了,打你手机不是关机就是不在服务区。我一直担心你失恋失神又失魂的,所以千方百计拉你跟我们一起出来玩玩散散心,你可倒好,背着我们玩地下情,真是有异性没人性的女人啊!"

副驾驶上的安可回头帮腔:"学而,这次我也不帮你了,萍子天天替你担着这份心,还动员我帮你介绍男朋友呢,你瞒她瞒得也太苦了点,该罚!"

赵学而搂过花萍在她脸颊上"啵"了一口:"来,亲一个,患难见姐妹真情,我送二位大姐一人一支安娜苏口红当赔罪哦!哎,话说回来,你们不知道我跟李赫男的地下情是怎么熬过来的,一心要五用,上班用,谈恋爱用,防见光死,防老妈,防老妈派来的相亲男,我这心都操碎成一盆饺子馅了,哪里还顾得上跟你们报备,你们就可怜可怜我吧。"

花萍被勾起了兴致,搭着赵学而肩膀问:"普普通通的恋爱我谈过,你们这种地下情我还真没见识过,仔细招来听听。"

赵学而剜了花萍一眼:"就知道你是个包打听,是不是学习一下预备跟安窦练练?好,我成全你,比方说,看电影我先进去,等关灯放映时李赫男才捧着爆米花可乐鬼鬼祟祟坐在我身边;吃个饭能从城东跑到城西,不是选单间就是挑墙角;逛街一律黑超遮面,整得跟明星出街似的;万一遇上熟人同事什么的,两人迅速弹开,一个走前门一个走后门分道扬镳!这还不算高难度的,最高难度的要算我们各自应付各自的老妈。我一进家门就把手机转秘书台,老妈给我派发相亲对象我一概装聋作哑。李赫男比我更惨,他妈上门给他打扫卫生,看见我的一件桃红浴袍,盘问了他一晚上,差点就露馅了!"

## 第六章　出游风波

听到此，花萍差点被口中的薯片呛着："见过离婚不离巢的，听说过拆伙夫妻重聚更恩爱的，没想到你们这对苦命鸳鸯要在一起竟然这么曲折惊悚，你文笔不错，我建议你把这段真情实录写个网文以飨读者，没准儿你就火了呢！"

安可投赞同票："萍子这提议不错，把你的经历写成网文至少能给那些敢爱却不擅爱，自己的感情、生活总依赖父母做主的年轻人一个范本参考，学而你功德无量哦！"

三个女人一台戏，这台戏在驶往温泉度假村的公路上一路锵锵行。

卡宴车内。

安窦是个只从驾校里混了个本本儿却严重缺乏实战经验的新司机，普通车上的仪表盘、插钥匙孔、挂挡、刹车等物件他倒还见过摸过，可一坐进卡宴的驾驶位，他立刻傻了眼，仪表盘上全是按钮，堪比飞机驾驶台，他连打火的地方都找不到！这就像一个后进生捧着一篇生字，人和字两相望，字认识他、他不认识字的尴尬。

李赫男瞧出了安窦是个生手，提出换位子由他来开车。安窦急了眼，死活把着方向盘不撒手。开豪车的机会可不是天天有，他今儿好歹碰上了怎肯放过？男人爱车跟女人爱逛街一样，特容易上瘾，他今天能驾驭得了这卡宴，改明儿就多了一项跟哥们儿喝酒胡吹的谈资，没准儿这车还能成为他挖掘奋斗动力的一个支点呢，他安窦这辈子怎么就不能奋斗出香车豪宅？他安窦这辈子怎么就不能成人中龙凤？一定得开这辆车，并且开好喽，给自己长长脸。

一路上，安窦把骨头缝里的劲儿都努在了眼睛珠子和臂膀上，压根不敢分心，李赫男比他更紧张，不停地指挥他怎么使用电子驻车、方向盘拨片、自动巡航等高端功能，两个大男人这通忙活，压根儿顾不上照顾后排那对小朋友，安窦原本就在这些婆婆妈妈的事上不上

心，所以连介绍一下林林、林更生这对父子与安可的关系都忘在了爪哇国，一心扑在了卡宴上。

不知什么时候，林林已经睡着了，小雨点一个人在玩iPad的切水果游戏。

到了服务区，安窦下车去卫生间，小雨点揉揉酸胀的眼睛，趴过来上下打量李赫男这个陌生的叔叔。李赫男这才注意到同车的这个小女孩乖巧可爱，就拿话逗她。

李赫男从储物台里翻出一盒巧克力，递给小雨点："你叫什么名字？你妈妈是谁？"

小雨点大大方方接过巧克力，道了谢，剥开一块填进嘴里："我大名叫吴雨霏，可我更喜欢大家叫我小雨点，我爸爸叫吴大为，我妈妈叫安可，我舅舅叫安窦，您还想知道什么？叔叔，您叫什么名字？您跟最后赶来的那个漂亮姐姐是夫妻么，你们有宝宝么？"

小雨点的问题犹如连珠炮，轰炸得李赫男应接不暇，不知道该先回答哪个。

小雨点边吃边玩边聊天，一个不小心把手中的热饮洒裙子上了，李赫男赶紧抽纸给她，小姑娘擦着裙子央求李赫男："叔叔，那个车上行李袋里有妈妈带给我的衣服，帮我拿一条换了吧。"

李赫男又递给小雨点几张抽纸，帮她放好热饮，这才下车朝黑色途胜走过去，迎头正碰上林更生开车门拎着旅行水壶去续水，李赫男本能地打招呼："吴哥，吴哥好，我是李赫男。"

小雨点说的"我爸爸叫吴大为"，那只是一个六岁小朋友的惯性逻辑，或者说根本不经大脑的脱口而出，可这孩子压根没想到就是这么一句话把李赫男给带沟里去了，他理所当然地认定眼前这个男人就是小雨点的爸爸吴大为，叫一声吴哥是极为有必要的。

林更生旁听了一路三个女人对李赫男的批讲，对李赫男是了解了

## 第六章 出游风波

一些皮毛,以此类推,安窦肯定会在这一路上对李赫男介绍一下他、林林与安可和小雨点的关系,所以,李赫男冲着他热情地"吴哥,吴哥"的唤,他脑子里一点没过电,还以为李赫男在这里遇上熟人了,跟人家打招呼呢。

可是,并没人站出来回应。李赫男继续冲着林更生说:"吴哥,我是李赫男,是赵学而的老公,你可能不认识我,那我就自我介绍一下,小雨点说爸爸叫吴大为,你这名字跟香港一个男影星同名哦,很好记,对了,我把正事给忘了,小雨点的裙子洒上饮料了,让我帮她过来拿一条换上呢,你们的行李袋在哪儿?"

林更生这才确认,敢情李赫男这一口一个吴哥一口一个吴大为是在张冠李戴喊自己呢,这可叫他怎么应答呢?他一脸愠怒地说:"你这小子搞搞清楚,吴大为跟安可早已离婚了,吴大为是小雨点的亲爸,我叫林更生,是小雨点的后爸!"安可就在身后站着呢,说不定这会儿脸上已经不自在了,自己如果这么一说,岂不大煞风景,接下来的温泉之旅肯定会成为安可跟自己的怄气之旅。如果他故作糊涂答:"我是林更生,吴哥是谁,这里没姓吴的。"岂不是故意让李赫男难堪?公务员出身的林更生习惯了对一个问题求出N个答案,并从中找出一个最不伤人伤己最圆满的交卷,他只能含混一笑,去后备箱给小雨点找衣服。

林更生料得没错,安可的脸色已经变了,这样的场面让她好生难堪,她又替林更生不值不忍,再婚的艰难险阻她是有心理准备的,怎么也没料到,会遇上这么戏剧性的阴差阳错,解释不得,回避不得,翻脸不得。

赵学而三步并作两步迎上去,推了李赫男一把:"有你这么说话的吗?你今天带脑子出门了么?饭可以乱吃话不能乱说,你开口之前最好先搞搞清楚状况,你别一张嘴就往人心窝上捅,拿话当刀子使,

你赶紧回车上去,少在这里添乱!"

李赫男不明白自己怎么就热脸贴了冷屁股,委屈抗辩:"我又怎么了,我做错什么了,你就这么鼻子不是鼻子脸不是脸的?你让吴哥、安姐还有花萍给评评理,我错哪儿了,哪儿错了,如果你指得出来,该打打该罚罚,我认了!"

正说着,安窦迈着四方步甩着两手水从卫生间踱出来:"这是怎么了,我去趟卫生间的工夫,你们这就天下大乱了,别急,各说各的理,我这个公道人给评评理吧。"

花萍的二指禅照着安窦腰间的小肥肉就叨去了,安窦立刻号起来,花萍贴着他耳朵喝:"都是你做的好事,我问你,这一路上你有没有跟李赫男介绍清楚他们爷俩跟小雨点娘俩的关系,你让李赫男误以为林更生就是吴大为,李赫男一口一个吴哥吴哥地喊,你让姐和林更生情何以堪啊!"

安窦用力拍了下脑门:"坏了坏了,都是卡宴惹的祸,这事全赖我,我这就去挽救过失。"

安窦拉起李赫男就回车上,简明扼要地跟他讲了这个中原委,李赫男回头望了小雨点一眼,摇头苦笑,干巴巴地张了张嘴,却只在心里号啕:"我常常无意或善意地将一些事搞砸,比如这次出游我将林哥错喊成吴哥,比如我跟赵学而吵着吵着就离了婚,这不是出自我本意,我并没有你们想象的那么强大完美。女人都喜欢强大完美的男人么?我怀疑女人对强大完美的定义原本就是偏执、错误的,圆滑、征服,永远承认女人是对的,出糗也要出得有型有款,这对于女人来说就是一个强大完美的男人,可我才不想是!"

途胜车后备箱前,林更生把干净裙子递给安可,安可接过裙子歉疚地开口:"对不起。"

林更生点点头:"不过是场意外,以后咱们会遇到比这更艰巨的

## 第六章 出游风波

关卡,你得有个心理准备,赶紧去给小雨点换衣服,咱们接着上路。"

安可用力捏了一把林更生的手臂,传递她心中的疼惜与歉疚,一切尽在不言中。

下午4点多,一行人马来到温泉度假村。安可去找接待经理,林更生和李赫男停车取行李,赵学而照管两个孩子,花萍怎么瞅少了一人,四下张望,安窦趴在服务台前,众目睽睽之下跟前台小姐聊得不亦乐乎!

花萍上前揪住安窦耳朵:"你刚才闯的祸我还没跟你算账呢,这会儿工夫老毛病又犯了?"

安窦像只风筝被花萍扯着倒退,边退边挥手跟前台小姐道别,前台小姐浓郁的蓝眼影差点笑进眼窝里去。

休息区,安窦揉着耳朵抗议:"花萍,不带你这样的,不问青红皂白就拿我当你儿子训,知道我为什么要牺牲色相跟那帮小姐搭讪么?"

花萍啐了安窦一口:"有胆子跟人家小姐搭讪为什么不敢认?别以为四海之内皆你妈,谁都买你的烂账!我才不吃你这一套呢,你要时刻谨记你已经婚了,举行婚礼的婚。你要真惦记着围城外那乌泱乌泱的红杏,你就赶紧'越狱'。别耽误自个儿的青春,也别耽误我的青春。我现在真庆幸我没跟你扯证!"

安窦一点不恼,神神秘秘压低嗓门道:"你妇道人家知道个什么啊,我跟那群小姐搭讪,是想打探出他们这里哪一区客房的服务最好,餐厅里有什么特色菜,哪个温泉池子有美容作用,什么时间泡温泉人最少,我这还不是为了咱们能玩得尽兴才操心受累的,谁知刚问了一半就被你给拉走了,真是狗咬吕洞宾!"

花萍才不吃他这一套:"我上次做头发,你跟洗头小妹连电话号码都要到手了,那次你也是大道理一堆一堆的,我早警告过你,但凡

你跟十六岁以上、四十岁以下的女人套近乎，就是别有用心，我就要惩罚你，你可明白？"

安窦打了个激灵，洗头小妹事件花萍就刷爆了他的信用卡以示惩戒，这次……

花萍撩开安窦，招呼安可、赵学而一行人，她笑得露出一口小白牙："刚才安窦说他要请大家吃日本菜，边喝清酒边泡汤，大家赏他这个脸吧。"

群情激越。

安窦一脸便秘表情，话语从牙缝里蹦出来："你好毒，谈笑间就灰飞烟灭了我一个月奖金！"

花萍斜眼瞟他："活该，看你今后还长不长记性！"

接下来，菜式够丰富，房间的床够软，温泉的水够滑，可大家的积极性还是不够高。安窦心痛肉痛被大家吃掉了一个月奖金，有点郁郁寡欢，花萍两只眼睛都盯在安窦身上，大家热议的话题一抛给她就有点跑题，李赫男因为"吴冠林戴"事件出糗之后怕再闹出点什么天怒人怨的乌龙，所以言行谨慎而无趣，赵学而一心照顾两个小家伙，林更生原本就闷闷的个性，安可看大家都活泼不起来也就懒懒的。

这趟温泉之行，三对实习夫妻各怀心事，倒是两个小孩子玩疯了，大人们那沉重、纠结、矛盾的情感纷扰跟他们完全不搭界。

## 第七章 啃小风云

度假其实就是另一种累,工作日是为五斗米折腰的累,出游度假是为如何败掉赚来的五斗米钱的累。

大队人马中最累的就是赵学而。

从昨天下午起,赵学而就是孩子王,抛下工作压力抛下情感问题抛下生活烦恼,带着小雨点和林林把度假村内能玩的不能玩的都玩了个遍,晚上吃了个肚圆,又舒舒服服泡足了汤,人一挨到客房那张软软的床上,浑身骨头就散了架,上下眼皮就直打架,一口气睡到天光光亮,捎带着做了个大鹏展翅自由翱翔的美梦,刚尝到点自由的美好,就被敲门而入的花萍给掀了被子:"懒虫,快起来,你妈满世界找你,打电话都打到我手机上了,老太太住院了,让你赶紧回去。"

赵学而瞎子摸象般摸到被子,把自己裹成一个蚕茧,重新倒下去的同时,不耐烦地嘟哝了句:"这老太太也真是,找我干吗要骚扰我朋友。"

花萍抓起床头赵学而的手机,没电,已经黑屏。花萍看了赵学而一眼,眼神怪怪的:"你都不问你妈怎么样了,住哪家医院,你还能睡得着么,你给我起来!"

赵学而裹在被子里梦呓:"萍子,我认识我妈25年了,不用问我也知道我打去电话她老人家会怎么说——学而,你的手机怎么偏偏在妈妈最需要你的时候关机了?好在我存了一本你的通讯录,挨个给你的朋友打电话,花萍是我打的第7个!我又眩晕了心跳也不正常两眼发黑一头往地上栽,你怎么偏偏在妈妈最需要你的时候不在家,你个小没良心的……我不仅知道她会这么说,我还知道她最想听什么,我只要说一句'我马上就回去',她老人家立刻心满意足挂断电话,安安静静等着我出现在她面前。"

花萍是个急脾气:"那咱还等什么,赶紧打道回府啊!"

赵学而伸了个懒腰:"李赫男天天声讨我妈是个'啃小族',这还

## 第七章 啃小风云

真让他给说对了，从前是我少不更事依赖她啃她，现在不过是两人角色互换一下，挺公平的。我妈常常挂在嘴边的一句话就是，'女人到了我这个岁数，怕老怕疾病怕孤单怕寂寞，我缺的是关心是照顾是理解。'今天她唱的这出，我早已领教过N回了，这也是她啃小的方式之一。"

花萍也不急躁了，盘腿上了赵学而的床，来了打破沙锅问到底的兴致："学而，以前我只是觉得你妈长年跟你相依为命，黏你一点跟你撒个娇什么的挺正常的。今天早上我先是被医院的电话吓坏了，接着又听你这么一批讲，我觉得有点意思。就咱俩，你跟我说说你妈咋'啃'你的，回头我妈我婆婆那里，我能预防预防。"

赵学而仰天长叹："唉，你是不知道我的日子有多水深火热啊。我大二时第一次接到她的病危电话，失魂落魄地在火车上流了一路眼泪，可到了医院医生告诉我她只是更年期综合征，我差点没晕过去！她在病床上一边啃苹果一边绘声绘色，自己病情如何严重，差一点就见不到我了，云云。就这么着，她只要觉得我忽略了她对她不上心天天躲着她，她就会故技重施地在节假日'病倒'，把我骗回来，拴在她身边。她笨，笨到连我的敷衍都看不出来！"

"我跟李赫男谈个恋爱，她三番四次跑去工商局、派出所调查李赫男的身份、社会资料，我跟李赫男度蜜月她老人家非嚷嚷着要跟去，要不是我临时改了机票，她没准就真拎着行李箱跟我们登机了！我嫁了李赫男之后，一开始她觉得特有面子，没事就跟左邻右舍那帮老太太们炫耀，在我面前就故意说张大妈的女婿给孝敬了只老坑翡翠镯子，李大妈家的女婿给孝敬了一台韩式双开门大冰箱。起先，我还拿自己的工资满足她，可架不住她没完没了，李赫男开始对我妈拉下脸，我妈也不是好惹的，他们都看对方不顺眼互相挑对方的刺，我就成了腹背受力的夹心饼干，现在回头看看，那真是一场噩梦啊！"

两人正聊着，安可、安窦、林更生一起进来了。

安可开门见山："学而，我刚才听花萍说了。你妈情况严不严重？住哪家医院？我已经退了房收拾了行李，你俩也赶紧收拾收拾，李赫男已经去取车了，咱们这就返程。你妈身边没人照顾可不行。"

赵学而刚要张嘴解释，林更生递过来张名片："我有个朋友是市医院的心脑科主任，这是他联系方式，你有需要的话直接找他就成。"

安窦掏出一张银行卡："卡上没多少钱，也就是应个急，你拿着，先回去安置好老太太，有什么要帮忙的你尽管召唤。"

赵学而一看这阵势，也不知该从何说起了，收了名片拒绝了银行卡，草草收拾了东西，直接返程。一路上赵学而都沉默着，眼睛望着远方，大家都以为她心情沉重，只有花萍懂得，她此时的心境是风在吼，马在叫，黄河在咆哮，黄河在咆哮。

几个小时后，医院大门口。赵学而坚持请大家各回各家，因为老妈的一个电话，大家提早结束度假匆匆赶回已经让她很不好意思了，再劳师动众地拎营养品买水果、捧花去探望一个啥事都没有的老太太，她着实于心不落忍。她没给李赫男特殊待遇，他也奉命回家。李赫男一看赵学而这架势，便心知肚明前丈母娘唱的是哪一出，帮着她劝退了大家。

踏进医院住院部12号病房，赵学而看到38床穿着病号服的娘亲住在廉价的五人病房里，吊瓶标签上写得清清楚楚是营养液！赵妈妈一看到女儿归来，立刻挺直腰板跟同病房的人介绍："这是我女儿，在重点小学当老师，很多大官的孩子都被她管教着，那些大官看见她都恭恭敬敬先笑后开口⋯⋯"

赵学而生怕老妈再说下去会说出更让她难堪的话来，扯着老妈袖子转移话题："你这次又怎么了？医生怎么说？"

## 第七章 啃小风云

"医生说我这病难治啊，不能生气不能操心，得慢慢调养。"其实赵学而进这个门之前已经见过老妈的主治医生，医生说老妈只是血压有点偏高，平时注意点饮食和起居规律就可以了，没什么大毛病。赵学而没拆穿老妈，她说一句，赵学而附和一句，把老妈爱吃的水果一样样从袋子里拿出来，该洗的洗，该削皮的削。

才三天，整个11楼住院部全知道了，12号房38床的老太太，有个最孝顺的女儿，最出色的陪护！赵学而偷偷撇了撇嘴，被老妈瞧见："咋了？我养了你的小，你不该养我的老？"赵学而赶紧给老妈按摩捶背，顺手把MP4耳机塞耳朵里。老太太转身就跟病友显摆女儿是如何如何主动、甘愿、尽心伺候她，说这话时她一点不脸红，脸庞像上了一道釉彩，瓷明发亮的。

一个星期后，老太太又开始忧心忡忡的。老太太问女儿："你是不是还没有男朋友？愁死人了。"

赵学而一惊："你怎么知道？"

老太太狡黠一笑："你打瞌睡时我翻过你手机，短信没啥可瞧的，你接电话时都是当着我的面，从没神神秘秘跑走廊上接听的，这不是摆明了没啥可发展的对象嘛。"

"您啥时候有这等心眼儿的，快成民间克格勃了。"

老太太一拍大腿："电视剧里学来的，你妈这算自学成才，你妈聪明吧。"

赵学而腹语："您聪明？您要聪明，我们这桩婚姻怎么会生生被您和李赫男他妈给搅散了？"

赵学而突然俯身捡起一些记忆片段——她跟李赫男刚进入恋爱状态时，李赫男主动买了一大堆冬虫夏草、燕窝之类的高级补品登门拜访老妈。老妈指使赵学而去超市买瓶酱油，回身就像片警查户口般盘问李赫男。老太太义正词严问："你能一辈子对我女儿好吗？你敢不

敢给我写份保证书？学而将来出嫁是要带着我的，你可同意？"李赫男当场被吓傻，连夺门而逃的门在哪儿都找不到了。

吃过晚饭从赵家出来，李赫男吞吞吐吐对赵学而说了这件事，赵学而起先没当回事，笑着劝他别往心里去："我妈说话从来不经大脑，她打算跟着我过一辈子，你同意我还不同意呢。"

没想到李赫男抢先说："你妈这里是不是有毛病？心理科、神经科医生我认识好几个，要不要带她去看看？"他的手指着大脑，他在怀疑未来丈母娘是不是神经病。

赵学而全身血液涌上头，立刻翻脸骂道："你妈才有精神病！你给我滚！"这是赵学而头一次对李赫男发火，他真滚了，滚走一星期之后才敢重新滚到赵学而面前。

其实，赵学而有点后悔想找李赫男解释一下，其实她跟老妈平时相处得也不怎么轻松愉快，可老妈毕竟是她在这个世界上唯一的亲人，老妈再不好天底下也只能由她赵学而一个人挑不是说短处，其他人，no way！

想到此，赵学而轻轻叹了口气。这几天她只顾给住院的老妈当勤务兵，李赫男做贼一样半夜偷偷摸摸发过两条短信，她看完就删，竟未回个电话过去，是她厚此薄彼了，可自古孝义两难全，她顾了孝道，就忽略了情义，余情后补吧。

一周下来，赵学而堪比特级看护的任劳任怨终于感动了老妈，老妈上嘴唇下嘴唇一碰："学而，我住院好几天了，医生也说了，病来如山倒病去如抽丝，咱还是回家调养去吧，再在这里治下去，医生也一样整治还原不出二十年前铁娘子一样的我。唉，认命吧。"

赵学而麻溜地收拾家什、办出院手续，生怕老妈这英明决定再变卦了。

出院回到家，赵学而以为这下总该可以松口气了，能把请假落下

## 第七章　啃小风云

的课给补补，能有点自己的私人空间。没想到老妈只休息了三天，就开始紧锣密鼓地张罗着给她相亲。因为心里装着李赫男，赵学而胆敢当面锣对面鼓地拒绝按照老妈的指挥，穿上雪纺裙高跟鞋去咖啡馆，跟一个陌生男人彼此报上学历、月收入、消费观、爱好和禁忌，像买菜一样在心里称量出对方的斤称，算算自己是亏还是赚。老妈被气得，当晚就上火肿了牙龈。

周日中午，赵学而正躺着看书，老妈领着一个人高马大的型男走进来，冲赵学而说："学而，快去倒杯茶，这是你刘阿姨的儿子，妈请他来给电脑杀杀毒。"

赵学而把一杯碧螺春放电脑桌旁，顺势跟型男打了个招呼。型男头发上的啫喱水喷了足足有小半瓶，蚂蚁拄着拐棍在上面走都得摔跤。衬衣板正雪白，像是直接从商场里拆开一件套身上的，一笑露八齿，牙膏广告上的模特统一做的标准牙套跟这如出一辙，怎么看怎么觉得这型男人工痕迹太明显，属于典型的先天不尤物后天自奋蹄，又假又娘，赵学而连勉强敷衍他的勇气都丧失了。

型男撑台面尚可，干技术活着实不给力，他连网线在哪儿插的都不知道，实在是无法配合老妈的谎言。老妈变戏法似的弄了一桌子菜，不停地跟人家说我女儿爱吃这个，不爱吃那个，我女儿不会做菜，脾气又臭。赵学而在桌子下踩老妈的鞋，老妈拿眼睛一瞪："我说的难道不是事实？这叫先丑后不丑，以后相处下来他不能拿这说事。"赵学而无奈地拿老妈这话就着米饭咽下去。

送型男出门，赵学而先道歉："你别介意，我妈这人说话办事从不经大脑只经心，偏偏她一颗心里又只装得下一个我。她说的话你千万别往心里去，我目前没想过找男朋友这事，只想先把我妈给哄高兴了。咱俩就此别过，好走不送。"

型男笑了，八颗贝齿晃人眼："你妈很有意思，她只会使拙劲儿

对你好，看得出你排斥她这做法，可惜晚了，我已经对你动心了。"说完，型男头也不回走掉，那敢做敢当的样子被西北风一吹，居然有点帅。

赵学而呆立原地，肩膀被人不轻不重一拍："人家已经走远了，要追还不赶紧追啊！"

是鬼鬼祟祟的李赫男。

赵学而虽没做贼却没来由地心发虚，顾左右而言他："少贫，我这不过是待客之道，你什么时候来的，怎么不事先给我来个电话，是不是有什么急事？"

李赫男摘了墨镜，一甩头发："来了有十多分钟了，人家有大鱼大肉吃，我就惨兮兮地喝西北风！你手机呢？给你发了三个短信都不回，知道你最近伺候你妈劳苦功高，可你也不能把我当空气吧，你再这么慢待我，逼急了我这就登门找你妈摊牌！"

赵学而不急不躁："你来就为激我啊？你第一天认识我？我赵学而压根就不吃这一套，有种你现在就上楼去，我家门牌号3单元7楼东户，知道我妈长什么模样吧，用不用我前头给你带路？"

李赫男作势往前走了几步，又倒退回来："我差点中了你这小女人的奸计。你想让你妈拿浇花肥水淋我？休想！我今天来是跟你谈正事的。"

赵学而半信半疑："正事？咱俩之间有啥正事？赶紧说，我不能在外面停留时间太长，我妈会起疑心的。"

李赫男点点头："那我开门见山长话短说，建行咱俩有个联名户头，说好了是存的复婚基金吧，你口口声声说这能帮我戒掉向父母伸手要钱花的习惯，戒掉乱花钱的习惯，让我有朝一日做一个自己赚钱顶门立户的纯爷们儿吧？可咱这户头上怎么少了两万块？"

赵学而双手插兜嘴巴一嘟："我都这么大的人了，肯定不会拿两

## 第七章　啃小风云

万块钱扔水里听响。这两万块是我取的，还没来得及跟你说。我妈这次住院花了几千块，她马上就该过生日了，她想报夕阳红团游台湾。还有，我妈若有情似无意地在我面前念叨四五回了，说她舞蹈队里一个老姐妹，女儿给买了块卡地亚，每次集训都恨不得带戴子上炫耀，我妈说这话时那个眼红心酸啊，我能置若罔闻么？这钱……联名户头这规矩是我定的，就冲这我也不能带头破坏，两万块就算是我借咱们的吧，回头我一定补上。"

李赫男一脸不屑："我一猜就知道你妈又'啃'上了，你妈'啃'你'啃'得不亦乐乎，你算算这都第几次了？把咱俩所有手指头都伸出来也数不清！给你妈买保险，港澳游，买老年助力车，换双开门大冰箱，过年去三亚度假，还有还有，你妈那位老佛爷只要一动了念头要出巡，我就得跟小安子似的鞍前马后护驾！我知道我说这话你不爱听，可你不爱听我也得说，我倒不是心疼这钱，我是心疼我的时间、精力全用来做这无用功了，我更心疼你，早晚被你妈啃成一块排骨！"

这天上就是挂了九个太阳，赵学而也会觉得寒从脚底生，可她还是耐着性子解释，毕竟两人现在只是"实习"夫妻，再经不起从前那种伤筋动骨的吵闹："老公，别人可以不理解我但你必须得理解我，我妈一个人把我拉扯大容易么？我妈也就是觉得她的女儿长大了有本事了想享享女儿的福，你说这要求过分吗？我能说不吗？前几天你出差，我没跟你商量就取了钱，你要怨我，就打我几下出出气！"

说着，赵学而捉住李赫男的手，要往自己脸上拍，李赫男一抽手，躲了，说出来的话如刀子般锋利："别，打你一巴掌两万块，太贵了！就你妈养你不容易，我妈养我也不容易，我妈就没你妈这么'贪'这么能'啃'！我早看明白了，你妈就这么爱折腾人，咱们这日子要老被你妈啃着真没法往下过了！"

赵学而急了:"李赫男,别敬酒不吃吃罚酒哈!你好歹也是受过高等教育的人,怎么说话呢?我妈怎么就贪了?她啃我我乐意,那证明我有本事,证明我这个女儿她老人家没白养!你妈啃咱们的还少啊?当初咱俩结婚那会儿,我都成了你们家的专职保姆和杂活专业户了,还得亦步亦趋陪你妈逛街拎东西,昧着良心赞美你妈听你妈教诲,我还得常常把你理应陪我的时间无偿无怨地分一大半给你妈,精神'啃'小也在'啃'小广袤的范畴之内啊!"

理越辩越火大,一个向左走,一个向右走,不欢而散。

赵学而返家,老妈闻声迎上来:"送客送了这么久,应该跟小马谈得挺投机吧?"

赵学而像丢沙包一样把自己重重丢进沙发里,两条长腿叠在茶几上,双臂一抱,自言自语答非所问:"《神雕侠侣》中小龙女左手画方右手画圆,教周伯通练就双手互搏之术,自此天下无敌。现实生活中有哪位高人能教教我,练就左手亲情右手爱情的双手都要抓双手都要赢的通天本领呢?干吗非得爱情淘汰亲情、亲情干扰爱情,就没有一举两得之法?到了我赵学而面前,只能遇山开路逢水搭桥,没有路就杀出一条路来,我是个贪心的完美主义者,爱情亲情一个都不能少!"

赵妈妈抬手一搭女儿额头:"撞邪了?你这唧唧歪歪说的都是什么啊,又是神雕侠侣又是周伯通又是杀啊打啊的,你该不是被小马给'秒杀'了吧?"

赵学而笑得比哭还难看:"妈,您可真潮,连秒杀都会说会用,可惜用错地方了,那个小马太妖娆,完全不是我的菜,您可以恩准他谢幕了。时候不早了,明天我还得上班呢,我先洗洗睡了。"

赵妈妈一把按住女儿,声色俱厉:"你到底想找个什么样的,只

## 第七章 啃小风云

要你能说得出条条框框一二三,我就能比葫芦画瓢地给你找来,不然不许睡觉。"

赵学而一拍巴掌:"好吧,我就说出自己内心潜伏已久的野心吧。"

赵妈妈姿势做足下手很轻地捶了女儿一下:"死丫头,有话好好说,把话说开了说明了,没准儿你妈真能给你找了来。"

赵学而打了个呵欠:"妈,等你找到高富帅这样的准女婿人选,再通知我面试吧,我困了,先睡去。"

老妈依然不放行:"别,我还有一事跟你商量。"

老妈拿出一张楼盘广告,志在必得道:"我看上了新城区一套电梯小高层,八十八平方米的小户型,朝向好,交通方便,坐车到你学校只用五分钟,这样你无论早中晚无论刮风下雨都可以吃到我做的饭菜了。"

赵学而挣扎着苦劝:"妈,咱家住得好好的,干吗卖掉另换个家,咱家这个小区已经形成规模气候,物业成熟、超市便利、医疗站就在楼下,再者你跟街坊们也处熟了互相有个照应,三来咱家的房价一路看涨,此时卖了它是不明智之举,您就别折腾了。"

老妈一摆手:"谁说我要卖了这个家?这里是咱母女的根据地,也是你永远的娘家。我想好了,新城区那套房我找李赫男掏首付,月供咱俩付,你的一半工资加上我的退休金管够了。离婚时你一分钱没要他的真是亏大了,这房子的首付也没几个钱,他们家在这个城市有头有脸的,如果个个都是铁公鸡我就豁出去跟他们闹,看谁没脸看谁服输。当然,这事由妈出面,你什么心都不用操什么事都不用管,有妈担着呢,你甭拦我,这是他们家该咱们欠咱们的,不要白不要!"

赵学而头皮发麻嘴发苦,内心嗟叹,亲爱的老妈这是又"啃"上了。她知道老妈的秉性,劝她拦她等于火上浇油,没准儿明天一大早

她老人家就敢扯个横幅上李赫男公司静坐去，本来自己跟李赫男的复婚之路就如履薄冰举步维艰，此番如果闹得满城风雨，两家成了天敌，这复婚就彻底没指望了。

赵学而牙一咬心一横，既然三十六计都派不上用场，那她就只能试试用第三十七计了。

赵学而既没反对也没支持老妈这一决策，抬脚回了卧室。五分钟后，她拉着一只硕大的行李箱走出来，拿出一封信递给正摩拳擦掌讨债大计的老妈，面无表情地念出信上的话："各位亲友，各位同事，还有最最亲爱的老妈，我放弃一切，和房子首付私奔了。感谢大家多年的关怀和帮助，祝大家幸福！没法面对大家的期盼和信任，也没法和大家解释，也不好意思，故不告而别。叩请宽恕！"

老妈不解个中缘由："你啥意思？这大半夜的，你打算上哪儿私奔？"

赵学而一脸无奈："据我对李赫男以及他父母的了解，他们是不会拿出这笔首付的，他们不拿您不甘心，您不甘心就得跟他们闹，您跟他们闹就会满城风雨，满城风雨就会让我在学校里待不下去就会让别人以为我是个拜金女，当我被扣上拜金女不孝女无能女的帽子之后，工作、朋友、爱情都会离我远去，我与其到那时再远避深山，不如趁早私奔去一个无人岛，等我赚够了首付再回来，等这场闹剧收场了再重新做人。就算我管不了您老人家，我总能独善其身吧！"

说着，赵学而朝门口走去。其实，赵妈妈但凡神稳心细一点，就会发现，女儿声势如雷但脚下是小碎步，脸色是绷紧的，但眼神四下乱瞄，她不过是拿离家出走吓唬吓唬老妈而已。可人一动情就乱心，赵妈妈一心怕女儿冲去这个门去，就成了入林的鸟入水的鱼，只拼命拽着女儿胳膊，怎么也不松手。

老妈一跺脚："你个小没良心的，我这么劳心费力做恶人的，还

## 第七章 啃小风云

不是想替你未雨绸缪,给你铺一条康庄大路吗?妈就是你的例子,再恩爱的夫妻走到半路说撒手就撒手,李赫男当初信誓旦旦地跟我保证要爱护你一辈子,这不也说撩开手就撩开了?这世上最靠得住的就两样,一是自己,二是钱,身为女人无爱傍身就得有钱傍身啊。"赵妈妈说不下去了,下巴开始发抖,眼眶红红的,她那副孤立无援、忠心无处可表的神情突然击中了赵学而,老妈这神情跟自己小时候受了委屈一模一样。赵学而内心嗟叹,时光这只翻云覆雨手,悄无声息地把我塑造成了她,把她还原成了我,我跟她,如此相像。

赵学而虽然已经于心不忍,但她一贯的刀子嘴豆腐心,嘴上还在逞强:"妈,说理我说不过您,胡闹我也闹不过您,我就一句话放在这儿,我不拦着您去做想做的事,您也别拦着我去做我想做的事,咱们互相成全行么?"

赵学而往左边夺路,老妈拿胸膛堵上,赵学而往右边夺路,老妈依旧拦下,赵学而踢了一脚行李箱撒气,老妈赶紧抓住行李箱拉杆,期期艾艾道:"学而,咱母女俩相依为命这么多年了,真不容易,这事你容妈再想想再想想,这会儿天不早了,你赶紧回屋睡吧,这事咱娘儿俩从长计议。"

赵学而等的就是老妈这句话,心头已经摇起胜利的小红旗了,脸却还刷了糨糊般绷紧,从长计议,就表示老妈这计划暂时搁浅了,闯过一关是一关,到了下一关迎难而上就是。

老妈夺过赵学而的行李箱,盯着她回屋躺下,自己认认真真把防盗门反锁好,这才回自己卧室躺下。

听到从老妈房里传来的均匀的鼾声,赵学而这才松了口气,这世上从没有一蹴而就的幸福,爱情就是要经点事才能一起成长,亲情要经些摔打才能更坚固,什么时候她打通了这任督二脉,就无敌天下了。

想着想着，赵学而坠入深沉而甜蜜的梦乡。这时，枕畔的手机发出提示音，是安可发来短信：今天下午3点到6点之间，我跟你一起逛街吃饭，林更生如果问你，你记得要这么说，切记，拜托。

此时的赵学而被睡意彻底击垮，迷迷糊糊中，她回了一个字，好。

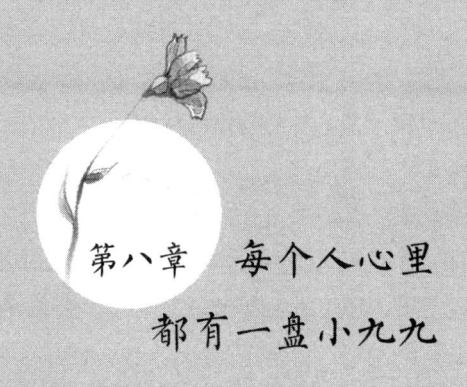

# 第八章 每个人心里都有一盘小九九

翌日，在学校一直忙到午餐时间，赵学而才抽出空来给安可打个电话。

电话拨通，赵学而有一问一："安可姐，老实招来，昨天下午3点到6点，你到底'走私'啥去了，不说我可去找林姐夫领赏了。"

安可笑骂："小丫头，今天中午你难不成吃了豹子胆，竟敢盘问你老姐？昨天下午我去见了小雨点亲生父亲，他妈身体出了点状况，拜托我找医生朋友给他妈仔细查查。本来这事不该瞒着林更生的，可我想着多一事不如少一事，何况我跟林更生这种再婚夫妻，总会有些说不清道不明的忌讳。"

赵学而后悔自己多此一问，她原想插科打诨，没料到给人家添了堵，她赶紧往回找补："姐，别多想，林更生那人挺好的，是个能依靠托付的主儿，以后你有啥不方便跟他说的尽管往我头上推，我比花萍又远了一层，他不好直眉愣眼问我的，就是问了，我也能对答如流。"

安可匆匆收线："好的，回头姐请你吃饭，先这么着，林更生来电话了，挂了哈。"

林更生来电，没再问安可昨天下午的事，而是提醒她，今晚要回父母家里吃饭，两个孩子他来接，让她早点下班，顺路买点水果就成。

安可心头一块大石落了地。昨晚她进门时不知道哪里不对劲，惹得林更生反反复复问了三遍她下午去哪儿了跟谁在一起。安可本想如实告知，一触到林更生犀利的眼睛，就毛了，脱口而出跟赵学而逛街了，她知道骗林更生是不对的，可她不想让现在拥有的生活蒙上一丝阴影，她要捍卫这份握在手心里的宁静恬淡日月。在遇到林更生之前，安可的情感生活不是空白不是插曲，而是有一段刻骨铭心的婚姻，并且还缔造了小雨点，即便已成往事，她还是不能确定，这些陈

## 第八章 每个人心里都有一盘小九九

芝麻烂谷子有朝一日摊开摆在林更生眼皮下,会不会变成一枚枚子弹,击中他们婚姻的要害。安可赌不起,她太在意林更生,她太盼着这份实习婚姻能早日转正。

下午五点,安可少有的准时下班,进超市买了好几种进口水果,拎满两只手,招手拦了辆出租,一路向婆婆家驶去。

一进门,小雨点飞出来亲亲安可,缠着闹着让妈妈抱,林林只公式化地喊了声阿姨,继续盘踞在客厅的沙发里打游戏。林更生起先不准林林喊阿姨,林家二老却装聋作哑地持保留意见,安可就咬牙笑着认了"阿姨"这个称呼。林林快十岁了,有自己看待事物的角度了,强迫这孩子服从大人的意愿只会适得其反,更何况他每个星期都会去见自己的亲妈,凭空让他多认个妈妈,是有点为难。在这件事上,安可退了一步。

安可放下水果换上拖鞋,进厨房给婆婆请安。

婆婆正拎了一条鱼下油锅,刺刺拉拉地油花四溅。安可趔趄着往后躲,婆婆瞧见了,抛出的话比锅里的热油更烫心:"安可,你嫁过来有些日子了,厨房虽然不是什么军事重地,可也不能太马虎糊弄。我听说你一忙起来常常就随便叫些外卖、买点半成品在微波炉里转一下填饱全家人的肚子。这样可不行,好媳妇要出得厅堂,更要入得厨房,今天你就好好跟着我学做菜,有不懂不会的尽管问,我绝不藏着掖着,你也得拿出信心和诚意来,这样'两家人'才能处成'一家人'!"

婆婆的话已说到这份上了,安可不敢再往后趔趄身子,硬着头皮给婆婆递葱拿姜地当小工,脑子里砂轮一样飞转着找话题,企图能搭上婆婆这条频率波动异常的波段,让二人之间的关系显得柔软些。可婆婆压根就不理安可这茬儿,一边翻着鱼一边耳提面命:"安可,你看好了。煎鱼不粘皮,得先在锅上擦点姜,一整条鱼下去,千万别翻

动，要等两分钟，等它这面煎得呈金黄色，再用锅铲翻过来，然后放点生抽、几瓣蒜、几滴料酒。来，你试试，这厨房的活不比别的，看一百遍不如动手实践一遍，贵在实践出真知嘛。"

安可拎起铲子像拎一根千钧的烧火棍，左翻婆婆说不对，右翻婆婆也说不对，添汤婆婆说早了，调到中火婆婆说不是时候。安可觉得自己就像这锅里的鱼，被煎得焦头烂额皮开肉绽。婆婆对林林不是一直秉承赏识教育理念的么，怎么到了她这里，就成了一个只会打板子的严师？

幸好，这做的是鱼不是河豚，用不着煮上两三个钟头才能出锅，婆婆头也不回，就对着锅中的鱼开口："拿个盘子，深底椭圆形的鱼盘，就在你身后的壁柜第二格。"

婆婆这话，已然是不耐烦的意思，谁叫安可自己笨，连条鱼都不会做，婆婆在心疼自己的好儿子乖孙子跟着这个远庖厨的女人得刷掉多少肥膘！

壁柜，第二格，深底椭圆形的鱼盘，安可拿到了。拿到的同时，有样不该看的她也看到了，壁柜，第三格，一个中号乐扣盒子上，盖着一块纯棉印花抹布，她拿鱼盘时见盘底有水，顺手拿起抹布擦了擦，掀起"红盖头"的乐扣盒，露出盒中宝藏：一只卤鸡腿，一块牛仔骨，几片鹅肝，还有几块蹄筋。

安可像被针刺了一下，赶紧把抹布盖回去，递给婆婆盘子的手开始哆嗦。她不想把婆婆往坏里想，一个劲地自我安慰，老人都偏心嘛，何况林林还是她亲孙子，这些是林林和小雨点都爱吃的，可一只鸡只有两只腿，一只鹅上只有一个肝，婆婆把容易让两个孩子抢食的东西先藏起来，不也就避免了饭桌上的争抢和哭闹，大家也就都能吃上一顿安心饭。

另一个声音又在安可心里咆哮：安可，婆婆摆明了就是偏一个冷

## 第八章 每个人心里都有一盘小九九

一个。她藏起好吃的留给林林,小雨点看到了会怎么想,你能保证她心里不难过不受到伤害?要知道小雨点比林林还小三岁呢,你不求婆婆一碗水端平,但也别偏心眼偏得太离谱了,就这一点吃食,至于要藏着掖着么?婆婆这么做就是不对,她现在能藏起一碗肉,将来就能藏起一颗心,你要一让再退的,小雨点在这个家以后就可以改名小可怜儿了!

安可甩甩头,跟婆婆说:"妈,我头有点晕,我去洗把脸就来。"

安可逃进卫生间,她生怕自己在厨房再待下去,心里那些委屈会泛滥涌出,把这顿难得的全家晚餐给冲走!安可又退了一步。

安可用冷水洗了把脸,把心头的不开心浇熄了。她跟小雨点才踏进这个家,说白了她们还是这个家的"外人",她与林更生的婚姻又尚在"实习"阶段。婆婆这点小动作是有私心但绝非坏心,不过是一个护孙心切的老太太的惯性动作而已,不要把它上纲上线到阶级立场和意识形态,这样才能顺顺利利吃完这顿饭。对,顺顺利利吃完这顿饭,这是安可今晚唯一的心愿,不看僧面,她总要给林更生这个面子,毕竟,要牵手一辈子的,是她和他。

从卫生间出来,安可不想再踏进厨房,她问客厅里的小雨点:"爸爸呢?"小雨点全神贯注在玩手里的魔方,一扬下巴:"爸爸在书房。"

安可转身向书房。

书房的门虚掩着,留了条寸许的门缝,门里一老一少的对话大大方方传出来,挑衅似的迎着站在门外的安可:我们说的是家乡话,重庆话,你这个土生土长的北京妞能听得懂么?

是的,门里的老林跟林更生正在用重庆话交谈。这是安可发现的第六次。安可跟林更生第一次登这个门,婆婆就拽着林更生去厨房用重庆话问了他几句。领证后全家人一起吃饭,席间,老林突然跟林更

111

## 幸福实习生

生用重庆话耳语了几句。还有一次,大半夜的,安可迷迷糊糊听到林更生气急败坏讲电话,她一问,林更生就用重庆话讲了一句,匆匆收线。安可把一个问号打给林更生,林更生解释,他们家人一直就这样,三不五时顺嘴带出来一两句家乡话,无心的。安可不信,这一次次的眼见为实,让她明白,重庆话是林家人防着她的暗语,是林家人心里的小九九。

一次两次遭遇听不懂的重庆话尴尬之后,安可就留了心,公司午餐时,偏好找上操一口半重庆话半普通话的档案室小妹坐对桌,逗着她说重庆话,自己暗暗留心边听边记,几个星期下来,安可连毛带皮地听懂不少重庆话了。

这一次,隔着门板,安可一知半解地听到这父子俩的重庆话版拉家常,中心内容不外是,安可对林林好不好,有没有偏袒小雨点,你们家现在谁管钱,看看她买的水果要好几百块,女人太能花钱就是祸,等等。林更生有问才答,言简意赅,每句回答不外是好,挺好,不错,是是,没有没有,诸如此类的中性词,找不出一点个人感情色彩。

安可不想再听下去了,怕再听下去根本就没胃口吃饭了,她再退了一步。她用力敲敲门:"爸,更生,洗洗手吃饭了。"

林家父子迅速交换一个眼色,换上轻松笑容,用普通话交谈一些有的没的,一行先后踏进餐厅。

一桌子的菜很丰富,有一条腿的烤鸡,缺了鹅肝的竹笋鹅煲,剔去了牛仔骨的炒牛柳,只有肥腻腻的肉皮裹着骨头的红烧猪蹄,另外还配了几个清炒芥蓝、银杏百合炒西芹等素菜。

小雨点一上桌就瞄上了仅存的那只鸡腿,从小到大,她最爱吃的就是这个,什么炸鸡腿、烤鸡腿、酱鸡腿,她从来没吃烦过,安家上下也都主动地把鸡腿留给她,花萍还送了她一个诨号:鸡腿控!

## 第八章 每个人心里都有一盘小九九

小雨点抄起筷子去夹鸡腿,林林的筷子也不甘落后,两双筷子同时夹住了一只鸡腿,谁也没有"孔融让梨"的意思。

老林给孙子夹了一块牛柳,半哄半劝:"林林,你最爱吃牛柳了,奶奶炒的牛柳好嫩,你尝一口。"

小家伙越劝越来劲,把爷爷喂到他口中的牛柳低头往碟子里一吐,不依不饶:"我就要吃鸡腿嘛,我就要吃。"

林更生"啪"地放下筷子,呵斥道:"林林,奶奶辛辛苦苦做的饭菜,你敢说吐就吐?给我夹起来吃掉!大让小才是宝,你在学校里老师肯定教过的,妹妹比你小,你就该让着她,这鸡腿让给妹妹吃,你才是爸爸喜欢的小男子汉!"

林林仗着左右有爷爷奶奶护法,谅爸爸也不敢怎么着他,就给脸反而益发上脸:"不给不给就不给,咱家的饭菜从来都是我爱吃哪口就哪口。谁是我妹妹?她姓吴我姓林,凭什么是我妹妹?我知道你早就不喜欢我改喜欢那个小丫头了,这鸡腿就是最好的证明,好,我给她,我把鸡腿让给她还不行么!"

说完,林林撩了筷子,下手抓起鸡腿,恶狠狠啃了一口,然后扔进小雨点的碟子里!

小雨点被这阵势吓到了,紧接着又看到心爱的鸡腿被啃去了最脆最Q的关节脆骨,"哇"的一声,眼泪就像打开的水龙头,汩汩而出。

婆婆作为"鸡腿事件"的目击者,从头到尾一言不发,低头吃菜。

安可立刻饱了,如果不是婆婆有私心藏起一只鸡腿,那么两个孩子都可以分到一只鸡腿皆大欢喜了,可她不拦不劝不化解这两个小家伙的矛盾,一味冷眼旁观,观的可不就是安可此时的表现能否不偏不倚,做个称职的后妈!

想到此,安可也来了气,抱起小雨点到阳台,娘俩坐到阳台的摇

椅里,一个哭一个哄。安可以孩子的视角给小雨点化解了"鸡腿事件"的委屈和积怨,承诺给小雨点做一百只香色各异的鸡腿之后,小雨点终于抽抽噎噎地安静下来。

安可把小雨点放到摇椅里,打算起身拿点饭菜,让她好歹清清静静把这顿饭吃完,这样不至于让林更生下不来台。

刚从阳台踏进一只脚,婆婆的话就飞进安可耳朵里:"更生,你瞧见没有,你吵林林她不拦不护。不是自己身上掉下来的肉就是不知道心疼嘛,你要为自己和林林好好打算打算,千万别被她攥到手心里,苦了我们林林。你还要帮别人养孩子,你真是个冤大头!"

林更生呢,正用筷子夹鸡块往嘴里送,什么也没说。公公尽心给林林剔除一块鱼肉上的刺,林林一脸得胜还朝的恣意。别人对小雨点的哭泣不闻不问安可还挺得住,关键是林更生的态度,他的沉默或者说是冷漠,严重伤害了安可,他在他们的小家里不是这个样子,他对小雨点还是挺关心疼爱的,怎么一站到林家这一亩三分地上,一面对自己父母,他就变了一个人?变得那么陌生、冷漠,那么让安可心寒!

走到餐桌旁,安可冷冰冰冲大家开口:"我在厨房抹布盖着的乐扣盒里看到了一只卤鸡腿,一块牛仔骨,几片鹅肝,还有几块蹄筋,所以小雨点抢鸡腿时我没拦着,更生训林林时我没护着。因为我是冲着跟林更生过一辈子才结的这个婚,才让小雨点喊林更生爸爸,所以我不想把原本很简单的事物搞得复杂化虚伪化,我不想做个伪善的后妈,我更不想每次回来吃饭都是每个人心里打着一副小九九的猜忌防范气氛。对不起,小雨点不太舒服,我们先走了!"

当防盗门在身后咣当合上时,安可就下了决定,为了女儿,为了自尊,除非他们认错他们开口请,否则她们母女俩永远不再踏进这扇门。

## 第八章 每个人心里都有一盘小九九

两个小时后，林更生回到小家，安可脸冲里侧，装睡。

不一会儿，从小雨点卧室里传出小雨点获得宝藏的开心尖叫，林更生给小雨点买了脆皮鸡腿、酱鸡腿、烧鸡腿、蜜汁鸡腿等好多种口味的鸡腿，还给小雨点买了她最喜欢的海绵宝宝抱枕。

安可心下一宽，这林更生好歹还不是块木头，当着他父母的面什么都不敢做，事后总算知道补偿一二。

小孩子是不记仇的，小雨点很快就搂着林更生的脖子喊爸爸，问林林哥哥什么时候回家。可大人记仇，安可一连记了林更生三天的仇，三天都没给林更生一个好脸色，他问话她也不理不睬的。几天之后也就不了了之了，不然还能怎样，总不至于为了一只鸡腿去离婚吧，那就只能学会遗忘，虽然这多少有些无奈。

一个月后。

春光大好的一个星期天，正放年假的安可休息了几天就闲得浑身骨头疼，林更生带着林林和小雨点去公园撒欢儿，她突然心血来潮单枪匹马大扫除。正洒扫庭除得不亦忙乎不亦乐乎时，在朝南阳台的贴墙杂物柜的最底层，安可翻出一个黑色塑胶袋，打开一看，一叠新崭崭的钞票，一数，八千，意外收获！

大扫除"扫"出了老公林更生的私房钱，安可的脸顿时像手里的抹布，乌漆麻黑皱巴巴的。扔了抹布丢了吸尘器，安可一屁股瘫坐在沙发里，眼冒火星地望着这笔私房钱。林更生啊林更生，你可真是榆木疙瘩脑袋铁石心肠，怎么捂也捂不热，结婚前你把胸脯拍得山响，信誓旦旦要跟我一条心一个钱串子，婚后咱俩也没动过大气没冷过心，家里四个人的吃喝拉撒吃穿用度，还有一切应酬往来，我都是拿着自己薪水往里扔往里垫，压根就没在金钱上留过半分心眼儿，你干吗要背着我偷偷存私房钱？这私房钱是奖金还是外快？从什么时候开

始存的？存了多少？安可有一百个为什么等着质问林更生。

太阳西下时分，小雨点和林林争先恐后地撞开门，林更生挂着单反拎着水壶、零食，一脸疲倦地进门。的确，要带上这两个半大小孩吃喝玩乐上一天，是比做一天家务更累人。要搁往常，安可早就贴心地给林更生奉上一杯醇香的铁观音，再柔声说上一句："累坏了吧，这两个小家伙还真挺能恼人的，你洗个脸喝杯茶，一会儿就开饭。"林更生穿上拖鞋换上家居服，瘫软在沙发里，一伸手，没茶，一抬头，餐桌上空荡荡碗碟皆无，一开腔，迎上安可那张冷脸，安可扭脸对林林和小雨点挤出点微笑："妈妈大扫除了一整天，整个人累得腰疼腿疼的就叫了外卖，必胜客的海陆至尊比萨、西冷牛排、缤纷蔬菜沙拉和草莓蛋糕，怎么样？还有补充的么？"小家伙们蹦着高儿地欢呼，这顿大餐都把他们肚子里的馋虫给勾出来了。林更生一向对必胜客、麦当劳之类的不感冒，让他吃这些还不如让他吃碗面条对胃口呢，可一看安可那张脸，他就放弃话语权了。

外卖说到就到，小家伙们平时叽叽喳喳的，这会儿只顾闷头往嘴巴里塞比萨，连头都顾不上抬。安可不饿，或者说已经被气饱了，只吃了点沙拉和蛋糕，林更生拿了块比萨边吃边跟安可汇报："老婆，今天我们收获大大的，你要是跟我们一起去就好了，呼吸呼吸新鲜空气松松筋骨，还能给我当模特呢。"就在这一秒，安可拿定主意，私房钱一定要收缴，接着按兵不动看他怎么继续演下去。安可轻描淡写地答："孩子们玩高兴了就好。"

吃过晚饭，安可进卧室看TVB剧，林更生进书房上电脑整理照片，小家伙们各写各的作业。安可就着闹哄哄的剧情对白就要睡过去时，林更生的手机响了，他接："嗯嗯，知道了，挂了。"

不一会儿，阳台上传来窸窸窣窣声，再一会儿，林更生头发上顶着几缕梅干菜叶子跑进卧室，故作镇定问："咱家阳台柜子里那一袋

## 第八章　每个人心里都有一盘小九九

子梅干菜哪儿去了?"

安可不紧不慢地愣了一下,"很认真"托腮想了想,然后答:"我今天大扫除,扒出好多发霉的干菜,都扔了。"

这下林更生急红了眼珠子:"扔了?"

"不扔留着长毛当盆景啊?"

"你扔哪儿了?"

"垃圾箱,这还用问。"

林更生半信半疑,又急又心疼,只是不敢发作,此情此景之下他只得跟安可打马虎眼儿:"没事没事,扔了好,我一同事来电话说他老婆怀孕了想吃梅干菜,我想着送个顺水人情多好。"

安可嘴上说:"可惜了,就迟了一步,你这同事怎么不早点说呢?"她心里这才觉得出了口恶气,看这个榆木疙瘩脑袋下一步该怎么办。她不信刚才那个电话是他同事替怀孕老婆讨吃的,电话那端,八成是个女人。

这一夜,夫妻俩睡得都不踏实。那八千元钱就压在安可的褥子底下,就像压了一颗小炸弹,随时都能拉响。

安可不是拿了鸡毛就当令箭的主儿,也从不得理不饶人,她只是想查清楚林更生这笔私房钱的来龙去脉,要怎么花,给谁花,她不想这表面上看着四平八稳的婚姻,先从内心里开始腐败变质。思来想去,安可为林更生这笔私房钱假设了种种可能性,是公婆有需要么?不可能,公婆都是拿退休金的人,尤其公公,以前就是税务局的老领导,不光退休金不是一般的丰厚,过年过节还有一堆福利品往家搬。二老身体没啥大毛病,最近既不买房也不买车,婆婆有回说漏了嘴,说他们二老连林林将来的娶媳妇本都攒了七七八八呢,他们根本不差钱,林更生这笔私房钱应该不是往二老身上派用场的。

至于其他的,林更生不怎么抽烟,喝酒三杯就倒,唯一费钱就是

117

## 幸福实习生

添置几件摄影器材,可那是过了明路的,没攒私房钱的必要。安可再一琢磨,林更生最近有点反常,一进家门就往书房里钻,接个电话总是哼哼哈哈三两句就挂断,睡觉都把手机搁枕头下,反常即是妖,说不定家门外真有什么高人摄了林更生的魂儿,给他支招划策。虽然安可也不相信自己看走了眼嫁错了人,可这八千块就像八千枚小铁钉儿,扎在她心口上,扎出一个个小血窟窿,生疼。

第二天下午,安可逛街逛到税务局门前,拐进去找林更生,同事说他刚抬腿进了领导办公室,她坐下等。桌上的办公电话响了,安可拿起,还没吱声,话筒里传来急急女声:"忙着呢?一下午给你打了仨电话,怎么一个也没回?"

安可的呼吸顿时急促起来,碍于周围都是林更生的同事,她压低嗓门问:"你是谁?"那端匆匆挂断,像个心虚的肇事司机迫切要逃走。安可的眼睛里、嗓子眼里,像被撒了一整瓶胡椒粉,又呛又辣,想喷火还想流泪,她拎起包冲出去。

私房钱扯出了私情,安可整个人都灰下去了,男人的心就是六月天孩儿脸,说变就变。

当晚,安可拿定主意,跟林更生谈清楚,这日子能过就过,不能过就拉倒,私房钱是小,私心私情是大。他们这对"实习"夫妻俩如果不能心往一处系、劲往一处使,婚姻再锦绣都是虚假繁荣的泡沫,如果连这点问题都没办法解决,那转正之日就更加遥遥无期。

有人敲门,安可气冲冲朝门外吼:"你还知道回家?那妖精急不可耐召唤你三次了,你还不速去报到?"

门外站着傻眼的安窦。

安窦可不是吃素的,一看老姐的红眼圈,联系上刚才她那句怨愤之词,立马撸起袖子,怒发冲冠吼:"姐,是不是那姓林的在外面招惹什么女人了,你们结婚这才几天啊,他这枚优秀经济适用男这么快

## 第八章 每个人心里都有一盘小九九

就变了质？我这就去修理修理他，替你出了这口恶气！"

安可拦住安窦："你先修理了我再修理林更生，我们夫妻俩的事轮不到你管，他再怎么说现在还是你姐夫，况且我也只是接了个莫名其妙的电话就开始疑神疑鬼而已，说吧，你这个'大忙人'来找我有什么事？"

安窦这才想起此行的目，换上一脸讨好："姐，我有一哥们要换新车，他那辆八成新的POLO'跳楼价'转让给我，五万块，三天内一次付清。我最近手头有点紧只能找你支援了，咱说好，借的，发工资我就还。"

安可眉头一皱："你一个小企宣，一个月工资才两千多，买什么车？买了你拿什么养？这事你跟花萍商量了么，她怎么说？"

安窦脖子一梗，不服气："姐，你可是我亲姐，别总门缝里看你弟弟，我今天是企宣明天就可能是组长后天就可能是经理。这企宣一职本来就是我的过渡权宜之位，我压根没想着干它一辈子。猎头公司早就瞄上我这不可多得的市场型人才了，找了我好几次要撬我，开出的职位和薪水都比现在翻一番！姐，你就等着吧，我早晚混出个模样给你瞧瞧，不为爸妈不为你，我也得为养得起我这辆POLO重新做人发愤图强！你问我这事跟花萍商量了么？你这不是打我脸吗？我们家从来我是一家之主，大事我说了算，小事我说了算，只有柴米油盐才轮得到她发话，她对这事压根只有洗耳恭听热烈欢迎的份儿。"

安可笑了："你浑身上下的骨头都没你这张嘴有斤两。或许你们家大事是你说了算，小事也是你说了算，只不过结婚到现在，你们家一直还没发生过大事小事，所以这一家之主轮不到你当。好了，不跟你扯这些有的没的了，既然你说买了车就发愤图强，我这当姐姐的只能支持你这一把。这买车也是全家上下都受益的事，料花萍也不会拦着。你说吧，要多少？"

119

安窦的脸笑成一朵非洲菊:"五千不少,一万不多,丰俭由人,衷心感谢。"

安可只有这么一个弟弟,虽然不是职场精英不是英勇男儿不是五好市民,虽然有点犯懒嘴馋花心的大毛病,但迄今为止没触犯过国法,也成不了危害社会的害群之马。对父母尚算孝顺,赚钱了也知道买吃买用地讨父母开心,也是真心疼小雨点,得空就让小雨点坐他肩膀上骑大马,对小雨点言听计从,谁敢冲小雨点瞪眼睛他能把人家眼珠子给抠下来。如今,这个三好两坏的弟弟、安家唯一的男丁跟自己开了口,安可说不出个"不"字。

安可肯定要帮弟弟这个忙,可她上星期刚买了两套换季裙装,又给林林和小雨点交了特长班的费用,手头空了,银行的大头定期也不能取,一转念,她想到了林更生那八千块私房钱。

安可进卧室,从衣柜大衣口袋里取出那叠钱,交到安窦手里,嘱咐道:"这里有八千块,你先拿去用,姐不图你别的,就图你孝敬咱爸妈。跟花萍好好过日子,再给我生一个胖外甥。姐的事姐心里有数,你别往里掺和,如果有要你替姐出头的当口,姐不会跟你客气。"

安窦把头点得像鸡啄米,这就向后转,赶紧去把那POLO给提回来,走到门口,又折转回来,神神秘秘凑过来嘀咕:"姐,你不用交代,我也明白今儿这事不能跟我姐夫提,否则他将来要拿钱给他们家谁谁谁,你这个主事人就难做,我聪明吧?"

安可好气又好笑:"还不赶紧去忙你的,小心我反悔要回这笔钱!"

安窦一溜烟撤退。安窦最后说的那句话却像航空表演拉出的彩烟,洋洋洒洒了一屋子。

安可一个人枯坐在沙发里,理清了思绪,即便是夫妻,也会有不便跟对方张口的时候,也都会有在心里打小算盘的时候,谁还没点小

## 第八章　每个人心里都有一盘小九九

私心？

寻思了一个星期，安可决定给林更生也是给自己找把梯子下台阶，把私房钱这事给圆过去。

周末，林更生正在擦镜头，安可指使他："你去冰箱的冷冻室给我拿块冻肉，在第一格抽屉里，小心点，别扒乱了。"

林更生找到了冻肉，也找到了一个黑色塑胶袋，里面是一叠新崭崭的钞票，八千块，一分不少。安可找朋友转借了两千块，把这笔私房钱悄悄"还"给了林更生。

林更生把冻肉递给安可，安可正在削土豆皮，这几天她没睡好，额头、嘴角冒出了红灯笼般的火疖子，大眼睛下顶着两个深深眼袋。林更生心里隐隐的不是滋味，那叠私房钱揣在身上像揣了块火炭，他也被内心深埋的那个秘密煎熬得火烧火燎的，他拿捏不准是说出来好，还是一个人扛到底妥当。男人啊，总是长了一颗聪明糊涂心，外表坚硬内心柔软。

周六一早，林更生跟安可提出，要带她去一个地方，见一个人。

林更生带安可去的是人民医院的住院部。推开病房门，安可见到了一个与林林同样有着单眼皮、酒窝和小麦色肌肤的中年女人。女人顶着一张浮肿的脸，打理得清清爽爽的短碎发，罩在病号服下的身材明显不复窈窕，只有那对酒窝一旋开，就泄露出曾经的妩媚和俏丽，只不过，那对酒窝是对林更生绽放的，一看到林更生身后的安可，旋即就吝啬地收敛起来，不卑不亢地冲安可伸出一只手："你好，久仰大名，我是孙美娜，你的前任。"

林更生上前插言，对孙美娜的语气像对林林，直接、威严、一语中的但更显得亲密无间："美娜，你还是改不掉苛刻、钻牛角尖的老毛病。什么久仰大名，什么前任，过了啊。"

安可被动地伸出手去，心下倒觉得对孙美娜这腔调不必太足、手

势不必太硬，不然就太短兵相接了。安可不卑不亢回答："你好，我是安可，更生说要带我见个人，我现在才知道是来见林林的妈妈。"

前任与现任，两个女人的第一次交锋，说没暗中较劲暗中比画那是假的，是违背动物天性的，更是违反情感规律的。林更生曾经是孙美娜的情感势力范围，如今是安可的直辖区域，孙美娜剑拔弩张，安可兵来将挡，两人打了个平手。

林更生掏出那叠私房钱，用眼神"请示"过安可，递给孙美娜："这是我们夫妻的一点心意，收下吧，好好治病，别让林林担心。"

孙美娜并没多客套，接过来："我没什么朋友，身边也没个家人，这次我急性阑尾炎住院多亏了林林他爸，否则真要了我这条小命。我记账单上，保证将来一一都还上，我还不上还有林林呢。对了，麻烦你们告诉林林奶奶一声，我明天就出院了，她年纪大了还有腿疼的老毛病，就别往医院跑着给我送汤送饭了。"

孙美娜一口一个林林爸爸，一口一个林林奶奶，有意无意把安可摘出来，晾一边。

安可情商不低，自然不会跟一个病人较量，何况她还是林林的妈。安可识趣地给窗台的花浇浇水去茶水站打瓶开水，让林更生暂时处于自我管理时期，跟孙美娜有话敞开了说。

出了医院，林更生不打自招："安可，上次你来我公司接的那个电话，正是孙美娜打来的，我一直不知道怎么开口跟你说这事。我跟孙美娜离婚后她曾去南方待了一年多，半年前才回来，找了工作供了房，一个月会接林林去住两天。这笔私房钱是我攒下的奖金，我心里有个小九九，我一直怕自己这边万一有什么突然状况急需用钱却跟你张不开嘴。我没想到这突然状况头一个撞上的就是孙美娜患病住院，更没想到你会把这笔'私房钱'以不伤我脸面的形式还给我，其实我只想帮帮她，她毕竟是我前妻是林林的妈，我可以对天发誓绝无其他对不起你的想法。"

　　安可也做起自我批评:"其实,我也曾经有事瞒了你,吴大为来找过我,拜托我介绍个主治医师给他妈瞧病,我怕你多心就谎称跟赵学而逛街去了,孙美娜这件事你的初衷也是怕我多心吧,这两件事给了我们一个很好的教训,既然我们做了夫妻,就得扔掉各自心里揣着的小九九,以后不管有什么事都不要隐瞒,一起面对才是最好的解决之道。"

　　林更生那么一个老实木讷的人,忐忐忑忑等到老婆大人如此开明英明盛明的结案陈词,着实喜出望外,顾不得街上的人来人往,闪电般啄了安可一口,牵着安可的手大步往前走。

　　水至清则无鱼,人至察则无徒,爱至纯则无有,安可打心眼儿里觉得,这句话可以镌刻在金匾上,挂在所有婚姻的门楣,永垂不朽。

## 第九章　前儿媳驾到

## 幸福实习生

"私房钱"一役险胜，安可心情大靓，每天下班一进家门就下厨操练手艺，恨不得把林更生喂成一只北京填鸭。林更生无疑是安可快乐的源泉，因为他连洗个碗都会吹口哨，一改从前的四平八稳老气横秋。安可钟情的美剧、台湾综艺节目，林更生看不懂也跟着凑热闹，安可的审美与品位，也渐渐渗透在林更生的衬衣、领带之间。原来爱情真是一位神奇的造型师，能改变有情男女的形神面貌，让两人越来越形近神似，这就是所谓的"夫妻相"渊源。

又到一年打折季，各个商场极尽所能地打出清仓价、跳楼价等促销噱头，安可的手机里几乎被这些广告短信给填满了。她正盘算着哪天去血拼一把，花萍的电话就到了。择日不如撞日，她约好了赵学而，又来串联安可，相约趁今天午休，逛个痛快。

女人有两件非常热衷的事，一是购物，二是谈情说爱。对已婚女人来说，谈情说爱的机会很渺茫。上班要跟男人一样打拼，下班还要像超人一样做家务下厨房，晚上累个贼死还要辅导孩子作业，等你强撑着眼皮跟老公闲扯几句，对方也不过是拿呼噜声当作唯一的回应。工作压力大、生活节奏快、家务活永无止境，已经成为扼杀已婚女人跟老公谈情说爱的刽子手，但幸好还有购物这种福利存在，它成了女人们减压除烦修复自信重觅被尊宠心态的最佳良方，唯一的副作用是，身心通畅愉悦之后会沮丧发现，荷包瘪瘪。

购物的最佳乐趣不在于你买到只此一件的两折名牌，不在于你花掉多少钱，招来多少回头率，而在于整个过程中的女人一直是我的地盘我做主，恣意地掌握节奏、选择方向、挑剔货色、比较款式，甚至还有砍价的周旋、欲买还休的试探，直至最后成交时自己高高在上、卖方的曲意承和都是一种对自己的犒赏，这其中乐趣如果能在老公的怀抱中尽数得到的话，相信普天下的商家都会荷包瘪瘪。

## 第九章 前儿媳驾到

安可、花萍和赵学而相约在商场一楼的化妆品专柜碰面,有条有理的安可早列好了一张购物清单,赵学而的iPhone里已经储存了很多心仪衣服的条形码,打算货比三家只选性价比高的,花萍属于盲目购物型的,径直奔向女装,见打折狠的就上身试穿,女装逛完了去鞋帽部,她才想起还缺件羊绒衫。

走得最快的,总是购物的时光。两个小时后,三个女人拎着一串儿"战利品"坐在商场顶层的茶餐厅里点了饮料和快餐,仍意犹未尽。清点一圈,每人手里不下五六只袋子,可至少有一半是买给自家男人的。男装的价格比女装的价格要贵。她们相视一笑,这就是女人,这就是女人爱男人的无声方式之一。

花萍一口气干掉半杯奶茶:"有人说女人天生是结婚狂,还有人说女人天生是购物狂。其实啊,女人就为一件事狂,刘若英唱得明明白白的,《为爱痴狂》!"

赵学而戏谑花萍:"就你买得最多感慨最多,跟你们说个段子,我家楼下有个小店,高音喇叭每天广播:'老板娘跑了,老板娘跑了,老板无心经营,清场大处理。'持续一个月以后就换为:'老板娘回来了,老板娘回来了,老板庆祝,打折大酬宾。'下一个月又是:'老板娘又跑了,老板娘又跑了……'如此循环往复,一年之后,老板转让了小店,环游世界去了。"

花萍意犹未尽:"然后呢,那老板娘到底回来了么?"

赵学而跟安可乐了,安可笑她:"萍子,你就单细胞到底吧,这就是个段子,真要究其背后的意义,无非是男人,女人,情感,购物,这是一条永远的食物链,谁能驾驭在这条食物链的高层,谁就是获利者!"

花萍自我解嘲:"切,你们俩就挖坑推我跳吧,购物已经消耗了太多卡路里,我珍贵的脑细胞就别无谓消耗在你们俩这些东拉西扯的

无聊话题上了。"

花萍一扭脸，几张桌子开外，一个拿着菜单从头看到尾的老太太正扬手召唤服务生，这老太太挺眼熟的，花萍又看了一眼，脱口而出："安可，你婆婆来了！"

安可定睛，果然是婆婆。

赵学而建议安可："你过去打个招呼，顺便把老太太的单给买了，你们婆媳多聊聊，我跟花萍吃完就闪人。"

安可把上半身从椅子里拔出来时，婆婆的对面坐下一短碎发、长外套的中年女人。女人端了两盘蛋糕，婆婆吃得眉开眼笑，全然不似安可以往见到的鼠标垫脸孔，安可像被谁点了穴，半起立的身子定格在那儿。

花萍嗅觉敏锐："那女人是谁？"

安可把身子重重栽进椅子里："孙美娜，林更生的前妻。"

赵学而小心翼翼谏言："安可，那女人来者不善啊，看她跟你婆婆相谈甚欢，她是不是要吃回头草啊？"

安可苦笑："人家原本就是一对相处多年的婆媳，情分早就扎根了，何况还有个林林是我公婆的心头宝。孙美娜吃不吃回头草我不知道，我只知道林更生应该没这个意思，他最近在家贤惠着呢。"

赵学而摇头叹息："这孙美娜明显来者不善有所企图啊，不然干吗讨好前婆婆，约着一起逛街喝东西？她肯定是想走'曲线救国'这条道，先搞定了婆婆，接着就能'收复失地'，你懂得哈。"

花萍急了："我的老姐哟，你还在这里干坐着干吗？你得迎上去啊，坐在她们俩中间，圈着你婆婆的肩膀明示孙美娜，她已经是过去完成时态，你才是现在进行时。"

安可的眉头反倒舒展开来："萍子，怪不得我妈总夸你比我跟安窦加起来都强，看来你真是收服婆婆的强中手，有心有情更有天分。

## 第九章　前儿媳驾到

我不行,你能破身去做的事我做不来,也拉不下这个脸。经你这么一提醒,我跟我婆婆的关系一直不冬不春的,我得检讨检讨。"

赵学而出谋划策:"现在不是你检讨的时候是你出手的时候,你再这么一味不作为下去,孙美娜或许真的能在林家掀起三尺浪,到时候你就被动了!你要实在抹不开面子过去当着孙美娜的面上演婆媳情深,那就拿手机把她们这一幕拍下来,至少留个备案,到时候在林更生面前你还能争取一点同情分。"

花萍赞同:"学而的脑子就是转得快,这主意不错,咱是害人之心不可有,防人之心不可无。"

安可没言语,插在大衣口袋里的手把手机快攥成粉末了,到底还是没掏出来。直至孙美娜搀扶着婆婆走远了,安可才开腔:"算了,多一事不如少一事。"

服务生上菜上饭,三个人草草吃完,意兴阑珊地各回各的公司。

安可在公司忙了一下午,才把孙美娜当作废报表给粉碎了,林更生的电话打来了:"几点下班?要不要我去接你,然后咱俩一起去接孩子们?"

其实,自打婚后,小雨点已经转到林林所在的学校,这样方便家长早上一起送晚上一起接。可现实是,林林总是被爷爷奶奶早早接回去。一个星期上学五天,林林倒有三四天不回这个家,星期六星期天外加节假日,林林照例是"长"在爷爷奶奶家的。实际上林更生去学校接的只是小雨点而已,可他还坚持说接孩子"们",为的不过是怕刺痛安可那颗敏感的心。

安可领林更生这份情,她看破不说破:"你直接去接孩子们吧,我下班去超市买菜,咱俩分头行动,看谁先到家。"从林更生单位到安可公司再到小雨点学校,就是个不规则三角形路线,安可也心疼林更生,何必为了讨她一笑跑这么多冤枉路。

129

幸福实习生

安可正要挂电话时，林更生在另一端弱弱补充了句："安可，下午爸打来电话，后天妈过生日，让咱们一起回家吃个饭热闹热闹。爸还特意问了你的手机号，要亲自给你电话，我说不用了，跟我说了就跟对你说了是一样的，你说呢？"

你说呢，安可真不知道该怎么说。上次在婆家的不愉快还没烟消云散，她当时就暗下决心婆婆不请她就再也不登那个门了，可如今公公发了话，明显是想大家握手言和，而且公公选的契机是婆婆生日，根本没得商量，可偏偏她今天中午就撞见孙美娜跟婆婆同游，难不成孙美娜就是因为知道婆婆生日将至，才拉着婆婆逛街选礼物？如此看来，孙美娜还真是司马昭之心了，于公于私于情于理，安可只能回答林更生，婆婆生日，她一定人到礼物到！

周日，婆婆生日转眼即到。

林更生和安可带着小雨点一早登门。

开门的是林林，他递给小雨点一个心形铁盒："爷爷给咱俩买的，一人一盒，走，打游戏去，我让你单手打。"小雨点得了礼物还有玩伴，当然一蹦一跳跟过去。

公婆在客厅看电视，安可上前打招呼，就势把礼物轻轻放在二老面前的茶几上："爸、妈，我跟更生回来了。妈，生日快乐，给您买了件小礼物，您二老都热衷养生，这些东西应该能用得上。"

安可把姿态放得低把话说得轻，但礼物绝对不差，一台豆浆机，款式最新功能最全的，还有玉树的虫草、泰国的燕窝、宁夏的枸杞王，件件都是精品。

公公没看礼物就满口应答："安可，赶紧坐，这些礼物都是你妈喜欢的，你这孩子挺有心的。"其实，上次安可和小雨点含着委屈从这个家离开后，老林心里有点不是滋味了。事后他悄悄问了林林，果

## 第九章 前儿媳驾到

然林林常常从奶奶那里拿到"私藏鸡腿""私藏鹅肝"之类的"走私货",林林奶奶也站出来供认不讳:"谁的孙子谁心疼,我就是偏心林林,林林的妈走了,林林的爸爸又被小雨点霸占了一半去,我多心疼心疼林林怎么了?"当晚,林林又想起一件"秘案"跟爷爷汇报,中午他曾撞见安可在书房门前站了好一会儿呢。老林在心里渐渐扭转了对安可的一些看法:安可是花钱大手大脚,可人家能赚啊,工资比更生的还高,从她过门后,儿子和孙子的衣着明显上档次多了,从头到脚干干净净体体面面的,这证明她是一心一意对这父子俩的;从鸡腿事件上看,安可早就知道了林林奶奶"藏私"的小动作,可她一直忍着让着,她心里装着这个家呢!还有,那天她听到了他们爷俩的方言对话,可她什么也没问没说,脸上一点走样都不带,这证明安可心事重人品贵重更以大局为重,几番种种加起来,老爷子卸下了担忧和防范,把支持的一票投给了安可,他刻意找了今天这个契机,就是希望跟安可说声对不起,帮这个用心用力的孩子一把,改善她们婆媳的关系。

安可感受到了公公的善意和转变,作出回应:"爸,你跟妈一起吃这些补品吧,哪个有效你告诉我,吃完了我再带来。"

婆婆瞟了老伴儿一眼,心说:这老头子什么时候转了风向?敢情现在就剩我一个人孤军奋战了?

门铃响,堪称爱妻模范的老林以为他订的餐厅外卖到了。今天是老伴儿的生日,当然没有让她继续下厨的道理。林更生悄悄对安可耳语:"瞧我爸这么'模范',将来我对你也错不了。"

安可刚要抿嘴乐,高跟鞋的噔噔声踏进门来:"妈,祝您寿比南山福如东海!"林林迎着声音扑过去,孙美娜盛装驾到!

安可已经跑到嘴边的笑咕咚一声,咽回去了。林更生牵起安可的手,暗暗捏了一把,既是镇定也是鼓劲。

幸福实习生

公婆面面相觑,对孙美娜的不请自来也颇感意外。

迎着所有人的惊讶,孙美娜甜甜冲二老开口:"爸、妈,我跟更生离婚两年多了,可一见你们我还是改不了口,毕竟咱们相处的日子太久了,这情分早就生了根,这次住院多谢妈给我送的汤我才能好,今天我一来还保温桶,二来给妈过寿,我能入席么?"

"妈妈,你挨着我坐吧,你爱吃什么,我给你夹。"林林拉着孙美娜入席。

林林已经这么说了,孙美娜已经这么坐下了,还能怎么办?

大家围着桌子坐下,孙美娜掏出礼物,居然也是一台豆浆机:"妈,我知道你跟爸爱喝五谷豆浆养生,以前那只豆浆机还是生林林那年买的,早就该淘汰了,来,林林把豆浆机送给奶奶。"

婆婆接过豆浆机,打量一番,脱口而出:"这个是比安可买的那台经济实惠,价格便宜用着不心疼,按钮不多好操作,那些复杂功能说穿了就是个摆设……"

公公暗暗拿胳膊肘杵了婆婆一下,婆婆自觉失言,赶紧往回找补:"不是,安可那台挺高科技的,以后我给林林、小雨点榨个果汁,想吃饺子绞个肉馅,或者用虫草炖盅就能用上了,两台豆浆机各有用场,一起用、换着用哈。"

公公夹给婆婆一筷子鱼,低语:"瞧你说的这是什么话,这种情况'和稀泥'是要和出事来的,这鱼'刺儿'多,你当心点吃别说话,他们年轻人的事就由他们自己解决吧。"

孙美娜并不甘心冷场,主动制造出一个火药味颇浓的话题:"妈,世贸顶楼的西点屋不错吧,我看您爱吃那里的提拉米苏,就回家学着做了几回,下次我做了让林林给您送来。"接着,孙美娜话锋一转,对准安可:"安可,你觉得那家西点屋的什么蛋糕好吃?那家的服务生说我跟妈很有母女相呢。"

## 第九章 前儿媳驾到

安可慢条斯理地给小雨点擦拭嘴角的汤渍，慢条斯理地抬起眼皮回答孙美娜："哦，前天中午在顶楼我遇见婆婆跟你了，难得见婆婆那么轻松开心，就没上前打扰。"

林更生撑不住了，冲老妈一语双关："妈——，您这是帮'忙'呢，还是添乱呢？"林更生把忙和乱这两个字都快咬破了。

婆婆有点心虚地解释："那天是商场大减价的最后一天，我想去给你爸买件厚呢外套，谁知那么巧碰上了美娜，我们俩就略坐了坐，没别的。"

孙美娜顺着婆婆的话锋越描越黑："是啊，就是在商场里碰上的，说了几句话，吃了块蛋糕，你们还以为我们娘儿俩能有什么秘密？"

安可放下筷子："我吃饱了，你们慢慢吃。"当着孩子们的面，她实在无心恋战。

林更生也要放下筷子起身，孙美娜夹了一筷子菜心到他碗里："更生，你最爱吃的菜心，尝尝，很嫩很入味。"林更生捧着那只碗，像捧着只炸药包。他知道孙美娜这一筷子菜心的分量，离婚两年多，她这还是第一次登堂入室，一来就挑事拨火，拉拢林家上下排挤安可，她十有八九是想复合。多少双眼睛盯着他这只碗啊，他吃了，就是接受了孙美娜抛出的红绣球，孙美娜立刻会联手老妈把安可撵出这个门去，或者，都不用孙美娜出手，老妈护子护孙心切，她老拉下脸子甩出两句难听话，自尊心极强的安可就带着小雨点绝尘而去了，这一筷子菜心真是好吃难消化啊，林更生捧着这只碗端详半晌，递给了林林："林林，你不是报名参加了校际长跑拉练赛么，体育老师说过让你多吃青菜补充维生素，来，这么好的菜心你把它消灭喽！"

林林得令，一筷子下去，立刻风卷残云，消灭了菜心，也消灭了这场危机，让林更生化险为夷。

幸福实习生

  这顿各怀心事的生日宴好不容易才吃完。安可在厨房水槽里洗碗，婆婆在厨台旁收拾剩菜，孙美娜拎着一块抹布也要一头扎进去，老林发话了："美娜，你来帮我看看这几枝富贵竹怎么不发根？"孙美娜悻悻跟着老林去了阳台。

  厨房里，哗哗的流水声让安可和婆婆之间显得不那么僵，婆婆把一只盘子里所剩无几的油爆虾合到另一只XO酱鱿鱼的盘子里，自言自语："其实现在家家生活条件都好了，也不差这一点剩菜，我呢就是这么个老思想，什么菜都喜欢吃原汁原味，更喜欢从头吃到尾。"

  安可没言语。

  婆婆把一只盘子的番茄炒蛋归拢，继续感慨："说来也奇怪，炒蛋就得配番茄，这样才能调出好滋味，天天吃也不腻，换成南瓜炒蛋、西葫芦炒蛋，偶尔吃一次觉得新鲜，天天吃能把人吃吐喽，万物之间都有个相配相佐相生相克的命数，你说是不？"

  安可这下不能不答话了，她回头一笑："妈，您话里有话啊，'番茄'是孙美娜，'西葫芦'是我吧，您说的'原汁原味'就是'还是原配好'的意思吧，您是想说孙美娜跟更生更天造地设的相配相生是不？我跟更生的搭配也就是一时图新鲜，日子一久保不住就两两生厌了，您说是不？"

  婆婆没想到安可答得这么直接，她倒不知道该怎么往下接话了，她叹了口气："唉，安可，这话是你说的可不是我说的，你可别在更生面前给我扣顶恶婆婆的大帽子！安可，等你当了奶奶你就知道我这心里天天揣着块心病，如果我孙子每天过得不痛快，我的日子根本就没法过！我承认我有私心，可你也得留个心眼不是，林林人小鬼大，你觉得他能接受除孙美娜之外的女人当他妈么？你觉得小雨点喜欢这个家么？我是过来人，许多事我能看到前头，如果有那么一天，林林和小雨点为了抢一个香饽饽打破头，你跟更生就再也过不下去了，与

## 第九章　前儿媳驾到

其到那时不如……我说句不该说的,让林林有个疼他的亲爹亲妈,让小雨点也有个疼她的亲爹亲妈,这样的婚姻或许不是最好的但一定是最牢固的!"

婆婆这番话把安可给镇住了,她以前只以为婆婆是个护孙子护得有点不明事理糊里糊涂的老太太,今儿个才发现,老太太一点都不糊涂。她以一颗饱经沧桑的女人心,灯塔般提示着安可,哪里有暗礁哪里有险滩哪里水深水浅,安可与林更生这场婚姻最脆弱最不堪一击的七寸,她比谁都看得清!安可忽然觉得自己太累太累,从身到心地累,是啊,如婆婆所说,万一真的林林和小雨点为了抢一个香饽饽打破头,那她跟林更生的确是过不下去了,也没法再过下去,到那时,她该怎么办?

安可认真地回答婆婆:"谢谢您,我知道您刚才说的话都是掏心掏肺的,这是我们俩第一次坦诚地对话,您让我好好想想,让我好好想想。"

婆婆也动了情,揉着眼眶:"安可,你是个好孩子,只是来我们家晚了一步,你得相信,我没跟美娜串通什么承诺什么,我说这些话是为这个家好是为更生和林林好,也是为了你好。"

安可只用力点点头来回应婆婆的话,她已经不敢再转过脸去,她真想让水龙头的流水冲去她满脸的哀伤,这哀伤不是孙美娜想跟林更生复合,不是婆婆的"番茄配鸡蛋理论",而是她看到了自己与林更生之间的确存在着一道深深的鸿沟,那鸿沟里奔涌着彼此的过去、青春、情史还有最终端的利益矛盾。

情已至此,安可觉得,最后一根稻草就是林更生,他要么压垮要么救赎这桩婚姻,是时候得跟林更生好好谈谈了。

安可洗完了碗从厨房走出来,孙美娜不知什么时候已经走了。

林更生问林林是住这里还是跟他们回去,林林的答案当然是守着

爷爷奶奶。安可见状拉过小雨点跟公婆打了招呼要告辞,林更生就拿了安可的包包和外套尾随着走出来。

一切如常,一路无话。

进家门,安可盯着小雨点洗漱完毕,催促她上床补个午觉。小雨点原本跟林林疯玩了半天,又吃得饱饱的,一本《冒险小虎队》才看了两页就困了,安可看着她睡踏实了,给她掖好被角后轻轻从外关上房门。

林更生在主卧室里上网,安可踱进来,反手锁了房门,两人不约而同开口。

安可:"我有话跟你说。"

林更生:"咱们谈谈吧。"

两人一愣,都笑了。

林更生从电脑椅转过来,与安可面对面,他一抬手:"女士优先,你先说。"

安可坐在床头,两臂交叉抱在胸前,别有意味地说:"难得你想跟我谈谈,这个时候,你说什么对我来说更重要。"

林更生点点头:"好吧,我先说。在说咱们俩的事之前,我想先说说几个小时之前,你在我父母家的厨房里当洗碗女郎时,我在干什么。"

安可一头雾水:"这个跟咱们现在要谈的事有关系么?"

林更生再次点点头:"虽然你没说咱们接下来要谈什么,但以我对你的认知了解,应该能猜得到咱俩要谈的内容,我要说的跟这个有直接关联。"

安可服从了:"好吧,你说。"

林更生的上半身从椅背离开,双膝并拢正襟危坐,这股下意识让他接下来要说的话变得认真而凝重起来。

## 第九章 前儿媳驾到

林更生盯着安可的眼睛开口:"几个小时之前,你在厨房洗碗,我去了阳台,爸一见我就找了个借口离开了,我跟孙美娜独处了一小会儿。"

安可换了个坐姿,她紧张了,她紧张林更生接下来说的话。

林更生接着说:"我问孙美娜到底想怎样。孙美娜告诉我,离婚后她过得并不好,她试过去南方重新开始生活,可是处处碰壁一切都不顺利,回来半年之后她才一点点缓过来。她想儿子,她品出了从前那段婚姻的好,她这才醒悟我和林林的点点滴滴已经渗透到她的生命里去了。她想用今后的日子来补偿我们父子,她想复婚,这就是她唯一的心愿。她说完这些等我开口,我回答她,林林永远是她身上掉下来的肉,她什么时候想儿子了都可以接儿子去住住,我跟她是不可能了,因为我现在爱的是你。"

安可被电击般浑身一颤,她咬着嘴唇,继续恭听。

林更生接着说:"孙美娜不信我这么决绝,她问'你确定不爱我了吗?不可能!不然你当初为什么不骂我不报复我不恨我?一直守口如瓶我的过失?'我如实相告:'守口如瓶不是为了你,是为了我们之间曾经有过的爱,是为了林林,为了我父母。守口如瓶是我能为这份爱做的最后一件事,我希望它好好地来好好地结束,让我了无遗憾。'孙美娜听了这话,什么都明白了,所以她走了,走之前,她跟我只说了两个字:保重。"

安可忍不住了:"其实我一直想问你们俩之间为什么离婚?离婚后她为什么又对你放不下?如果不发生今天这事,如果你妈没在厨房里对我语重心长,我想我应该不会这么八卦地要问个水落石出。"

林更生答:"看来是到了告诉你的时候,希望你听了之后保守这个秘密。也可能真是因为我的守口如瓶,才让孙美娜误会了我旧情未了,才让我妈以为我们还有复合的机会,才让你今天对我这么灰心。

都怨我都怨我，如果能预见到今天这个局面，我早该告诉你跟妈的——我跟孙美娜刚结婚时也甜蜜过一阵子，后来，是婚姻日复一日的柴米油盐乏味粗陋打磨掉了外层镀的光鲜，孙美娜认为婚姻没有达到她预期的理想，她开始发牢骚抱怨指责我，而我错误地选择了忍气吞声、息事宁人。现在想来如果我当时肯积极跟她沟通就不会发生后来的事了。三年前，她跟一个男人好上了，好得她跟我提出离婚，我拿林林劝她回头，她就连林林都不要了，执意要离婚，离婚没多久她发现那个男人只热衷于她那种对婚姻迷失的女人。美娜去过南方想重新开始，也换过工作，甚至谈过两个男朋友。当她从林林和妈口中得知我并未说出我们离婚的真相，她误会了，误以为我的守口如瓶是对她仍有感情，于是她才处心积虑做了这么多事。当我在阳台如实相告之后，她那句'保重'证明她终于解开了这个心结。说完了这些，我再说说我今天真正想对你说的，不管妈在厨房里跟你说过什么，你千万别放在心上，真正要跟你过一辈子的人是我，你作出任何决定之前一定要问问我的意见，因为我们是夫妻，不经历点磨难，怎么转正？怎么白头到老？一辈子很长的，不急，我们慢慢来！"

此时的安可已经被泪水糊了满脸，她扑上去用力捶林更生，更拿林更生的胸膛擦眼泪："全天下都知道你是个好男人，可你也不用瞒我瞒得这么苦啊。你如果早点跟我说明这一切，派给我一颗'定心丸'吃，就是十个孙美娜打上门，就是你妈把我比喻成西葫芦、白萝卜甚至是洋葱头，我也能拈花含笑地兵来将挡水来土掩啊。就是因为你的态度不阴不阳，你跟孙美娜的过去一点都不外露，我压根不知道你这葫芦里装的什么药，才让我尴尬地进退两难！"

林更生把安可揽进怀里，打趣道："别把鼻涕揉我衬衣上哈，那得浪费多少汰渍！我妈为什么说你西葫芦、白萝卜还有洋葱头的，这段'官司'从何说起？"

## 第九章 前儿媳驾到

安可破涕为笑:"你把我瞒得好苦,我也得把这段'官司'永远瞒着你,这样我们两个才算扯平了。你要当你的好男人我不拦着,可怎么做一个好老公你还真得学着点。做一个好老公并不是出发点好就是好,并不是充满善意就能办好事,把你的话还给你,我们是夫妻,不经历点磨难,怎么转正?怎么白头到老?"

说着笑着闹着,两人脸贴着脸,心贴着心,人贴着人,窗外树梢上的斑鸠羞红了脸……

安可吃下林更生派给的"定心丸",以她浸淫婚姻多年的魄力、纵横职场多年的运筹帷幄,她知道自己接下来该怎么做了。

一天下午放学时间,学校门口,来接林林的婆婆迎头碰上来接小雨点的安可。彼时,两手抱着一只硕大特显眼的足浴盆的安可,正被几个同来接孩子的女性家长围着,有问功能的,有问疗效的,还有问价钱问买处的,安可有问必答:"这只足浴盆是最新款,商家都卖疯了,功能有超长波理疗、循环水流、冲浪加热、振动推拿、臭氧杀菌、设定温度时间还带磨脚石呢!"

安可"背菜单"般一口气背出一长串,听者人人心动。一个家长问:"你这是买给婆婆的吧,这么下本钱这么用心?"安可笑:"呵呵,你猜对了,是送给老人的。"婆婆忍不住了,正要当着众人上前授勋般接过这只足浴盆,安可掏出手机接电话:"妈,您在家等着,不用过来了,我接了小雨点就把足浴盆给您送过去。"婆婆张开的嘴既吐不出半个字也合不拢,生生晾在这儿,心情有如大风天吃炒面:敢情这足浴盆不是送给我的啊,我差一点就自作多情了!

安可这才看见婆婆,刚打了个招呼,小雨点和林林就跑出来了,其他家长也作鸟兽散,各去接各自的孩子。安可拉着小雨点的手跟婆婆再见:"妈,我们先走一步,小雨点的奶奶,哦,也就是吴大为的

妈,她说了好几次想要这只足浴盆,我们这就送过去,你跟林林路上慢点走,看着车哈。"

婆婆的脸拉得足足有一尺长,嗯了一声就算回应,她心里各种不痛快,可又强撑着不能发作。

又一次,婆婆刚赶到学校门口,接到安可的电话:"妈,我这会儿有点急事赶不过去,麻烦您帮我顺便接了小雨点带回家,我过一会儿就回家去接小雨点。"

这点事,举手之劳,婆婆没有不答应的道理。至于安可在忙什么赶不过来,她想,不外是开会、手头工作没干完,上班的人常有的事,她要说不接,安可肯定得让更生再跑过来一趟,这就更显得自己小性了。

一个多小时后,安可风风火火赶到婆婆家接了小雨点急着回家做饭,婆婆看不过去了,顺嘴一问:"喘匀了气再走,做饭也不差这一会儿工夫,你忙什么呢,这么着三不着两的?"

小雨点给妈妈捧来杯水,安可一口气灌下去,这才定了神:"小雨点的奶奶,哦,就是吴大为的妈,她的老年免费乘车证该换了,今天最后一天,她腿脚不好,吴大为又出差了,我排了一下午的队,好不容易把这事办完了,真比上一天班都累人。"

婆婆正叠衣服呢,一听这话吃了味儿,把衣服一撂,扭脸进卧室了。

安可不以为意,带着小雨点告辞返家。

类似事件一而再地发生,婆婆终于忍不住了,她找了艳阳天,一副佘太君御驾出征的气势,找安可喝下午茶。

还是世贸顶层的西点屋,安可早到了五分钟,恭迎婆婆驾到。

婆婆随便点了几样,一开口就兴师问罪:"安可,有些话我本不想跟你说,可你一而再地让我烦心闹心伤心,家里大人孩子乱成团,

## 第九章 前儿媳驾到

也不是个说话的地方,我想找你好好谈谈。"

安可淡定答:"妈,你说,我听着呢。"

婆婆压根没打算跟安可客气,掰着指头一桩桩一件件从心里往外拎:"足浴盆那次,在学校门口,还是当着那么多半生不熟的同学家长,你拿着那盆就给你前婆婆送去了,你让我这个现任婆婆老脸往哪儿搁?你为了给前婆婆换免费乘车证,孩子不接,耽误工作,连菜也顾不上买,我这个现任婆婆还得给你善后,你有没有顾忌我的感受?还有,连小雨点画的画里也是两个奶奶,她告诉我以前的那个奶奶总盘个发髻,爱笑,爱给她做好吃的,所以她把奶奶画得大大的,轮到画我,她说她想不起来我有什么特征,就把我画得小小的,模模糊糊的,我那个伤心呦!我今天就问你一句话,你到底想干什么,你心里到底有没有更生有没有我这个婆婆?"

安可反倒笑了,给婆婆添了热茶:"妈,我今天真高兴,高兴你能约我出来喝茶,问我这些话,我最高兴的是听到您刚才一连说了两次伤心,我也想问您一句,您真的伤心么?"

婆婆一挑眉毛:"你这是什么话,伤心还有假的,我伤心你就乐啊?"

安可摆摆手:"不是不是,您误会了,您伤心我是真的打心眼儿里高兴,高兴您心里多多少少有我们娘儿俩,不然怎么伤呢?我跟前婆婆来往,您烦恼闹心伤心是正常的,就像您跟孙美娜坐在这里聊天一样,我看着也心里不是滋味啊,我高兴您终于能体会到我当时的心情了!至于小雨点,她才六岁,自然是有一画一,她能感受到什么样的感情交流,就会画出什么样的图画,小雨点能让您伤心我也挺高兴的,这说明您开始把她当孙女要求了,妈,我这话虽然有点不敬,但理是实打实的,您细品品,是这理不?"

婆婆尴尬地喝了口茶:"敢情你这是打击报复我啊,我跟孙美娜

往来不是预谋是意外，而且自打上次我过生日她从家里走后，我再也没跟她联系过，林林可以作证！即便我在厨房里劝你那些话是自私狭隘了点，你也不能以牙还牙啊，你还拿我当你婆婆么？"

安可伸手握住婆婆的手："妈，如果我不是这么做，而是直接找您谈，您能听得下去吗？您觉得我俩有坐在这里喝下午茶平心交流的这一天吗？我只是想找一个你最容易接受、最有成效的方式来解决咱们的婆媳问题，咱们处好了，这个家才能和为贵、谐为美、家和万事兴！为了更生为了林林，您也得把自己放到'和谐婆婆'这个位置上来，既往不咎，一切向前看，来，咱娘俩以茶当酒干一杯！"

婆婆面色赧然地举杯，突然顿住，不放心地问："安可，你能不能为了咱们这个家，以后少跟你前婆婆前夫来往，就算我自私自利吧，我真觉得你这么两头好好地处下去挺别扭挺闹心的。"

安可举起杯："妈，这个秘密也是到了揭晓的时候了，其实我压根没跟前婆婆来往。足浴盆我买了两个，一个那天送给了我妈，另一个放在我家连包装盒都没拆，就等着您去验货呢。老年免费乘车卡也是帮我妈换的，我只是拿前婆婆借力使了一下下而已。看在我坦白从宽的分上，您别生我的气，以后咱娘俩好好处！"

婆婆左手举杯，右手竖起大拇指，心服口服："安可，你行事有心、有能力、还知道给人留退路，我真服了你！"

安可与婆婆都放下了心头一块大石，安可又帮婆婆点了几样点心，两人聊得甚是开心，安可还告诉婆婆，她早已托林林转给孙美娜一张高级相亲中介服务公司的会员卡，这家公司安全、可靠、高效，孙美娜目前已经有了一个不错的发展对象。

婆婆举杯："安可，这一杯我敬你，你受得起。"

安可与婆婆碰杯。

经此一役，安可险胜，婆婆也没输，最大的胜利是属于全家人的。

第十章　情场职场

## 幸福实习生

生活里就是这么东边日出西边雨的,这厢安可才与婆婆杯茶释前嫌握手言欢,一轮艳阳当空照,那厢花萍跟安窦吵成了两只炸飞了毛的斗鸡,倾盆雨随时都有兜头浇下的可能。

花萍是有一百个理由生这场气的。

这天一大早,闹铃如一把小锤子把花萍给砸醒,枕头已被口水濡湿一小片,正杵着牙刷刷出一嘴泡泡的安窦语带奚落:"女人呐,婚前甭管多轻拿轻放的金贵,婚后早早晚晚变成一个百无禁忌的欧巴桑。你现在睡觉居然张着嘴巴流口水,像一条岸上的鱼,睡在你对面的我每天早上一睁开眼就得心惊肉跳,这太影响我一整天的心情和工作状态!请你为了世界和平,注意一点睡相,好吗?"

花萍悻悻然还击:"谁是欧巴桑?你是昨晚的酒没醒呢还是今早儿开始早更了?你一挨枕头就打呼噜打得像北极熊,我还没找你要钱买速效救心丸呢!你们男人真不能惯,婚前总捧着心口海誓山盟说'我最喜欢你头发白了、掉光了牙、一脸皱纹的小老太太模样',婚后就昧着良心胡言乱语。呸!安窦同志,请你为了社会和谐,注意少倾倒一些语言垃圾,好不?"

花萍的言语炮弹显然没把安窦给炸醒,他继续沉醉在成功梦的泡沫里:"告诉你,我昨晚可不是出去喝闲酒的,我还拉了两个大单子,圈住一位说好跟我长期合作的大客户。以后你那个工作就可去可不去,兼职也不过是带着一帮女人们消消食减减肥取悦一把自己男人。以后我一个月给你往家拿一万块,我三十五岁时公司就上市了,四十岁退休周游世界,你就当我安某人的专职欧巴桑吧。呦,快到点儿了,今天不能迟到,我先走一步!"

说完,安窦一头扎进卫生间洗漱,以消防员听到警铃的速度更衣,抄起餐桌上的包子飞出门去。

花萍也没多少时间郁闷安窦还没得志就猖狂,上班考勤不等人啊。

## 第十章 情场职场

在团里，上午为了文艺下乡活动排练一台演出，一个节目一个节目地过，身为舞台监督的花萍连嗓子都喊劈了，一个人恨不得分成八个人用。下午开业务会，定演职员表，又给几个小演员抠动作，好不容易熬到下班时间，一听到门卫室的电铃响，花萍条件反射似的背起大挎包，恨不得脚踩风火轮赶往最近的菜场，盘算着婆婆爱吃的鱼要买条，安窦要的卤味也得捎上……

与花萍争先恐后往门外冲的，多是有家有口的女同事，回头瞄瞄那些男同事们，不是继续捧着茶杯摆龙门阵，就是打网游，再不然就是不紧不慢地以蜗牛速度往大门外挪动，花萍与一个擦肩而过的男同事顺嘴打个招呼："下班了，还不赶紧回家做饭啊。"男同事的脚步反而更慢了，得意一笑："那我就更不能早点到家了，我天天7点到家，如果偶尔6点到家，那我老婆会感激涕零并大大奖励我一番，如果我天天6点到家，家务活我得担去一半儿，万一哪一天7点到家，我老婆的脸就堪比长白山喽！我再转两圈，你先回吧。"

这都什么狗屁逻辑啊！女人跟男人一样上班赚钱打拼事业，凭什么女人一下班就得往家赶，买菜做饭顾家就是天经地义的另一份事业，还是自带工资往里贴补的免费女工！男人一下班心安理得地优哉游哉回家等着当甩手掌柜，早回家一点就是对老婆的犒赏！

打住！就此打住！花萍脚下的风火轮戛然而止，她虽懒得跟男同事辩驳，但突然想到，安窦是不是也这么想的——女人一结婚，就理所当然地把事业当成客串跑场，当成可有可无的锦上添花，把婚姻当成唯一奋斗目标、唯一打拼阵营，鞠躬尽瘁死而后已。

花萍带着一肚子的问号回到家，家里空无一人，婆婆留了张字条在桌上。原来是唐小喵来看女儿，她不好意思踏进这个家门，婆婆也有心避免花萍与唐小喵见面尴尬，他们二老就去周托幼儿园接了童童直接在饭店等着唐小喵母女重逢了。

145

这时,安窦的短信也来了:跟客户谈事到了饭点儿,晚上就不回家吃饭了。

一个人的晚餐,吃牛排跟吃红烧牛肉面一个滋味。花萍泡了一盒红烧牛肉面,刚挑起一筷子,安窦打来电话,一张嘴便是有求于人的腻歪:"乖,晚饭吃的什么?等一会儿我回家路上用不用给你买点麻辣的久久鸭脖?乖,有个事你得帮我去办一下,去我们公司办公室帮我取份文件,客户急等着用,我还得陪着客户,走不开,这个点儿我也不好跟别人张口。"

花萍吸吸溜溜吞咽面条,口齿有些含糊:"你自己去拿,或者改天再拿,我第一口面条还没咽下去呢,我今天在单位累了一天,浑身骨头都散架了。"

安窦加重语气:"乖,你那蹦蹦跳跳的也算事业,最多算健身吧,我这儿正和客户谈事呢,一千万的订单,你要以大局为重,每个事业成功男人的背后都有一个无怨无悔的女人!"安窦言下之意这大局关系着奖金,关系着他们俩未来的繁荣昌盛。

花萍把方便面盒子往茶几上一撂,叹道:"每个事业不成功的女人背后都有一个自恋自大爱差遣人的男人!好吧好吧,我去。"

花萍打出租直奔安窦公司,跟保安打过招呼上楼梯上18楼取文件。保安友情提醒:"不是工作时间电梯暂停使用。"花萍一脸苦笑:"每个事业成功男人的背后都有一个无怨无悔的女人,知道这话谁说的?是一个叫安窦的傻瓜说的。"

花萍运着一口气攀到十八楼,依照安窦的电话遥控指示拿到目标文件夹,下楼梯时路黑腿软她不留神摔了一跤,为了保住文件中的光盘安然无恙,她以沉鱼落雁式跌了一跤,膝盖顿时青了一块。

润泽园市府666单间外,早早等在那里的安窦劈头盖脸问气喘吁吁的花萍:"你怎么穿成这个样子就出门了?好了,谢谢你的文件,

## 第十章 情场职场

你回家等着我，我办完事就回家。"

花萍低头，一件格子衬衣，一条运动短裤，一双板鞋。花萍抬头："穿成这样怎么了？嫌我给你丢人了？我干吗回家去，我晚饭还没吃呢，吃饱了再走也不迟。"花萍是成心的，安窦的眼神和话语刺激了她。

推开套间门，一张大圆桌上坐了形形色色男男女女五六人，主宾位上端坐一位女人，女人隔着一桌子佳肴红酒款款起身，如女王检阅士兵般冲花萍微笑颔首，人家一身精致高贵的宝姿套装，外加高高在上的气质，更加把花萍衬成一枚村妇。

女人冲着安窦开口："安经理，这位是？"

安窦结结巴巴："是……是……"

花萍大大方方开口："我是安经理手下专门送快递的小工。"

女强人脸上的笑"咻"地收拢，与左右邻座交谈，把花萍当成空气。安窦以哀求的眼神望向花萍。

花萍一屁股结结实实坐下拿起筷子大快朵颐，盐焗鸡、白灼虾、生鱼片，一个也不放过，吃了个肚儿圆后起身一拱手："各位吃好喝好，我先走一步，安经理还有快递等着我送呢。"

人出了门，花萍的一只耳朵还贴在门缝上，门内的安窦正瓮声瓮气解释："不好意思，咱们刚才谈到哪个环节了，继续继续。"

花萍顿时悲从中来：早上在家这厮叫我欧巴桑也就算了，当着外人他对我也没有起码的尊重，我在他心里是不是早就沦为女佣？安窦怕是早已忘了当初遇上我时小鹿乱撞的心情，忘了我再忙再累也会给他手洗内裤和臭袜子，忘了我一次次跟父母谎称他这个好那个好……

这个仇，花萍记下了！当晚，花萍回到家就没给安窦留门，安窦徘徊在被反锁了的防盗门外一阵挠门，花萍故作听不见，婆婆起身给安窦开的门，闻见他一身酒气照例是又心疼又生气，揪着他训诫了半

147

天才放行。

进了卧室,安窦口渴不去找饮水机反而推搡花萍,花萍往床里欠了欠身子,抵死不开口,安窦再接再厉推搡,花萍火了,抄起床头一只树脂空水杯丢过去,竟然正中安窦鼻梁,成绩十环!第二天一早,全家人顺次上卫生间时,看到盥洗镜上贴得横七竖八的创可贴,当然是安窦受伤后自疗的杰作!

自此,花萍一心扑在工作上,除了一点点跟安窦较劲看谁更有成就外,更多的,是她琢磨出已婚女人不但要搞定情场还要稳赢职场,情场职场两手都要抓,并且要抓好,如果说爱情是未婚女子最好的化妆品,那事业就是已婚女人最好的补品,气血双补,形神兼顾,让男人不敢小觑,与婚姻平起平坐。

花萍晚下班、加班的次数一次比一次多,安窦渐有微词,花萍把安窦的话当唱歌,一听而过。有次,花萍与安窦约好了去看电影,团长临时找她和舞台总监开小会,她躲到洗手间给安窦解释:"团里临时加班,电影改天看吧。"安窦不无狐疑:"我下班时看到你们团的小赵都在压马路了,你加什么班?"花萍汗:"小赵只是舞蹈队的,我这不还兼着行政职务嘛。"安窦无奈力争:"我去接你。"花萍温言软语劝慰他回家做宅男做孝顺儿子,安窦觉得,在花萍的生活拼图上,她越来越孔武壮大,而自己越来越渺小、无足轻重。

再一次,花萍与安窦约好逛夜市,安窦等了一个多钟头,花萍才匆匆从团里赶过来,安窦的脸拉成了长白山;再再一次,两人手挽手去看话剧,刚演到小高潮,花萍手机响了,是团长要查资料,拿着资料室钥匙的花萍只得扔下安窦和爆米花,匆匆赶去,留下安窦捧着爆米花,相看两不厌……

直到有一天,安家全家人坐等花萍吃晚饭到八点半,花萍迈进家门昂首挺胸喜气洋洋宣布一特大号外:"各位亲们,今天我要隆重宣

## 第十章 情场职场

布一个特大喜讯,经过我这段时期业务上的钻研精进,工作上的不懈努力,以及这台文艺下乡演出的超前成功,团领导在今天的大会上宣布:花萍同志成为我们团最年轻有为的艺术总监,挂职正科,从宣布之日起走马上任!"

婆婆摇旗助威:"萍子,你可真给我长脸,以后我们夕阳红京剧小分队的艺术顾问就非你莫属了,你可不能推辞。你得请几位名家给我们莅临指导一下,我那帮老友们知道我有个这么能干的儿媳妇,指不定怎么羡慕嫉妒恨呢!"说着,婆婆乐颠颠地进厨房加菜庆贺。

公公喜滋滋拿出了珍藏的红酒,有板有眼地唱起来"有许多女英雄,也把功劳建,为国杀敌是代代出英贤,这女子们哪一点儿不如儿男,安~安~安——"十年前,老安家出了他这个勤谨敬业的事业单位科级干部,当时他还把满腔厚望寄予安窦,希望他青出于蓝而胜于蓝,将来成就一番事业,不料安窦是个扶不起来的阿斗,至今一事无成,老安同志一想起这档子窝心事就上火上得牙根疼!幸好东方不亮西方亮,安可年纪轻轻成了外企的中层领导,如今花萍接棒成为科级干部,总算是失之桑榆收之东隅聊以安慰了。

全家上下唯独安窦那张脸阴沉得能拧出水来,半阴不阳地嘟哝:"从今往后,我在咱家就更女尊男卑了,你是科长是总监,工资加岗位津贴加演出补助加广告分红,够养仨老公的,我呢?月薪三千元的职场小虾米,以后你跟人谈业务我拎包,你登台领奖我台下当司机,你进家门我给你递拖鞋……"

花萍给了安窦脑门上一下:"你不是谈了几个一千万的订单,拿下几个超级大客户,哭着喊着每个月要拿一万块钱摔我一脸?别灰心,咱俩比学赶超,在我的良性刺激下,你或许真的成就一番事业了。咱爸妈最想看到的就是这个。"

花萍这话说进了公婆心窝里,他们最揪心的就是安窦没定性,在

哪儿都待不长，干哪一行都钻不进去，白日梦倒是做得一个比一个响亮。现在有花萍这个先进传帮带，安窦也得长进一二。

安窦虽然被花萍的升官晋职给冲击得郁郁寡欢，大男人的颜面和尊严受到空前挑战，但他好歹还识时务，知道以目前这种三比一的局面，他说什么都是被批斗教育的对象，索性把嘴巴拉上拉链，以酸溜溜的心态做一个今晚喜宴的旁观者。

新官上任三把火。花萍为上任后迎来的第一个艺术周汇报演出忙成了脚踩风火轮的女哪吒，每天风风火火出门风风火火进门，连油都不用加，每天晒晒太阳，迎着公婆的笑脸和变着花样的饭菜，还有同事属下的望闻问切。这些就光合作用成为她源源不断的能量了，即便有安窦给点小脸色小唧唧歪歪，花萍也把他当二氧化碳给排放了。

一个月后，艺术周开幕了。

按照流程表，花萍于开幕前一个小时到场，里里外外再打点检查一遍。一个因为偷偷倒票被团里开除的灯光师突然闯进来，横冲直撞冲着团长要索赔。花萍赶紧叫保安，灯光师抓起酒杯泼向团长，被保安扭成麻花带出去。此时已进入开幕式倒计时，各界领导鱼贯入场，团长脸色愠怒直奔洗手间，花萍赶紧安排手下去盛情接待领导，自己则尾随而至帮团长清理西装上酒渍，时间不等人，领导更不等人啊。一阵抽水马桶响，安窦推开卫生间隔门，一只手还在系皮带，两步开外的正前方，花萍的手里正攥着团长的西装前襟揉搓，团长踮脚凸肚的被烘干机吹得脸红脖子粗，六目相对，此情此景比烘干机的热风更让人心烦气躁，还是团长先反应过来，尴尬冲安窦打招呼："小安啊，不愧是模范家属，你这么早就来给花萍捧场了。"花萍松开团长半干的西装，顺着团长的话说："就是就是，我们家小安一直挺支持我的工作。"安窦脑子一热，原本打算顺着团长的话一出口就变成："嗯，我今天就是刻意来砸场子的！"

## 第十章 情场职场

安窦这话让团长接不下去了,团长讪讪抻着半干的西装边说边往外撤:"领导们都到场了,我得赶紧迎接去,幸亏这西装是深灰色的,半干半湿也看不出人来!"其实,团长想说的是,深灰色的西装,半干半湿的也没人看出来,他也被安窦的口误给传染了!

花萍撑不住乐了,安窦可一点也笑不出来,绷着一张脸往外走。花萍猜安窦估计是误会她跟团长了,一路追出去,极力要解释。安窦脸红脖子粗地咆哮:"你到底是做艺术总监的还是做服务总监?团长的衣服湿了也算你工作范围?亏我今天还打算来给你捧场的,刚才你们那一幕要是被我父母朋友看到了,我的脸往哪儿搁?我还能出门见人么?人家肯定会说你老婆不是升上去的是被潜上的!"

花萍也急了眼:"众目睽睽之下,那么多工作人员都可以帮我当证人,证明我花萍没干什么见不得人的事!我的今天都是我努力得来的,你张口被潜闭口被潜,我还没给你织顶绿帽子呢,你就先迫不及待地拿绿油漆把自己头发给染了,你这么做有意思么?为什么女人要干点事业就这么难?为什么已婚的女人要干事业就难上加难?如果我能为你牺牲事业远离男同事,你是不是也能为了我远离女上司、谢绝与女同事、女客户一起吃饭、K歌?如果你做不到为感情牺牲事业,凭什么要求我唯爱是从?送你一句话,己所不欲勿施于人!如果你我之间的爱情不能肩并肩站在同一高度,将来的举案齐眉更是痴心妄想!"

安窦一脸狰狞:"原来我在你心目中还不如那份工作!"

两人不欢而散。

花萍边走边想,十年前,衡量女性出色与否的准绳是出得厅堂入得厨房,如今这准绳已然OUT了,出得情场入得职场,才是当下出色女性的新准则。女人踏进情场要立地成妖,迈入职场更要修炼成白骨精(白领、骨干、精英),这难度系数是挺高的,但,成就感与自信

的峰值也是挺高的，如果要她一头扎进婚姻里，退化成一条安逸的蚕，只会在婚姻那一亩三分地里混一天少两晌的，一旦婚姻有个闪失一旦老公有个变数，自己别说能顶半边天，实在是连立锥之地都不能自处，如何有能力拯救婚姻？刚才那一幕其实没什么，可安窦偏偏就有本事找茬、吃味、生气、咆哮，为什么男人可以理直气壮地埋首工作，女人就必须去做升职机会渺茫加薪无望，唯一好处就是可以按时回家洗衣做饭的工作？为什么男人做妇产科医生应当应分，而女人给男老板做秘书便会招来猜疑忌讳，甚至是职业单身公害？说白了，男人容许女人有事业，但绝不允许她超越、妨碍自己，这实在影响男人的面子工程，更是爱情眼里的一粒沙！

　　想到此，花萍给安窦发了条短信：王伟为了保全杜拉拉而辞职值得尊敬喝彩。下班回家抢锅铲、洗袜子的男人更值得女人尊敬爱戴，不戴有色眼镜不怀叵测之心职场看待女人的男人才值得一生相随。在我下班进家门之前，收到你的忏悔电话，我就赦免你的罪！

　　发完这条短信，花萍觉得堵在心口的那团委屈这才消散了几缕。本来嘛，工作就是女人赖以行走的底气。王菲如果不是歌坛天后，只是市井深巷里一个爱打麻将的离异单身母亲，李亚鹏能爱上她？林青霞如果不是影坛女神，只是一个40岁高龄败犬女王，一心求子续香火的邢李原会跟她恩爱至今？夫妻之间就像供楼，再轰轰烈烈的两情相悦之后，都必须投入长期的有效付出，比如感情上的妥协和征服，比如集体利益上的各尽所能和按劳分配。女人一旦选择断供职场丧失掉个人魅力和价值，对爱情只能卑微依赖，你拿什么续供爱情？普天之下有哪个男人不会对成为爱情寄居蟹的你厌倦得想逃？情场是职场的动力与支柱，职场是情场的基石与护航舰，二者相辅相成，首尾呼应。

　　发布会现场，领导、嘉宾依次台上入座，新闻媒体记者亮出镜

## 第十章 情场职场

头、话筒,台下的观众们翘首以待,正入场的花萍突然犹如油彩勾脸、水袖叠起的角儿往虎度门前一站,锣鼓家什一响、台下观众一叫好,什么功过得失什么恩怨情仇都成了浮云。她深吸一口气,换上一个明媚笑脸,拿起话筒朝台上走去。舞台需要她,事业热爱她,妇复何求。

一整天忙碌下来,花萍没顾上吃一口凉盒饭,等到发布会画上一个圆满的句号时,她第一个动作就是掏出更衣室包包里的手机,查看那个让她等了一天的短信。未接来电、短信是有几个,可没一个是安窦发来的。又累又饿的花萍,心脏有点拧着疼,她困惑,是否如大多数人分不清疲倦跟睡意的区别,自己也分不清心疼跟心爱的区别?爱一个男人一个家跟爱工作是否必须格格不入不能兼得共荣?

午夜十二点,安窦进门的时候,蜷缩在卧室躺椅上的花萍早已沉沉睡去。她弓着身子,只盖了一张薄毯,连脸都没洗,她原本是想躺这里等安窦回来,两人好好谈谈的。夫妻之间只要能坦诚地沟通,就没有解决不了的问题,她这么想着等着,等着想着,不知不觉睡了过去。

此时此刻,是安窦觉得一天当中最放松的时候,就是在花萍睡着之后,他胡乱点一根烟,望着无声的电脑屏幕,发着呆。他常常会在独处的时候想起很多从前的事,比如,他为什么会娶花萍?花萍到底爱他哪一点?这次吵架是他不对还是花萍过分?他们这对实习夫妻有没有转正的那一天?

安窦平心而论,花萍没什么不好,漂亮,心态特好,对他父母没得说,对他就更不用说。能干,对,能干,她不论在家还是在单位都太能干太要强,年年都是先进,不管什么事交给花萍,她要么不干一干保准无人能及。这能干是个双性词,既是优点也是缺点,它会让骨子里原本就不羁、懒散的安窦觉得日子过得越来越有紧迫感和压力。

他希望花萍像他的前女友、前前女友那样,软弱一点,依赖性强一点,最好哪儿哪儿都比他差一点。他希望他和花萍的婚姻和同事、同学们的婚姻模式一样,男的拼事业挣钱,女的小鸟依人。

今天的事不是安窦遇到的头一回尴尬,他是有点欲加之罪,他是有点强词夺理,可他是男人,他要面子,在今天之前,花萍已经让他没面子N次了。就拿三天前来说,他和同事去一家公司洽谈业务,那个负责人的态度很傲慢,火眼金睛的安窦知道这次出师肯定无功而返,当他正准备说出得体的结束语时,同事突然指着该负责人桌子上的一张报纸一惊一乍:"呀,是花萍嫂子的演出照,花萍嫂子真是长年活跃在咱们市文化舞台上的常青树,安窦,你小子到底使了多少狠招,才能娶到这个大美女。"

那负责人低头浏览了一遍文章,再抬起头时脸上就堆满了平易近人的笑容,别有深意地对安窦说:"原来咱们市鼎鼎大名的台柱子就是你夫人,早说啊,早说什么都搞定了。"安窦嗔怪地横了同事一眼,颇有些挂不住面子地点点头说:"呵呵,她在你们眼里是台柱子,在我们家就是个饭篓子。"

接下来的洽谈超乎寻常的顺利,顺利得让安窦心里很不是滋味,他想,自己怎么就沦落到靠打着老婆名号兜揽业务的"吃软饭"田地了。

三天后,也就是安窦跟花萍吵了一架不欢而散回到公司时,该八卦同事抓紧利用这三天的每一分每一秒,把安窦因为台柱子老婆而顺利签了一笔肥单的事,添油加醋地烩成了一份超级八卦,公司上下无人不知无人不议论。当传到安窦耳朵里时,已经有了四个版本,最离谱的一个版本居然是安窦不惜为了签合同,答应让台柱子老婆陪负责人共进晚餐!

士可杀不可辱,安窦身上什么都缺,就是不缺抡拳头踢无影腿的

## 第十章 情场职场

血性，安窦从花萍那里惹来的当头火正没地方撒呢，哪儿还容得下猥琐小人把他刻画成裙带小丑？当他把该八卦同事的头给开了瓢后，还没顾得上想明白自己是为男人脸面还是为捍卫花萍的尊严而战时，经理就把他请到了办公室，勒令他必须接受写检查、记大过、赔医药费、扣奖金等一系列处分，安窦一拳砸经理桌子上，胸卡一摔："不连累您老跟着受累，现在我炒了我自己的'鱿鱼'，我这就收拾东西走人！"

这就是安窦为什么没给花萍发忏悔短信的原因，安窦终于明白，情场失意职场一定得意不了，道理明摆着，后院失了火，怎能不殃及前门那池鱼？

花萍睡得又香又甜，安窦自炒鱿鱼的事便没了倾听的对象，安窦也不急于诉说，毕竟这也不是什么长脸的好事。此刻，他依偎着花萍躺着，觉得有个人陪着自己躺一会儿，就好……

第二天一大早，花萍醒过来，一伸胳膊腿，浑身上下酸疼，她惊讶自己怎么睡了一夜躺椅，而且，安窦也睡在她旁边的软垫上，微杵着眉头，仿佛梦里都在跟谁较劲吵架。花萍伸出手去，她想抚平安窦纠结在一起的眉头，手一触额头，居然这么烫！

花萍忘了浑身的酸疼，忘了两人昨天的争吵，她起身摇醒安窦："醒醒，赶紧醒醒，你怎么躺软垫上睡了一夜？来，上床睡好，我给你量量温度，发烧的话得赶紧上医院。"

安窦浑身无力，任凭花萍摆布。

十分钟后，温度计显示，38.2℃。

半个小时后，花萍招出租车把安窦送进了医院。

挂号，就诊，输液，随着药劲儿，躺在临时病床上的安窦昏昏沉沉睡去。不知道过了多久，安窦被一阵吵闹声给惊醒，他环顾了空荡

荡的病房四周,辨识这吵闹声中有一个声音极为熟悉,是花萍的。

安窦趔趄着扶墙走到门口,看到花萍一手拿着几张化验单据和护士站的值班护士争吵。花萍不依不饶问:"12床明明请了特别护理,我这儿赶着去上班,特别护理这三催四请的到底什么时候才能驾到?这单子上明明开了两瓶青霉素,为什么到现在只给用了一瓶?你们让我去药库领药,我站在窗口半个小时不见半个人影,你们到底拿病患当不当回事?"值班护士只会梗着脖子抬杠,也没说出个所以然来。

安窦斜倚在门框上,看着花萍着急的样子,听着她连珠炮的质问,琢磨着她咄咄逼人之下的爱夫心切。他觉得这场高烧来得真及时,让花萍的关心一览无余,让自己前所未有地清醒。他心底暖烘烘,眼眶酸酸热热的,他想赶快好起来,好赶快跟她有滋有味地过他们的小日子。其实,婚姻没有固定的模式,不一定非得照搬人家的版本,自己觉着好的婚姻就是最好的婚姻,谁做坚硬的牙齿谁当柔软的嘴唇不重要,形式和外人的好恶也是次要的,婚姻里最重要的永远都不是这些,而是要紧紧地相依相守,一辈子都唇齿相依。

花萍一扭脸,看到了病歪歪的安窦,花萍接着朝他开炮:"你干吗不声不响站在这风口吹冷风,再病上加病算谁的?赶紧给我上床乖乖躺着去,护士站的护士已经把我列入心目中的黑名单了,小心回头给你打针用大号针头!"

安窦依言乖乖躺回去,花萍给他掖被子的时候,他抓住花萍的手,鲜有地认真地说:"花萍,昨天的事,对不起。"

花萍显然不适应一向嘻嘻哈哈的安窦犹如昙花乍现的这份认真,她受"歉"若惊地答:"别别别,您赶紧退了烧能生龙活虎地跟我吵架斗嘴就算是对得起我了,我就图这个,您赶紧成全我吧,也算是您日行一善。"

安窦继续认认真真说:"花萍,还有一件事,我更对不起你,我被炒鱿鱼了，我失业了。"

花萍被骇到，脸色凝重起来，一颗心也上上下下荡起秋千，等安窦一五一十把失业始末坦白清楚，花萍反倒松了口气，出言相挺："安窦，说实话，以前你那些说干就干说辞就辞的工作态度，我还真是挺恨夫不成钢的。可这一次不同，虽然你处理这件事的方式有些粗暴极端，但我倒觉得你跟世界杯上最后一役拿头顶人的法国球星齐达内有点神似，比起之前你那些要个性玩酷的辞职方式，这次算是小小的情有可原。既然事已至此，你就先安心养病，病好之后休息一阵子，等你考虑成熟今后的打拼方向后，再一鼓作气重新来过，作为你的老婆，我不会骂你，作为你的战友，我会以行动支持你。"

安窦想破脑袋也想不到花萍会这么说，这可是他离职史上第一次有了同情者力挺者，以前他可是被父母骂成过街老鼠的。

安窦有点语无伦次："我真没想到啊，我真没想到，我以为你会像爸妈那样骂我不长进没出息不正干，我以为我在你眼里一无是处，我以为……我以为我回头无岸、立地无佛了。"

花萍拥着安窦，附在他耳朵上低语："傻瓜，我不希望像别的女人那样赖在男人身上，只知道伸手问男人要钱。我跟你在一起，是要尽我所能地给你，是要尽我所能地跟你一起分担，我希望我们之间的关系，没有强势弱势，没有施与受，是一种唇齿相依的永远！你知道么，我如此看重事业，是对婚姻最完好的尊重。一个满分女人除了爱情之外还要拥有亲情、友情，享受支配自由的权利和买到心头好的快乐，为婚姻担当的成就感，以及做精致女人的骄傲，这些都必须从职场成就、经验和摔打中历练得来，最懂感情会生活的女人，不是从爱情里得到多少牺牲多少，而是她有没有能力为幸福埋单！"

花萍的肺腑之言让安窦着实汗颜，他觉得如果大理石地板上有个地缝就好了。一个弱女子尚且能想得通透做得到位，他这二十七年算

是白活了。

　　安窦知道自己再说什么都是画蛇添足了,他唯一能做的,就是支持花萍情场职场的双赢,而且,他也是时候规划规划自己今后的路了。

　　这还是安窦平生第一次这么严肃认真地说话、思考、决定,他突然觉得,认真是一个很有分量的词,并且,很有魅力。

## 第十一章　狭路相逢

幸福实习生

在花萍这把"保护伞"下，安窦此次的辞职并没遭到全家人太多的责难和非议，与其说他们期待安窦能真正地振作成熟起来，倒不如说他们是被花萍感动了，因为花萍是最后一个没有看扁安窦放弃安窦的人。

安窦出院后只在家里躺了两天就出去找工作了，奈何安窦在年龄、专业、资历等方方面面都无优势，所以，他每天进门时都无喜可报，饭量与话量也随着大减。花萍看在眼里，却装作什么也没看到什么也没往心上放，还是像从前一样饭桌上八卦明星，电视机前跟婆婆一起敷面膜，指使安窦做这做那，打着瞌睡入梦前，仍不忘提醒安窦明天早上别跟她抢卫生间。花萍觉得，帮助安窦闯过这一关最好的办法，就是让他有能力消化担当自己的事，功过得失都自己承受，没人替他操心想办法出力，他就只能靠自己依赖自己，这个时候，全家人不给他压力也不给他动力，才能激发出他自身的潜力。

虽然工作暂时无着落，但安窦一点一滴的改变和进步，花萍还是给他记在功劳簿上了。比如，安窦挑剔饭菜的次数明显递减，再不像从前婆婆做的鱼他嚷着要吃肉，两顿全素食下来他就闹绝食。近几日他基本是做什么吃什么，哪怕只给他一碗阳春面，他也哧哧溜溜下肚，吃完还主动洗碗。安窦每天下午回家前，会往家里打个电话，问问晚上捎点什么菜。再接着，每个星期三的一清早，安窦做贼一样拎着水桶提着拖布把全家里里外外拖一遍。他头回觉得整天白吃白喝的脸上挂不住，可当着全家人的面他还是没有勇气表现自己的改变，于是睡多了睡不着、拖地也是健身运动成了安窦信手拈来的理由。还有，安窦N久没跟婆婆撒娇耍赖了，这是婆婆唯一抱憾的地方。花萍安慰婆婆，她还有童童呢，童童日撒一娇绝对是小菜一碟。

说到童童，她是安家身份最敏感最特殊的一位小家庭成员，初来乍到安家时，她就跟进了猫宅的米老鼠，整天瞪着一双欲滴有泪的大

## 第十一章 狭路相逢

眼睛,一开口就是"我要妈妈"。童童的小可怜模样招惹得安家老两口对她格外的疼惜,本来就是隔辈更亲嘛,再加上童童也着实有让人疼的资本,一头小卷毛,圆溜溜的大眼睛,活赛美国童星秀兰·邓波儿,举止乖巧,行起事来谨慎早熟,如果说荣升为姐姐的小雨点是活泼开朗型,一看就是奶奶疼姥姥爱的小公主,那童童就是一个缺乏稳定生活和安全感,缺少关心和疼爱的卖豆包的小女孩。

花萍刚嫁进这个家时,拐弯抹角跟自己父母提到一点点童童的事,花爸爸只叮嘱她一句:"对人家要厚道点,大人的事不要涉及到无辜的小孩子。"花妈妈就不情不愿了:"你个死丫头,这么大的事为什么不早点跟妈说,你要早点说,我决不让你嫁给安窦那个坏小子!可现在咋办,生米煮成熟饭了,你不能就这么任人欺负,你天天要跟那个小孩子在一个屋檐下日出而作日落而息的,这不是要怄死你吗!你去把安窦叫来,我跟他说,不管他想什么办法,也要把那个小孩子请出去,否则,他就别做我们花家的女婿!"还是花萍一而再地劝慰老妈,童童本来就是暂时借住,等童童她妈安顿好病中的父母,就会来把童童给接走的。花萍爸也跟着帮腔,安窦在膝盖上绑了两个"跪得容易"后登门请罪,花萍妈挑眼一看大局已定,女儿已经是人家的人了,俗话说宁拆十座庙不毁一桩婚的,总不能为了这么个小人儿就让花萍与安窦离婚,只得把眼一闭一声叹息了。叹息归叹息,花萍妈撂给花萍话:"萍子,你这丫头就嘴上麻利心眼儿太实,你在安家出出进进的离那孩子远着点,有事没事多长只耳朵打听着,那孩子她妈什么时候把她接走,最最紧要的,你得防着那女人吃回头草,妈是过来人,知道有孩子的女人心里都打什么小九九!"老妈说一句,花萍点一下头,听完就掏掏耳朵,全抛了,这都什么年月了,60后的爱情经验还能在80后的生活里发光发热?早OUT了!

其实,不用花萍妈操心,花萍的公婆也想到了这一层,婆婆给童

## 幸福实习生

童找的是幼儿园的周托班，童童跟着唐小喵时就是上的周托班，倒没什么不适应的，即便是周日和节假日，童童也是像地球绕着太阳转那般绕着爷爷奶奶转。回到上海的唐小喵凭着供职航空公司的经验，很快成为一家礼仪培训公司的培训导师，工作时间有弹性，薪水也不错，既能抽出时间奔波医院，也能借出差的机会来北京。每次唐小喵来北京，婆婆都会带着童童出去让她们母女相见，花萍不是不知道，只是觉得事不关己，也就高高挂起。

架不住同在一个锅里筷子碰着勺，时间久了，花萍和童童还是滋生出了千丝万缕的关联。比如，花萍自己在阳台上下腰压腿时，或者教婆婆一些简单的身韵技巧时，童童会躲在一旁偷偷地看，看完还要偷偷地模仿，有一次她模仿花萍下腰，结果后脑勺磕到地板上。婆婆问她，她说是踢毽子不小心，花萍知道所以然，也没戳破，只是以后再教婆婆练功时，会故意大声说出练习要领来，腿要用力往下蹬，脚趾抓地，双臂千万不能软，等等，这话是说给婆婆听的，也是说给童童听的，童童渐渐练得入了门，也入了迷。平时，花萍逛商场给小雨点买公主裙、毛衣，会一样买上两件，回来递给婆婆，只说是商场打折，买两件更划算，婆婆也打心眼儿更爱这个心宽气度大的俏媳妇。即便是花萍和安窦带小雨点去吃麦当劳，也会给童童捎一份回来。一次，花萍下班回家，遇见几个碎嘴大妈边择菜边八卦老安家怎么凭空跑出来这么大个孙女，花萍大大方方笑着上前问各位大妈今晚买什么菜做什么饭，各家的孙子孙女都接回来了吗，几位大妈赶紧收菜散会走人。

这天，寒流突降，花萍来月事身上不舒服，早早回了家，一头扎进卫生间里，半天才拖着步子出来，边回自己的卧室边冲飘出浓浓鸡汤味的厨房喊："妈，我肚子痛，咱家的红糖还有么？"

回到卧室的花萍加了件厚衣服，翻箱倒柜找出热水袋，一回身，

## 第十一章 狭路相逢

卧室门吱吱呀呀开了,一只画着白雪公主的马克杯颤巍巍从门缝里挤进来,马克杯后一个怯怯的娃娃音响起:"奶奶下楼买葱了,杯子里放了两勺红糖,尝尝甜不?"

是童童!

花萍怔了一下,赶紧蹲下身子接过杯子,连声问:"你今天没去幼儿园?就你一个人在家吗?你怎么敢倒开水?烫着没?让我看看!"说完,花萍又补充一句,"谢谢你,童童!"

童童有点慌乱,一会儿点头一会儿摇头的,想了半天才开口:"我发烧了,爷爷奶奶带我去过医疗站了,我没烫着,不信你看!不用谢,我也没谢你给我买的花裙子和薯片。"

花萍跟童童抵抵头,小家伙的头还有些低热:"打针了么吃药了么?"

童童撇撇嘴:"药好苦,童童不吃药。"

花萍想了想,打开电脑:"吃药病才能好,童童乖乖吃药,阿姨奖励你一根棒棒糖,然后咱们两个一起看《白雪公主》,好不好?"

婆婆买葱回来,公公修好电动车进门,童童并没出来应声。厨房的鸡汤扑哧扑哧地炖着,花萍卧室的门半开着,电脑里七个小矮人正在给白雪公主做晚餐,花萍和童童挤在躺椅上,合盖一张毯子,沉沉睡着了。

公婆相视一眼,婆婆低声感叹:"你们都说我疼花萍,其实是她对谁都掏心掏肺,能不招人疼吗?"老安赶紧捂住老伴儿的嘴,拉着她撤出来,反手关上门,这才附和道:"电视上报纸上都说80后的这一代是自私的一代不负责的一代颓废的一代,我看也就是说安窦呢,花萍可没一点80后的骄娇二气,咱安家能娶到这样的媳妇,祖上积德啊!"

老伴儿掩嘴乐着拉老安进厨房:"咱家能娶到好媳妇是因为我这

个婆婆心态好做得好,两好合一好嘛,你拜谢祖宗之前先感谢感谢我,以后咱家洗菜择菜的活儿都归你了。"

老安同志欣然领命。

转眼又到一周周末时,花萍下班刚进家,听到安窦的手机没完没了地响,这大头虾出门又忘带手机了。手机上一串未接来电,正是锲而不舍的婆婆大人。

花萍赶紧拨过去,婆婆那边的背景音乐很LIVE,京胡、月琴、小快板、大锣和花脸唱腔热闹成一台戏,婆婆不得不扯着嗓子喊:"安窦你怎么才接电话?花萍?怎么是你?现在没工夫说这个了,我这边的演出要延时,去接童童肯定不赶趟,你爸跟老战友去旅游也指望不上,我就打安窦电话让他去接一趟童童,安窦呢?你帮我转告他一声就行,我先挂了,下一个就该我上场了。"

花萍接了这么个紧急风电话,抬头看看表,已经到开园时间了,安窦她没法联系,幼儿园地址她知道,得,只得硬着头皮去接一趟了。

童童倒乖巧,花萍站在班门口冲她一招手,童童举手跟老师说阿姨来接她了。阿姨,这是童童赋予花萍的称呼,花萍觉得挺合衬的。老师第一次见花萍来接孩子,难免问上几句,花萍对答如流,老师就放行了。

出了幼儿园大门,门外各种小吃叫卖声不绝于耳,花萍边走边问:"童童,饿了吧,你想吃什么,阿姨给你买。"

童童捂着小嘴笑:"小朋友都是在幼儿园吃过晚饭才被家长接出来的,你第一次来接我,不知道吧?"

花萍刮了刮童童的小鼻子:"这世上没有什么都不知道的小朋友,也没有什么都知道的大人,那么,我请你喝东西,前面那家店的

## 第十一章 狭路相逢

奶昔、鲜榨果汁都很好喝。"

童童挣开花萍的手就往前跑，花萍的目光跟着童童跑："慢点跑，一听到有心头好就插上翅膀了。"话音刚落，花萍脸上的笑就凝成了蜡，童童飞奔向前的理由，不是奶昔也不是鲜榨果汁，而是正前方楚楚而立的唐小喵！

唐小喵一身干练硬朗的深灰职业套装，脸上挂着的却是棉花糖一样柔软的微笑，她蹲下身子抱着童童，啄木鸟般在童童的小脸上不停地啄。

良久，唐小喵才直起身子，冲花萍客客气气打招呼："你好，今天辛苦你来接童童了。"

花萍来而不往非礼也："你好，童童现在住在我们家，我接她也是应该的。"

"童童在你们家估计还得住一段日子，孩子小难免淘气，请你多担待。"

"童童一直是个听话的好孩子，你多虑了。"

"我请你吃饭。"

"不必了，回家晚了童童会错过少儿频道的动画片的，下次吧，以后有的是机会。"

"不管怎么样，我还是要谢谢你，辛苦了。"说着，唐小喵鞠了个九十度的躬。

花萍赶紧回鞠躬，这一躬绝对是钝角："你可千万别这么说，其实我也没做什么可值得你感谢的。不对啊，咱俩这么客套虚伪给谁看？安窦不在公婆不在童童也不稀看，我在民政局见到的你可不是这样子的，你那虎虎生风的架势跑哪儿去了？"一直别别扭扭说话的花萍突然别扭不下去了，她一挺腰杆，索性实话实说。

唐小喵一松下巴，也松了口气："我差点忘了咱们在民政局见过

165

面,当着真人不说假话,我这么客客气气的还不是为了童童在你们家能有好日子过,没当过妈的女人只知道为了男人变成橡皮泥,当了妈的女人只会为孩子变成任扁任圆的橡皮泥。"

花萍回敬道:"你不当橡皮泥,我们全家人也不会把童童当成流浪猫的,你看看童童那肉乎乎的笑脸,干干净净的新衣服,你就知道我们安家上上下下没一个坏心眼的人了,说吧,你这次来见童童能待多久,我是目送你们俩去酒店相聚几日还是候着你们说完体己话,再带着童童回家?"

唐小喵一看腕表:"我还有两个半小时的时间陪童童,咱们去吃饭吧,民政局的事论理我不怵安窦,但却有点对不住你,这顿,算我赔罪的。"

两个半小时的时间消磨在温暖诱人的餐厅里,是唯一的好主意,花萍找不到拒绝的理由。

一行三人去了牛排馆,唐小喵点完餐又要了一支红酒,花萍刚要拦,唐小喵开口:"别跟我说你是滴酒不沾只会炒菜炖汤的贤妻良母哈,就安窦那德行,你要不能文能武能喝几杯能骂几句粗口能给他下不来台,你还真辖制不住他!"

花萍被一语击中,她不能在唐小喵面前先丢一分,虽说她们是出现在安窦不同生活阶段里的情感对象,但,因为唐小喵拿童童这一记回马枪杀的,算是情敌了,情敌相见,可以输人但决不能输了阵仗。

花萍一推酒杯:"满上。"

唐小喵身旁的童童,只顾埋头吃垂涎好久的茄汁牛排,吃完才能拆妈妈买的大包小包礼物,她压根顾不上理会这两个锵锵过招的女人。

推杯换盏,大半瓶酒下肚,唐小喵的嘴上基本没把门的了:"花萍,第一眼见你,我就觉得安窦根本配不上你,你上得了厅堂,下得了厨房，杀得了木马，翻得了围墙，开得起好车，买得起好房，那安窦样样提不起来，除了一张不能当饭吃的俏脸，真不知道你干吗要嫁给他？"

花萍的眼皮有点紧、舌头有点大，老实不客气地反问："那你当初为什么会跟安窦在一起？你跟他连童童都有了，岂不是比我更傻？"

唐小喵辩驳："我那会儿以为真诚所致浪子能回头呢，童童？他也配当童童的爸爸？说起童童我就……"话没说完，唐小喵仰脖灌下一杯酒。

花萍给唐小喵满上，问："既然咱俩话都说到这份儿了，你不妨实话实说，你把童童放在我们家，是不是对安窦还有啥'好马才吃回头草'之心？"

唐小喵要拍桌子："我但凡有别的办法，也不会把童童放到安家，说实话，这么多年我们娘儿俩过惯了，还真不觉得男人有多重要，也就是在我打不开葡萄酒瓶盖子和抽水马桶坏掉时，我才会觉得有个男人在身边也挺不错，我是不是好马不知道，但安窦绝对不是那棵回头草。"

花萍呓语："知道我为什么会嫁给安窦么？他是有很多人人都看到的劣迹，但也有只有我才看得到的闪光点。熙熙攘攘的大街上，他会蹲下来给我系鞋带；我加班时，他会把肉夹馍和热豆浆揣到他的NIKE卫衣里一路保温送来；第一个情人节他送花给我，我没哭，他却掉了泪；我妈甩给他冷脸和难听话，甚至故意不给他开门，他都拿一张笑脸接着，决不在我面前抱怨……就是这些拿不到台面上的小细节，让我嫁了他，我从没告诉过他这些，我怕他骄傲，我盼着他更好。"

唐小喵嗟叹："满大街的女人都瞄准了男人的房子、车子、票子时，你还在酸溜溜地回味这些不当吃不当喝的小情调。你就傻吧，这

些爱情里的闪光点一到了婚姻里就是硌脚的沙砾。别说我没提醒你，安窦是体贴、细腻有余，但成事不足责任感更没有，等你们再甜蜜个一年半年，要不要孩子？怎么出去单过？他升职加薪无望，你就两眼一抹黑了！"

花萍举杯："爱情是什么？是每天清晨都想着不用上班就好了；每次逛街都想着钱再多点就好了；每次吵架都想着分手算了。婚姻是什么？是每天清晨都想着跟他一起出门上班，每次逛街都会发现买给他的东西比较多，每次吵完架都会发现彼此感情是吵不散的。如果说爱情是消耗真气的，那婚姻就是补充能量的，你可明白？"

唐小喵干杯："安窦遇到你是他的运数，我遇到安窦是我的劫数，感情事还真难有正邪对错之分，你说的这些激起了我找个男人来印证一下的强烈好奇心，可是，婚姻真有你说得那么好么？"

花萍已经把头枕到胳膊上："当然了，不实习怎么能得真知？你找男人归找，但你别指望跟我抢安窦，你抢也是个输，安窦这辈子都是我的人！"

唐小喵也趴在桌子上："切，谁稀罕啊，全世界都拿他当草就你拿他当宝！"

等安窦赶到牛排馆时，这两个用酒精卸去伪装的女人已经醉在桌头。安窦与童童大眼瞪小眼，蒙了。

与此同时，隔了三条街开外，一家茶屋里，安可与孙美娜对面而坐。

是孙美娜约的安可。

安可早到了五分钟，依旧是一套中规中矩的深色职业套装，人在公司忙了一整天，赴约前也没掏出化妆盒补个妆，她的颧骨上显出几颗调皮的雀斑，眼角舒展着两条倦怠的细纹，唇色也朴素寡淡着。这个模样的安可见的若是客户、朋友，会显得失敬，可她见的是林更生

## 第十一章 狭路相逢

的前妻,迎着姗姗来迟的孙美娜,反而于不经意中流露出一句潜台词:我不屑于和你比美,因为我们从不是对手。

孙美娜倒是刻意精心打扮之后才来赴约的,刚做的头发,从大衣、羊绒衫到小羊皮短靴,都在色调、质地以及款式上高度协调统一,不在穿衣镜前琢磨半个钟头是搭配不出这样出彩的效果的,孙美娜一伸手,四叶草图案的美甲也是簇新耀眼的,这一切都表明,孙美娜为了这个约会,下足了功夫。

安可给孙美娜冲泡了一盅铁观音,唤服务生拿点心单子。

两人各点了几样爱吃的菜肴和点心,还有特色小炒,把第一盅茶干了。

放下茶杯,孙美娜说明来意:"我约你见面,你一定有点惊讶吧,我得先说明来意,不然接下来肯定话不投机。我约你,一来是想跟你说声对不起,林林奶奶过生日那天我不请自到,还有之前我带给你的困扰,我一并在这里跟你抱歉了。二来我要跟你说声谢谢,我已经知道了林林放在我床头的那张相亲会员卡是你的一片好心,你想必已经知道了我跟林更生离婚的来龙去脉,你是希望我有一个好的开始,这份心意我领受了。我有几样东西想交还给你,这是我跟你和林更生之间最后的一点瓜葛。"

安可略一沉吟,点点头接下了,接下的不是别的,而是孙美娜说的那句,最后一点瓜葛。

孙美娜掏出一个盒子,一样一样往外拿,先拿出来的是一个十寸的水晶镜框,水晶相框里是一张婚纱艺术照,照片里女的眉目如画男的意气风发,正是孙美娜和林更生。

孙美娜恋恋不舍地抚摸了一把照片,然后打开相框,一咬牙,照片一撕两半,把林更生的半张照片和相框一并交给安可,语重心长:"我跟林更生离婚时,我心灰意冷撕毁了所有照片,唯有这张怎么也

下不去手。还记得拍结婚照时正是夏天,摄影师带我们去湖边拍外景,水边的蚊子特别多,林更生怕我被咬,就上面穿着周正的礼服,下面光着两条长毛腿喂蚊子,一套照片拍下来,他腿上被咬了一百一十三个包。那摄影师说,没见过这么实心眼的新郎,我当时看着这照片就后悔了,心想,如果上天肯给我一次机会,我一定不会抱怨他软弱老实,一定不望夫成龙,我会念着这些好,守着他过一辈子。"

安可的心一下就乱了,乱得像在兵荒马乱中不知道该投奔谁,林更生最好的青春时代和最初的情感都给了她,而自己不过是狠命揪住了他一点点的青春尾巴,榨取了他情感里最后的渣滓,自己算什么呢?

安可有点沉不住气:"你是在拉着我做一个缅怀你最美好回忆的听众么?你选错人了,我不适合做你和林更生爱情故事的倾听者,因为我现在是他的妻子,这半张照片,或许你交给他更好一些。"

孙美娜赶紧收紧思绪的缰绳,致歉:"不好意思哈,我跑题了,我自罚一杯茶,保证不再跑题。我交给你这半张照片,不是希望你转交林更生,而是希望你留着,一旦你跟林更生怄气了吵架了闹别扭了,拿出来看一看。我就是你的前车之鉴,别学我牵手之后轻易就放了手,放手之后又后悔。对于婚姻,一开始没有谁不是冲着一辈子奔的,可一辈子太长了,总会发生些磕磕碰碰,也常常会让人犹豫、沮丧甚至萌生退意。别担心,这并不是不爱了,只是不懂得如何用最适合的方式修复、增进感情,只要肯再坚持一下、两下、三下,只要两个人的心还连着心,就没有过不去的火焰山。"

安可唏嘘:"这照片我收下了,可我虔诚希望,我跟林更生永远也没有犹豫、沮丧、萌生退意的那一天。"

孙美娜拿出第二样东西,一个蓝丝绒四方小盒子,盒子里是一对镶嵌工艺和款式都很"古董"的翡翠戒指。孙美娜把盒子往安可面前

## 第十一章　狭路相逢

一推："林林的奶奶是个外冷内热的传统型婆婆，一开始她会提防着你打压着你，她不是有什么坏心眼儿，她只是怕自己那软弱的儿子吃亏，怕你不是一心要成为林家人。想当初我跟老太太还有一个屋檐下掐腰吵架、谁跟谁过句话还得让林更生传话的荒唐事呢，可不是还有'日久见人心'那句话么，等什么事都摸爬滚打一遍后就处成一家人了。防人不是老太太的拿手活，疼人才是她的真本领，你好好跟老太太相处，等她对你放下戒心了，等她认定你是林家人了，她会像疼林更生那样疼你，这个戒指就是老太太亲手给我戴上的，可我愧对她老人家啊，我没脸把这个戒指还给老太太，更没脸告诉她我跟林更生离婚的真实原因，所以，我送给你吧。"

安可一听这戒指的来历，赶紧往回推："这个我坚决不能要，这是老太太送你的东西，她已经在心里拿你当林家一份子疼着护着，你就当留个纪念也好啊。"

孙美娜苦笑："别，这戒指留在我这里不是宝贝而是烙铁，每当我想起那些不堪的往事，它就像烙铁一样在我心头烫，那滋味不好受啊，我送你这戒指不是为了你，而是为了我良心能安，你要么当行善要么当积德吧，先替我保管着，求你了。"

安可沉吟片刻，一叹："好吧，我先替你收着，终有一天，要么还给你，要么还给老太太。"

孙美娜如释重负："我更希望，老太太把它戴在你手上，那就证明，她全心全意接纳你了。"

这次轮到安可苦笑了："我都不敢指望有那么一天了，不是说没有希望就不会失望么，我尽人事听天命吧。"

孙美娜掏出第三样东西，一支做工精湛的毛笔。

孙美娜抚摸着这支笔，一字一句说："这是用林林胎发做的胎毛笔，你也知道林林一直有练书法，我许诺他拿了全市少儿书法比赛第

一名就把这支笔送给他,可我现在更希望由你送给他。"

安可受"托"若惊:"别别,你这变戏法似的一样一样往外掏,一样比一样分量寓意重的,尤其这胎毛笔,整得跟'托孤'似的,太吓人,我怕你。你大可不必如此,我从没想过要把林林从你身边抢走,也没想当一个居心叵测的后妈。这什么时代了,白雪公主和黑心后妈的故事早就烂大街了,林林永远是你的孩子,我会像对小雨点那样对林林的,这个你放心。"

孙美娜眼圈红了:"你对林林怎么样,我从大家口中听说了不少,林林也没少跟我夸你。说实话,以前我还惦记着跟林更生复婚,除了旧情难忘外,还有一个重要原因就是怕林更生给林林找一个心机重道行深的后妈,林更生娶了你我就放心了,林林已经长成个半大小子,到了上笼套受驯服的时候了,我现在不怕他受你委屈,我倒怕你受他的无礼!送你这支笔,是因为林林知道这支笔的分量,我希望他能尊敬你,你们能好好相处,一旦他犯起混来,你念着我的拳拳之心,他看着我的殷殷寄意,能化干戈为玉帛吧,我能为林家、为你、为林林做的,也就这么多了。"

话说至此,安可只能好好收起来。

安可如实相告:"孙美娜,从你约我见面那一刻起,我就揣测了多少种你的用意,想与更生复合,与我谈条件让我自动退出,声讨我薄待了林林,与我情逢对手较量高低女人的魅力,这些或许都有可能。我怎么也没想到,你谋划好了这一切带着这么多'道具',居然是来面授婚姻之道、婆媳之道和亲子之道的,从中我看得出,你曾经有多爱林更生,多爱这个家,你为我们做了你尽己所能的所有事,你虽然曾经在婚姻里跌了一跤,但你仍旧是个勇敢、大气的女人。"

孙美娜举杯:"知我者,安可也。你我身边、街头电视新闻里,不蒸馒头争口气的女人大有人在:报纸上,一女人离婚后见不得前夫

## 第十一章 狭路相逢

另找女友,搬进前夫家与前夫女友天天对峙不下,后来两个女人闹得揪着头发打到大街上;我一女同事,离婚后经常对女儿'重播'爸爸的种种不是,时不时跟女儿说,'你爸爸对那个女人的儿子比对你好一百倍',直到有一天,老师告诉她女儿经常旷课,她在一家酒吧找到了穿吊带、化大浓妆、夹着摩尔烟的女儿,当即昏死过去……她们都是在不蒸馒头争口气!这口气是什么?是拿得起放不下,是你千万别过得比我好,是你毁了我我也要让你尝尝这滋味。既然知道感情事勉强不来,既然当爱已成往事,不管是以秦香莲或河东狮或侠女的姿态追溯这一切,都不过是条多余的狐狸尾巴,更是对彼此的再一次伤害。"

安可与孙美娜碰杯:"女人何苦难为女人,咱俩如果天天掐个没完,这日子谁也过不舒心,还得搭上一帮亲人跟着着急上火操心,何苦来哉,你这个朋友我交定了,就冲咱俩这等境界,干一杯。"

一杯干完,孙美娜欠起身子冲门口处含笑招手,一个体态略微发福的斯文眼镜男走过来,孙美娜给安可介绍:"他就是我在相亲会所认识的,交往了两个月,彼此感觉还不错,林林目前对他还处在考察阶段,祝福我吧。"

安可给孙美娜一个深深拥抱:"如果爱情真的伟大,我们还有什么好挣扎,与其期期艾艾地等待、煎熬,不如勇敢追逐目标,毕竟,幸福永远比天大!"

倾诉是女人精神层面上的Shopping,何况是情逢对手这样的大事件。已经醒了酒进家门的花萍迫不及待上网与赵学而视频,告诉她今天傍晚自己是如何与唐小喵以酒化心结的。正聊到扣人心弦处,手机响,是安可,她在视频通话里绘声绘色告诉赵学而,她跟孙美娜度过了一个奇妙的"献宝"约会,二人相逢一笑泯恩仇,居然能做一对聊得来的朋友。

幸福实习生

　　赵学而实在听不下去了，冲着电脑和手机咆哮："你们一个个化敌为友，不是危机解除就是生机盎然的，唯独我正闹心呢，前天回我跟李赫男的小家，发现婆婆把我的日常用品和衣服给扫地出门了，婆婆并不知道那些东西是我的，她以为自己儿子生活不检点，怕接下来给李赫男介绍的相亲女孩挑眼！今天上午我同事去李赫男公司办事，跟我打小报告说，他公司的女下属个个都是打扮高手，好几个当着这同事的面就跟李赫男撒娇发嗲腻腻歪歪，你们的对手不过是一个两个，不论怀柔还是攻击战术都好打发，可我要面对的是明的暗的、在公的在私的、还有婆婆源源不断筛选出来大量供给的对手们啊，你们俩倒是说说，我到底该怎么办？"

　　电脑里，手机里，异口同声，抓紧时间开会，三个实习婚姻女选手赛过诸葛亮。

## 第十二章 实习是把双刃剑

幸福实习生

三个实习婚姻女选手集思广益、互通有无、献计献策的长达三十分钟的视频会议结果如下。

花萍和安可一致认为,赵学而要积极争取与公婆的关系破冰回暖,李赫男与赵学而老妈的关系也要积极修复。花萍举例,为什么韩剧里总标榜情侣们一定要得到双方父母的祝福才能幸福,看韩剧不能光看热闹还得看门道,这是一荣俱荣一损俱损的休戚相关的。安可接着发言:"李赫男与赵学而这对实习夫妻呢不要贪图眼下离婚不离巢的安逸和暂时性满足,更要齐心合力尽早谋求一条转正之路,内忧解除,李赫男那些女下属啊、相亲对象啊等外患,统统难成气候,便会灰飞烟灭。不然拖沓下去,既会让他们消耗殆尽对婚姻的憧憬和热情,也透支掉所有的勇气和能量,最终黯然散场。"赵学而半信半疑,但"病"急,只得乱投医。

思忖几日,赵学而拿定主意,先挑最薄弱环节下手,化解老妈对李赫男的成见,先把这道关卡给修葺贯通。

赵学而趁晚上陪着老妈看电视的黄金时间,有意无意闲扯几句,一口一个"他"。说他最近一心扑到事业上,很少陪客户应酬,他妈托亲拜友给介绍的相亲对象他一个都不肯见,只眼巴巴盼着前妻回头,云云。赵学而边说边看老妈神色,见老妈并没有不耐烦的神情,继续说:"其实,离婚当天他就后悔了,他一个电话接一个电话打来,醉酒还进了派出所……"

赵学而都被自己声情并茂的倒叙给感染了,鼻子发酸眼窝发软,差点忍不住扑进老妈怀里号了一嗓子:"妈,我跟李赫男这婚离得好惨好无厘头啊,您就可怜可怜我们是不懂事的孩子,成全我们复婚吧。"

赵学而已经把情绪酝酿到嗓子眼了,正要喷薄而出,老妈把手里的瓜子皮往茶几上一撂,指着电视情节口若悬河当起民间评论家:

## 第十二章　实习是把双刃剑

"学而,你说这女主角跟男主角能复婚么?我看没戏,这婆婆跟亲妈都吵成乌眼鸡了还大打出手,以后再做回一家人得多尴尬多假啊?我要是导演,就安排他们各找各的归宿,本来嘛,结婚离婚不是玩过家家,今儿高兴了和明儿翻脸了分,那对婆婆和亲妈还不得打得你死我活啊!对了,学而,你刚才说的一串串的,是你女同事跟老公还是花萍跟安窦的事,挺逗的,拍成电视剧肯定比这部收视率高。"

赵学而的身子向沙发深处一滑,翻着眼皮吹吹刘海,心凉半截。

一招惜败再出一招。

周日,赵学而带着老妈去吃日本菜,老妈嫌贵不进店,赵学而巧笑倩兮:"李赫男知道您爱吃三文鱼、生蚝,他签单,您就放一百个心吧。"

老妈抬脚进店,拿起菜单乱弹琴,不选对的只挑贵的,每样更多要几份打包带回家,存冰箱里留着慢慢吃。老妈恨恨道:"他无事献殷勤没安什么好心,我点的这些才到哪儿啊,不过那半套房子的利息罢了,他要真良心不安,把那半套房子折价给你,我就再也不提以前的事!他不是说我啃小么,我今儿还就啃得不亦乐乎了!"

赵学而一看老妈这架势,赶紧认输:"妈,我错了我坦白从宽。我是想让您吃得安心开心才找了这么个借口,您可真狠啊,杀人不用刀,我的银行卡肯定刷爆,我下半个月就指望您接济养活了。"

老妈冷笑:"就知道你这丫头跟我玩心眼,你妈要这么好骗,咱俩早喝西北风去了。"说着,她转头对侍应说:"刚才我点的,统统不要,我们一人一盘海鲜炒年糕,再来个蛤蜊汤就行了。"

赵学而冲侍应赔笑致歉,冲老妈竖起大拇指。

屡败再战,赵学而计上心头。老妈不待见李赫男,是因为之前结怨太深,之后又觉得凭女儿的品貌才学,一定能找个比李赫男方方面面更胜一筹的女婿,所以,她老人家压根不着急。赵学而下了一剂猛

177

幸福实习生

药，带着一个方方面面都不如李赫男的现行交往对象请老妈过目，老妈大摇其头，喝令女儿赶紧换人，她倒也听话，下一个领到老妈面前的比上一个还不济呢。老妈这边刚有点沉不住气，赵学而就被教导主任叫到办公室了。教导主任是个快退休的老头，为人处世一板一眼极为认真，他关上办公室门，扶扶眼镜腿，干咳两声才嘱咐出一句："赵老师，你是我们学校青年教师中的佼佼者，无论从专业能力、优质课评分还是学生人气，你都是被校领导看好的。"

教导主任凡事如此，只要开篇把谈话对象的优点长处一一罗列，后面必然会来个"但是"，这个"但是"之后的才是此次谈话的重点，赵学而也素知这个典故，所以深吸一口气等教导主任的这个"但是"快点到来。

教导主任来来回回说了半天车轱辘话，终于吐出"但是"来："但是，赵老师，你的生活作风能不能检点一些？当然，校方只是对此提出一点建议，不做强硬干涉，但咱们这里毕竟是教书育人的净土，你又是为人师表的答疑解惑者，你应该为其他师生做个表率模范嘛。"

赵学而终于没有耐心了，客客气气请教："主任，您有话直说，我有则改之无则加勉，您再绕来绕去，接下来这堂课同学们只能上自习了。"

教导主任再次扶扶眼镜腿，干咳两声继续谆谆教导："同事们都知道你离婚了，现在是单身。自由恋爱当然是要受到提倡和保护的，可有老师反映，你的前夫还常常来接你下班，另外还有其他交往对象常常在校门外等你下班，你这是很容易出问题的，也容易给其他师生造成一个不好的印象。优秀教师的评选活动已经开始了，你可别因小失大，失去这次评优机会，我这也是代表学校跟你推心置腹地谈，希望你能听进去，注意改进。你们这代人思维活跃情感丰富，千万要警

## 第十二章　实习是把双刃剑

钟长鸣啊!"

赵学而哭笑不得,却又哑口无言。她总不能说:"亲爱的主任,我跟前夫现在是实习夫妻阶段,我们马上就要复婚了,至于其他老师反映的校门口等我的男性朋友,那可是我处心积虑挖地三尺找来的'托',逼老妈拿他们当参照物,对比出李赫男的闪光点来的!"

灰头土脸出了办公室门,李赫男的手机也咄咄逼人而来:"赵学而,你到底想干什么,据可靠情报,你最近频频带所谓的男友给你妈过审啊,别以为咱俩办了离婚手续你就可以脚踩两只船,早知道你这么水性杨花,我才不上你圈套做什么实习夫妻,直接拉着你去复婚算了!"

赵学而一肚子气正没地撒呢,偏偏李赫男自投罗网,她岂肯放过:"你现在就去找你妈说我们复婚,你妈要不拿把刀架脖子上我就不姓赵!你有胆子登我们家门么?看我妈不拿一盆拖地水淋你一头!我将此心照明月,奈何明月照沟渠!我这么做还不都是为了让我妈对比出你的好来。我早上就被我妈劈头盖脸训了一顿,到学校又被教导主任K了一顿,前脚刚从主任办公室出来,你就上赶着来批斗我,我各种不想活了,这复婚的重任我再也不管了,交给你,我乐得优哉游哉地等你拿八抬大轿抬我回家哈!"

李赫男一听原来如此这般,赶紧在电话里赔不是,气鼓鼓的赵学而啪地把手机给挂断了。

赵学而能挂断李赫男的电话,可阻断不了他的人滚滚而来。赵学而下班走出大门外,就看到白色卡宴盘踞在马路对面,拉风的车型配上高大威猛的李赫男手里那束娇艳欲滴的红蔷薇,招惹来不少师生家长的灼灼目光。

赵学而快步跑过去,一低头扎进副驾驶座位上,冲慢腾腾打开车门的李赫男嚷:"赶紧走,你还嫌我在单位听来的闲言闲语不够多

啊，安心要给我扣上一顶生活作风不检点，与前夫离婚不离人的水性杨花的大帽子！"

李赫男边发动车子边乐："敢情我今天是替人受过啊，前夫前妻怎么就不能重修旧好？咱们这不是正实习着努力转正嘛！"

赵学而没好气抢白李赫男道："光说不练假把式，你就这一张嘴能唬人，我问你，咱俩实习这么久了，你有没有想过怎么转正？你父母那边的工作你什么时候去做？他们什么时候能重新接受我？如果实在过不了他们这关，你打算怎么办？这世上，没有任何一种关系比实习夫妻更经不起不信任与互相指责，但对当事者来说，这艰险困阻有时会像罂粟，让人依赖、振奋甚至忘我！我觉得，我不知不觉中已经中了你的毒。"

李赫男递给赵学而一罐果汁："别急，润润嗓子慢慢问，反正咱们有的是时间。"

赵学而推开果汁继续问："你这一提醒，我想起还有一件更重要的事没审你呢！你公司里那些莺莺燕燕得知你现在重归钻石王老五的队伍，一个个跟打了鸡血般往上扑，你别说我是乱吃干醋，我同事前几天去你们公司办事可眼见为实了。这下轮到我问你了，李赫男，你到底想干什么？别以为咱俩办了离婚手续你就可以脚踩两只船，早知道你这么水性杨花，我才不上你圈套做什么实习夫妻，直接拉着你去复婚算了！"

赵学而把李赫男上午质问自己的话原封不动丢还给他了。李赫男倒不急不恼："好好好，算我今天说错话了，我给你赔不是，我水性杨花，我脚踩两只船，好吧，你先消消气，等到了家，倒上红酒摆上菜，我再一一回答你的问题，答案保证让你满意，如不满意，任凭你处理。"

赵学而无心理会李赫男的话，只惊诧道："回家，回咱们家？我

## 第十二章　实习是把双刃剑

答应我妈今晚回去喝她炖的汤，她要知道我跟你离婚不离巢，她那血压得一下子升得找不着了！"

李赫男侧目一笑，爱惜地举手捏了捏赵学而的脸颊："放心，宝贝，就凭我这赫赫不凡的领导者头脑，处理这点小事当然滴水不漏。我已经跟安窦打过招呼了，让他嘱咐花萍给你妈打一电话，就说你们姐俩下班去逛街了。对了，忘了告诉你，安窦最近在找工作，我把他给收编了。我可是看在你跟花萍是好姐妹的分上，就冲这，你该不该谢我？"

赵学而一叹："论精明圆滑，我一百个也不及你一个，不过，你用了安窦还真让我承了你这份情，说吧，要我怎么谢你？"

李赫男笑道："很简单，陪我一生一世。"

小两口你侬我侬地进了家门，隔断架上的花瓶插着一大束粉色玫瑰，餐桌上满当当的各色美食，才两杯红酒落肚。对讲门铃刺啦了一声，从中传出一个中气十足的呼声："赫男，快给我开门，接妈一把，妈给你带了好多吃的，还给你带了个天仙来，就是上次我给你说过的妈妈的牌友程阿姨的女儿，快，赶紧的。"

婆婆驾到，太煞风景了。

赵学而白着一张脸问："怎么办？怎么办啊？反正纸里包不住火，咱俩复合这事你妈早晚得知道，不如索性坦白了吧。"

李赫男拉起赵学而不是开门往楼下迎，反而将她往阳台上推。

赵学而挣扎道："你傻了？这是阳台不是大门口！"

李赫男用力拉赵学而："我没傻，这会儿不是跟我妈摊牌的时候，我妈这人最要面子，尤其当着外人的面你让她下不来台，她只会恼羞成怒，这复合的事就没指望了。"

赵学而撩开手："说来说去，你还是怕你妈！你当初可说过咱们

重新开始，你要做一个'断奶'的有担当能负责任的真爷们儿！怎么一到事上你就原形毕露了？"

李赫男一边仔细打量这个硕大的阳台一边辩解："这不光是怕我妈，更重要的是，我听我妈说过，我妈这牌搭子程阿姨的老公，一直是外贸行业的大哥大，他手指头缝里露几张单子就够我赚一年的了，我就是能得罪我妈，也不能得罪这个财神爷的千金啊！"

赵学而扭身往外走："好好好，我可算看透你了，你既怕你妈，更怕断了财路，我在你眼里心里到底算什么？我不挡你孝顺老妈也不挡你的财路，我这就走，从消防楼梯下去，从今后，咱俩桥归桥路归路……"

不容赵学而把话说完，李赫男的嘴就堵住了赵学而的嘴。

一个短暂、浓蜜的热吻就让赵学而无力招架，败落下来，永远知道赵学而七寸在哪里的李赫男趁势把发蒙的赵学而推进阳台贴墙而砌的硕大立柜，再一吻："宝贝，心肝，祖奶奶，真来不及了，先委屈你在这躲一下，我尽快把我妈和那个程千金打发走，你容我上下安排安排，我保证三天之内就带你回去见我妈，跟她摊牌，她要不同意我们复婚，我就绝食给她看！"

话音落，柜门合上，李赫男的脚步由近及远，远处响起阵阵热闹交谈声，赵学而的泪在黑暗中无声坠落，有一滴滑进嘴角，很咸，很凉，烫得她一阵阵心慌。

# 第十三章　覆水难收

三天又三天又又三天过去了，李赫男信誓旦旦与赵学而定下的盟约——两人双双去见李家二老提出复婚要求，不管二老态度如何他们都要坚决复婚的盟约，终究还是没有实现。

李赫男头一个三天说忙，忙着见客户忙着当空中飞人忙着签字开会，赵学而让了，谁叫这理由太冠冕堂皇了。第二个三天，李赫男说累，他累了一天下来连饭都顾不上吃，他累得连睡眠都不足，赵学而忍了，谁叫自己还是心疼他呢。第三个三天，李赫男说他病了，因为忙得累得心力交瘁，他得上医院，他需要休息，他需要一个贤良妻子的体贴，这个时候，不是跟父母较真置气的时候，这事得从长计议。赵学而无语了，能让李赫男食言的原因，不外有三：一是他跟老妈透了口风，老妈强硬不允；二是他正仰仗程家手里捏的那几张单子赚个口碑与利益；三嘛，那天他与程家千金一见，怦然心动了。赵学而最怕的，是这最后一个原因。可怕也没用，她如今能做的，就是将一切足可燎原的星星之火，掐死在萌动状态。

赵学而从前公私分明，绝不像那些明着关心暗为查访的老板娘那样，三不五时地拎点东西找点事由地跑到公司转一圈，看看女秘书有没有穿超短裙，女下属有没有朝老板抛媚眼，老板办公室里有没有可疑的蛛丝马迹，防微杜渐，有则"炒"之无则加勉。

是花萍一语惊醒梦中人的，花萍耳提面命："学而，你没事也得常去李赫男的公司转转，陪他出席个饭局派对什么的，反正你妈也不会去那些地方，你缺勤只管往我身上推就是了。你总顾忌这个顾忌那个给李赫男当无人知晓的实习夫妻，可那些单身女人都以为李赫男是钻石王老五呢，他就是没拈花惹草的心，也架不住别人生往上扑啊！你得让全天下都知道你才是李太太，别人扑上来轻则犯错重则犯法！等你把这声势做足了，再去做你公婆的工作，老年人都急着抱孙子，如果你跟李赫男准备要孩子，你公婆还巴不得你们赶紧复婚呢！"赵

## 第十三章 覆水难收

学而听劝，觉得花萍这话虽糙些，但在理。

于是，只要有空闲，赵学而就盛装拎着蛋挞、奶茶之类的出现在公司，同事们吃好喝好之余一口一个谢谢老板娘。瞅着机会，赵学而还请了李赫男的女秘书和几个中层主管吃大餐，除此之外，赵学而再不对同事、朋友等身边人藏着掖着她跟李赫男重修旧好的事实，偶尔传到赵妈妈耳朵里，她也是打打太极就过。

一次，李赫男正对手下一个有过失的员工疾言厉色，员工被训斥恼了，出办公室就窃窃自语："算我今天点背儿撞枪口上了，明明我姐叮嘱过我，头儿这两天正跟老板娘闹别扭。他有本事回家跟老板娘拍桌子瞪眼睛啊，犯不着拿我们这些打工的撒气！"

端着水杯紧随其后的李赫男突然醒过味来，该员工的姐姐跟赵学而是对桌同事，赵学而肯定没少跟人家八卦家事，她这两天正为他拖拉敷衍复婚的事而对他横眉冷目话里带刺的。此刻，他的一脸凝重反倒凸显得滑稽起来，很看中事业的他从心里泛起一丝悲哀，他跟赵学而的情感事捂在家里捂在两人心头，那是儿女情长那是打是亲骂是爱，一旦晒出来就会像干了水分的茄子，怎么嚼怎么不是滋味。

对，难堪、尴尬，是李赫男此刻的感受。他不止一次跟赵学而谈过，他需要扮演不同的社会角色，在家他可以是个百依百顺的好丈夫，在单位他必须是个恩威并重的中层领导，在父母膝下他只能做个乖乖儿，在朋友面前他更得树立纯爷们儿的形象。

同一件东西，放在爱情里是花，搁到婚姻里可能就是芒刺。

比如赵学而的率性而为，高调相爱。当初刚刚牵手相恋，她买来胸口印着LOVE和一对漫画男女的情侣衫，逼着他跟她一起穿了走上街头，他的脸涨得通红，而她骄傲得像向日葵，那时他在心底为她的勇敢叫好。后来，他从她博客上看到一篇篇她斟字酌句写下的爱情实

录,他幸福得有点惶恐,自己何德何能让这个出色女子爱得如此至深?再后来,她挽着他让闺密直接叫姐夫、她把他们的合影照放到网页上,李赫男就此应接不暇深陷其中,用婚姻做了盛放这段爱情的风水宝地。

但婚姻与爱情毕竟是两种不同的载体,如果爱情是飞扬浓情蜜意的舞台,婚姻就是沉淀内敛激情的紫砂罐,赵学而那么玲珑的女子最近却严重失态,一次次不知不觉地让李赫男尴尬、失意甚至心下惴惴。还真让赵学而猜对了一大半,李赫男没有履行承诺带着赵学而回家见父母谈复婚,一是情知父母极力反对,他连一分说服他们的把握都没有,二来他眼下刚接了程千金老爸的两笔订单,他想等自己事业做得有模有样后,再跟父母张口谈复婚的事也比较有分量。可这些,他跟赵学而说不出口,说了,赵学而也会认为是敷衍,还不如不说。

周末晚上,李赫男又接到赵学而的逼问电话,从头到尾就一句:"你什么时候带我去见你父母?咱们什么时候复婚?"任李赫男解释来解释去,两人还是在电话里吵得不欢而散。

李赫男出门兜兜风,方向盘左转右拐的,根本没个目的地,直到他渴了饿了累了,才发现最近总被什么人提起的一个名为"偷闲"的小咖啡馆就在前方路口。

停车熄火,进门落座,这里慵懒、清静的格调倒挺抓人的。李赫男要了杯卡布奇诺,点了几样小点心,一个似曾相识的声音从头顶缓缓洒下来:"今晚这么有空来喝杯咖啡?"原来是程思嫒,程家千金。

李赫男胡乱答:"好巧了,你也这么有空一个人跑来喝咖啡。"

程思嫒笑:"你在这里出现是巧,我在这里出现就是必然的,不知道你听没听说过这么一句话,每个女人都梦想着开一家小店,不为赚钱,只为当老板娘可以永远在这里发呆,不为门庭若市,只想口碑相传不负我心。"

## 第十三章 覆水难收

李赫男差点被口中的咖啡噎着:"这是你开的店?"

程思媛笑:"当然了,这家店名字就叫'偷闲',是不是很程氏风格?你妈来过这里四五次了,很喜欢这里的卡布奇诺,你真不愧是你妈的掌心宝,母子俩口味完全一致。"程思媛盯着李赫男杯中的卡布奇诺,打趣他。

李赫男豁然想起,近来总提起这个咖啡馆的正是老妈!

这里的音乐很轻,咖啡很香,每张台子的间隔距离很远,适合用来发呆、打盹或者倾吐心事。两人说着聊着,或者自自然然地沉默着,一向嘴巴上拉链的李赫男突然对程思媛有了倾诉的冲动,她身上有着一种令人不知不觉松懈下来的恬淡气质,淡淡一笑就给人一种安全感,李赫男跟她说起自己跟赵学而的离婚始末,信心百倍做一对实习夫妻,在实习过程中遭遇的问题和矛盾,他为老妈一厢情愿地当月老而向她道歉,他希望他们可以做一对好朋友。

程思媛一点就透:"我明白了,你这番倾诉是既要我做一个不会长出哗啦哗啦树叶的树洞,又要我成全你跟赵学而,心机男是么?"

李赫男一怔:"心机男?"旋即苦笑,"你说是就是吧,左边是老妈右边是老婆,我这也是被逼得没办法了,今晚遇见你是天意,我只是借天意心机了一把,不为过吧?如果有错,我愿意认罚。"

程思媛一摊手:"好吧,我就做了你的同谋吧,你这个歉意我先收着,等什么时候想到罚你的好法子你再来受领。"

李赫男起身:"不早了,家里人还等着我呢。"说着,一掏口袋,居然忘带了钱夹!

程思媛摇头一叹:"我可能真是上辈子欠了你的,好吧,先欠着,下次来一起算账。"

有了第一次开心的交谈,就有了第二次、第三次、第N次的欣然前往,程思媛和李赫男从尴尬相亲男女渐渐成为一对无所不谈的朋友。

这一切赵学而无从知晓,她只知道如今的李赫男把她当成了会哭、会笑、会问他什么时候复婚的空气,鲜有的沉默躲闪,这着实让赵学而懊恼。两个人在情感里最可怕的对峙姿势,不是争吵,而是像冰山一样地沉默。有好几次,赵学而梦醒了枕头湿了,空着的那一半床,都让赵学而兀自心惊,他们是不是真的难以破镜重圆了。

这晚,赵学而已经睡下了,一女友打来电话,只喂了一声就哭了个稀里哗啦,煲了半个多小时的电话粥,她才闹明白,女友那个老实本分的宅男老公在外面竟有了第二春,而一向光打雷不下雨——言辞出位思想保守的女友这下可吃了味儿,离婚吧舍不得这么多年辛辛苦苦打下的半壁"家"山,不离婚吧,过不去心里那道坎。

赵学而心下不由得咯噔了一下,最近没精打采少言寡语的李赫男,能为了这份实习婚姻忠贞到底,能为了她守身如玉吗?不想不知道,原来,赵学而对婚姻的把握,明显底气不足。

没容赵学而把这个问题想明白,教导主任下发了通知,派她去邻市参加一个优质课比赛,五六天时间。

人在异乡,白天忙忙碌碌的还好打发,天一黑下来,一个人在冷气充足的宾馆房间里,困,但怎么也睡不着。赵学而特想知道李赫男此时在干什么,有没有想她?十一个号码拨出去,又慌忙挂断,一个突兀的念头跳出来,以陌生的身份试探试探李赫男,或许能有新发现。赵学而也被这个念头给吓了一跳!可她没忍住诱惑!

说干就干,赵学而再申请了一个新QQ号,午夜暗香。第一个好友就是加李赫男的QQ,一连加了三次,总算加上了。

"你好,忙么,能单纯聊聊天么?"赵学而敲出一行五号字,她给午夜暗香的定位是,年龄28岁左右,女白领,被情伤过疼过渴望温暖,仰慕成熟男人的厚重。

## 第十三章 覆水难收

电脑那端的李赫男沉默着没有回应，赵学而半是喜悦半是不甘心地发过去一个笑脸："很忙吗？只说五分钟的话可以吗？看你Q资料是山东人啊，咱们是老乡啊。"

果然，李赫男回复过来一行墨绿色的4号字："不好意思，刚才在吃方便面。"搭讪奏效。

第一次聊天十分钟，第二次半个小时，第三次超过一个小时，赵学而像一个藏在暗处的猎人窥探猎物，眼神里泛着幽蓝的光，紧张兴奋地拿捏语气和心情敲击键盘，聊天记录的内容一步步从客套话向探讨情感过渡。

QQ里的李赫男内敛谦和，风趣幽默。完全不像生活里强势咄咄逼人，偶尔爆粗口，在赵学而的碎碎念里照样能令人沮丧地打起呼噜。聊着聊着，赵学而常常疑惑，这是自己同床共枕了近一年的李赫男吗？

出差归来，赵学而第一件事就是回到她跟李赫男的小家，趁李赫男还没下班，高速高效率地展开地毯式检查。床单、枕头、浴室甚至鞋柜里客用拖鞋摆放的位置，都不放过。其实连赵学而自己都搞不明白，她是怕检查出来些什么，还是渴望检查出来些什么。

当李赫男下班回家踏进卧室时，赵学而飞奔过去抱住他。小别，果然胜新婚。

赵学而凝视着李赫男脱口而出："在你心里会不会住着另外一个不被察觉的你？"从这个家里，她没检查出什么可疑物件，这个答案，正是她最想要的。

李赫男不以为意，懒洋洋地把手放在赵学而额前试了试："没发烧啊，咋尽说胡话？"

赵学而打掉李赫男的手，觉得是自己多心了，这日子虽然乏味了

些，可有最让人贪恋的东西，永远。

李赫男手机来电，是他的股票投资代理人打来的，提醒他查看几只持有股票的异常波动，李赫男的iPad落车上了，赵学而把自己的笔记本电脑递给他，起身去厨房煮咖啡。

不一会儿，摩卡壶里的咖啡香飘满屋，赵学而端着两杯咖啡走进卧室，李赫男抬起眼睛，一副要吃人的面孔："赵！学！而！我认识你这么久，我怎么从来不知道你还有一个名字叫'午夜暗香'？"

赵学而被这句话给烫着了，手中的咖啡泼洒了些，她结结巴巴反问："什么……什么午夜暗……暗香？你从哪里看到的？"

李赫男冷笑："不是我刻意要看，是你忘了取消开机QQ自动登录吧，这大概就是天网恢恢疏而不漏！赵学而你就这么防着我看着我试探我？你是怕我对不起你呢还是怕我太对得起你？"

赵学而慌了神："赫男，你听我解释，我这么做也是因为咱俩这段日子闹得太僵，你一点信心都不肯给我，你上班有女下属往上扑，周六周日有你妈亲力亲为的相亲对象等着你见面，即便是咱俩偷空小聚一次，你妈还带个程千金登门堵人！你知道你把我强塞进立柜里时我有多伤心多绝望多委屈么？你知道我有多怕失去你失去咱们这桩婚姻么？我这么做是有点下作，可我真是没辙了呀！对于咱俩的感情，你永远不肯主动往前迈一步，而我又不甘心永远做一对实习夫妻，我能怎么办？你告诉我，我该怎么办？"

此时此刻的李赫男什么都听不进去，他红着一双眼睛怒吼："做一对实习夫妻是咱们俩的共同决定，你凭什么把一切都推到我头上？我需要时间，你我的父母接受我们也需要时间，你干吗非要把我往绝路上逼？从前那个心善嘴快、开朗阳光的赵学而哪儿去了？你变了，变成一个成天猜忌、怀疑、抱怨的可怕女人，你瞧瞧你满口喷的都是什么？我妈怎么了？程思媛怎么了？她们至少是真心对我不会做伤害

## 第十三章 覆水难收

我的事，可你呢？自私自利，整天只想着你那个啃小的妈和自己！压根不顾及别人的感受！我受够了，告诉你赵学而，你不是盼着我对不起你，你不是巴不得我做点什么下三滥的事要证明你妈慧眼识人证明你一贯正确，那好，我这就去。"

吼完，李赫男抄起咖啡杯掷了个粉碎，头也不回甩门而去。

李赫男刚才那通吼像一条抽紧的绳子，把赵学而的心缩成一个密不透风的闷口袋，原来他这段时间的心理压力也挺大的，不然何至于有这么大的反应，自己是错了，这错误犯得实在是太低级，他就这么赌气跑出去，开车会不会猛踩油门照死里加速？他会不会去找他妈诉苦？他今晚还会不会回来？以爱的名义去试探婚姻，让情感在处心积虑的试探下面目全非，他们要各自去面对的，不只是一扇门的距离，更是两颗心的距离。

一天两天三天，李赫男人影未现，四天五天六天，一个电话也没打来。赵学而咬牙保质保量课堂上的四十分钟和批改作业，勉强应付同事往来和老妈的望闻问切，等剩她一个人时，那副刚强的架子就轰然坍塌，一片灰烬之上只刻着三个字：李赫男。

一天下午，赵学而什么都不管不顾了，直奔她跟李赫男的小家，她要煲一锅浓浓的鸡汤，让自己的胃口和心情都赶快好起来。

二十分钟后，赵学而站在家门前，掏出钥匙，左转两圈半，门被反锁了。抬腕看表，这个时间点，李赫男应该在公司啊。

抬手敲门，赵学而随口唤："赫男，你在家啊，赶紧开门，我有好消息要告诉你。"

应声门开，李赫男站在门后，一脸的不自然，衬衣系错了一粒纽扣，他脚下的门垫上，赫然摆着一对红色镶钻的恨天高。赵学而是谁？她是这个世界上比李赫男更了解李赫男的人，李赫男有丁点的异常她都嗅得出来。

赵学而脱口而出:"你在干吗?不对,你们在干吗?家里还有谁?"

李赫男企图拦阻赵学而的闯入,可他的双臂有气而无力:"学而,你怎么这会儿回来了,你听我解释,咱们好好谈谈。"

赵学而已经站在客厅中央,她没搭理身后的李赫男,冲着空气开口:"既然敢进这个家,就别藏着掖着,我也没兴趣跟您玩捉迷藏,既然做都做了,就现身让我一睹您的真颜吧。"

空气里弥漫着巨大的悲伤,静谧得能听得到心跳。赵学而突然好冷,冷得大脑一片空白,牙齿格格作响。

这时,从主卧的卫生间里缓缓走出一位女子,正是程思媛。

程思媛走到赵学而面前,抱臂一站,态度倒是不卑不亢:"我没出来是为赫男着想,既然你把话都说到这份儿上了,我也没什么不好意思的,一切如你所见,我跟李赫男是谈得来的好朋友,我们虽然有点越轨,但好在他现在是单身,我也未嫁,这总不是什么见不得人的事吧?所以你大可不必兴师问罪,我也不必躲躲藏藏!"

李赫男可怜巴巴地在这两个女人身后哀鸣:"思媛,住口!算我求你了成不成?学而,我错了,今天的事是我对不起你,我这几天因为家事公事哪儿哪儿都出岔子,心里特别苦闷,没想到思媛来了,我们开了瓶酒,喝着聊着,我一时没把持住,我该死,我真该死!"

一切阴差阳错,一切真相大白。

赵学而胸口酸胀得难受,可一滴眼泪都没有,她这才知道伤心到极处时,泪都倒流回心底了。赵学而呵呵干笑了两声,李赫男听得毛骨悚然,程思媛垂下手臂,倒退一步。

赵学而一步一步强撑着走到李赫男面前,用尽全身力气甩了李赫男一记耳光:"你浑蛋!我们彻底结束了!"

骂完,赵学而头也不回冲出门去,李赫男想追,两条腿却灌了铅,他瘫在地上,一个头两个大。

第十四章　以彼之道
　　　　　还施彼身

## 幸福实习生

当赵学而遭遇婚姻罗生门时,花萍和安窦也没闲着,只不过他俩之间这场暗战,因为花萍的手段独到、思维逆反,看上去更像一出中国版的《史密斯夫妇》。

翻看着日历上的红叉叉,花萍这气就不打一处来,一个月31天,安窦号称有10天加班,还有5个晚上要客户应酬,剩下的6个晚上,安窦很公平公正也一分为二,3个晚上跟哥们小聚,3个晚上老大不情愿地留在家里人在心不在。花萍替自己愤愤不平,照这态势发展下去,她嫁的就不是个相依相守的老公,而是一栋冷冰冰的房子和一顶安太太的空头衔。

又是一个月黑风高夜,孤枕难眠的滋味叫人难以消受。午夜十二点,微弱得差点逃过花萍耳朵的钥匙转动锁孔声响起,是安窦回来了,花萍紧紧闭上眼睛装睡。

安窦小心翼翼躺在花萍身边,把刚才还空出一大半的床填满了,可花萍空落落的心有谁来填满?自打她和安窦做了夫妻以来,她无比熟悉身边这个男人,他的品行,他的口味,他的身体发肤,像高考必考题一样记在她这个备战过关者心中。这太多太多的熟悉中,她分明嗅到一丝陌生气味的威胁,这份陌生,像把钝钝的小刀,在她心底来来回回地割。

两个月前,喜欢在浴室里高唱《忐忑》的安窦突然改低吟深情款款的《月亮代表我的心》,一个月前,着装一向走韩范儿的他独自拎着一套皮尔卡丹西装进门,那颜色那款式送给老安同志才合适;半个月前,他一进家门就关手机,花萍的心事就在他的这些点滴改变中一天天浓郁阴霾起来。最爱的人最先知道,感情事,历来如此。

花萍决定找安窦好好谈谈。

第一回合:花萍端着醒酒汤挤出妇联主任架势冲进门就向一身酒气的安窦开腔:"安窦同志,您娶我不是本着人道主义精神吧?也不

第十四章　以彼之道还施彼身

是为了防火防盗防小偷吧？咱俩总这么三天见不了两晌，长此以往我怕写个寻夫启事都想不起你的五官特征来！"

安窦醉眼蒙眬地避重就轻："你看你，从前我无所事事，你跟爸妈不待见我，现在我天天日理万机，你又鸡蛋里挑骨头，你们可真难伺候！哥不是巴黎欧莱雅，你们不值得拥有！"

花萍并不上这个当："姐也不是蒙娜丽莎，没必要对谁都微笑！打今儿起，我对你这种坏分子只能专制专管了。您天天披星戴月的，我也没见你工资卡上多一毛钱啊，唬谁呢？我也是天天上班的人，好歹手下还管着几十号人，可愣是没您操劳啊，您要是不愿说，好，我这就找李赫男去，他在你眼里是个'总'，在我眼里他就是我闺密的老公！"

安窦起身拦住花萍："有你这么狠心给自家老公拆台的么？你问，你尽管问，我知无不言言无不尽。"

花萍问是问了，安窦答是答了，花萍没问出纰漏，安窦过后依然故我。

第二回合：既然动之以情晓之以理皆不管用，花萍就只剩下最后一招了，以其人之道还治其人之身！只不过这是一招险招，形同古代名医用剧毒的砒霜、蛇角等医治疑难顽症，只要用法用量拿捏得好，往往药到病除，但凡稍有差池，一条小命就这么交待了。花萍深知其中利害，思忖权衡再三才痛下决心，她唯愿这一招能让安窦自此断了那点花花肠子，真真正正重新做人，若使拙了，她只得主动领罚请罪。鉴于此回合的成败难料，并且实在不宜让安可和赵学而效仿之，所以，花萍选择做一个孤独的战士。这是她的个性，没事不惹事，有事不怕事，积极、主动、果断，因为她没时间掉眼泪没时间后悔，因为爱情只有一条命，它好了她才能好。

幸福实习生

这天晚上，安窦难得地早早回家，花萍正往行李箱里收拾衣物，连一句表扬都忘了赏给安窦。

安窦有点不甘心："萍子，我这么早回来你也不夸我一句半句的，太不鼓励积极要求进步的同志了！哎，你这是要上哪儿？"

花萍头不抬手也没停下："出差，去开会，大概三五天吧。"

安窦漫不经心继续问："这次你是跟惧内的团长一起去还是跟胸围腰围臀围一样粗的'罐子姐'一起去？"

花萍满床找一条抹胸小礼服未果，最后在安窦屁股底下发现了皱巴巴的裙角，她用了三分力拍了安窦一巴掌："你就积点口德吧，关姐以前可是我们团身材最标准的，现在她转了行政，一不练功二不演出三又生了孩子，身材自然没法同以前一样了，这次关姐不去，就我一人去，主办单位专门派了一个秦助理接待，你就放心吧。"

安窦没啥不放心的，花萍的人品他信得着。花萍也没啥不放心的，她临行前，已经把安窦托付给了婆婆大人，查勤、问岗以及晚上必须7点钟进家门，是婆婆满口答应的。

五天之后，花萍满载而归，除了给公婆带的土特产，给小雨点和童童买的好吃的好玩的，剩下的，就是一个叫秦安的名字。秦安给水土不服的花萍买来了止吐药做了细软好消化的鸡蛋面，秦安带着花萍去买土特产，秦安帮花萍拍照片，秦安拎着三个巨大的行李箱把花萍一直送到机场安检口……

安窦听着听着，这耳朵里就起了茧，秦安是谁？三天前，他打电话给花萍时，是一个男人代接的，男人的声音浑厚语气谦和："喂，是哪位？现在花老师正上台发言，不方便接电话，您有急事我可以转达，或者，您过半个小时后再打来。"他，应该就是秦安！安窦接触人不少，就凭这个电话，他能判断出，秦安为人敦厚处事稳妥，声线迷人的男人五官也必周正，一个乐意为女人效力的男人是最讨女人欢心的。

## 第十四章　以彼之道还施彼身

安窦还注意到，花萍提及这个名字时，眼睛都笑弯成了月牙。旋即，他自我解嘲，何苦吃着飞醋，花萍一个已婚妇女，整日围着工作家庭和老公团团转，难得零阻力零压力的有个男人大献殷勤，她沾沾自喜得意忘形是在所难免的，那个秦安远在十万八千里之外，他就是一只孙猴子，一个跟头也翻不到他和花萍的生活里来。

可惜，安窦料错了。孙猴子是一个跟头翻不出十万八千里，那是在没有无线通讯没有虚拟网络的上古时代，可现在是什么年月？宽带都光纤了，手机都4G了，一千多公里算个甚？就是从北半球到南半球，也不再是遥不可及的距离！

花萍人到家不足半个月，秦安寄来的各式各样土特产就源源不断踏进安家大门，不过几日，快递送来了秦安的学术论文供花萍指正，随论文另附上一只水润剔透的玉镯，名目是润笔费，不仅如此，花萍的手机里源源不断秦安的嘘寒问暖短信，QQ上二人更是天南海北地神聊，安窦对这些悉数尽收眼底，虽面儿上还稳得住，可心里早已由这些原料配料发酵成了半坛子醋，安窦心生感叹，感情真是个让人捉摸不透的怪东西，当它完完全全属于你自己的时候，会从重视心安理得地漠视直至无视，当别人觊觎时，你又会觉得酸觉得疼觉得能要了命。

可安窦不是泛泛之辈，他自诩情场里摸爬滚打战无不胜的情圣，他深谙如果自己此时要求花萍与秦安断绝往来，那他就等于画个圈圈束缚住了自己个儿，以后他若跟别的女人不清不楚来来往往，花萍就会拿秦安堵他的嘴。安窦不想沦落于此，他不死心，他还在挣扎，他下不了为了花萍这一棵树放弃整片森林的决心。

安窦的触动与挣扎，花萍尽收眼底，她觉得下猛药的时候到了。

周末，安窦主动提出带花萍出去逛逛，小POLO跑到城郊，赏了风光看了景，安窦提出这附近新开了家农家小馆，什么小笨鸡炖蘑

菇、东北大棒骨、农家蒸菜做得很是地道，要不要尝尝。花萍欣然前往。

挑了饭馆一个临窗的位置，安窦点了很多的菜，自己吃得很少，更多的时候是看着花萍吃。

花萍刚啃完一支大棒骨，手机很不合时宜地响了，她低头看看屏幕上的号码，脸色略微变了变，起身对安窦一笑："屋里信号不太好，我去外面接。"

花萍站在小饭馆外路对面，晾给眼睛贴在窗玻璃上的安窦一个后背，时而踱步浅笑，时而点头摇头，时而妙语连珠，饭凉了菜冷了安窦的心悬起来了。

花萍步履轻盈笑容满面地回到座位解释："是学而打来的，死丫头约我逛街呢，我推了她。"

安窦心不在焉点头，一心一意地对付刚端上来的薄饼卷河虾，他拿起一张薄饼时，不是忘了放大酱，就是忘了夹大葱，只胡乱卷了河虾，狼吞虎咽不知滋味。

趁花萍上卫生间的空当，安窦还是忍不住翻看了餐桌上花萍的手机，刚才的来电不是赵学而的号码，而是秦安。

晚上，睡着的花萍迷迷糊糊感觉到，安窦把她的手攥在掌心，他没有很快响起鼾声，而是不停地摩挲着她的手指，从未有过的细碎轻柔。

第二天傍晚，晚饭时间。安窦捧着一个小青花碗进卧室，老妈让花萍尝尝菜的口味咸淡，他一眼看到花萍穿着一件吊牌还没摘的紫罗兰色低领紧身羊绒衫，那领口很魅惑地开出一片柔腻雪白的春色，美得逼人眼。再一眼，他瞥见花萍守着电脑上正播的韩剧《城市猎人》边看边流口水。

安窦实在看不下去："花萍同志，拜托你检点些，你好歹已经是

## 第十四章 以彼之道还施彼身

已婚妇女了。"

花萍白安窦一眼："我正当青春年华，更有成熟女人味！欣赏我的人大有人在，不缺你这个鼠目寸光的！"

安窦学着赵本山的地包天口型："乖，别糟蹋青春了，你都已经立秋了！"

花萍藐视他一眼，懒得搭腔。

安窦转身出屋，捏起碗中的一块糖醋排骨，嚼两下就冲厨房嚷："妈，排骨太生，醋放得太多，你这让人怎么吃啊？"

一周后的晚上，死性复燃的安窦又是玩到半夜才进家门，屋子里黑洞洞静悄悄的，全家老少居然集体翘家。客厅茶几上放着一张字条：安窦：你中午打电话请假时我忘了告诉你，我跟爸妈约好了带着童童去泡温泉，明天下午回家，不过这也不是什么大事，一贯心不在家的你料想也不在意，祝我们玩得开心吧，另，今晚你要好好看家。萍字。

安窦觉得花萍这是故意的，但无可奈何。

安窦自己打开鞋柜找了拖鞋换上，翻了两个衣橱才找到睡衣。刚才他只顾在狐朋狗友和刚认识的啤酒小妹面前胡吹瞎侃，基本上什么也没吃，这会儿他的胃不依不饶地造了反。这么想着他走近厨房那口汤锅，汤锅里的老火靓汤宠坏了他的胃口。揭开盖子，空了。这一切开始让他觉得不习惯。窝在沙发里的安窦打开电视，弹钢琴般不停转换遥控器，节目一眼没看进去，因为走神烟蒂差点灼了手指，刚打了个盹儿，楼梯上重一记浅一脚的脚步声惊醒了他，原来，守夜等人的滋味是这样的，他第一次体味到。

百无聊赖，安窦拨通电话冲花萍发起无名火："花萍，爸妈和童童都睡了么，你现在是越来越长本事了，咱家的事你生生把我撇出去，你就不能提前告诉我一声，那样我没准儿就能跟你们一起去热闹

热闹，总好过我现在一人独守空房！"

花萍不急不恼道："你是不是饿了？你一饿火气就特别大。我是跟全家人商量好才决定出发的。是你自己不回家，怨不得我们。你也说了，就是我告诉你，你也是没准来不来，那我们就不好勉强你了。总之，自动脱离家庭的人才会被家人遗忘，这话是花萍说的，你可以写进你的人生格言里去。好了，不跟你聊，大家都睡了，我也要睡了，晚安，拜。"

安窦冲着手机发呆，是的，从前不论他多晚回来，床头的灯是亮着的，锅里的汤是热的，花萍的脸上都是暖的，如今不过第一次位置互换，他凭什么发飙。

渐渐地，家还是那个家，晚归的换成了花萍，留守的成了安窦。

这段时间，花萍的装束都是新添置的，以前她很少穿鲜艳的、低领的衣服，现在左一套右一套的。

他觉得，老婆就应该像家里博物架上的陶器或者根雕，纵使有千种风情，也只能留给他一个人观赏。身为男人，他看外面那些女人时就像看场戏看幅画，好与不好都一笑作罢。一想到打扮惹眼的花萍多多少少也会被这样的目光阅读把玩，他的胃就隐隐作痛。

第N次，花萍接了一个电话："秦安么？什么，你到北京来出差？一个小时后就到站台了，好好好，我这就收拾收拾去接站。"

接下来，花萍随口跟一旁翻杂志的安窦交代一句，忙不迭地把自己打扮成潮女一枚，朝门口走去。

5，4，3，2，1。安窦从沙发一跃弹起，冲过来两手往花萍脸上乱抹，弄花了她的口红揉脏了她的腮红。

花萍明知故问："你这是干什么？咱们都是成年人，别玩小孩子的把戏！"

安窦两眼红彤彤望着花萍，撕心裂肺地嚷："我终于知道一个人

## 第十四章　以彼之道还施彼身

守着冷冷清清的家的滋味，知道漫无止境等一个人的心情，去它的狗屁加班见客户，去它的男男女女狐朋狗友。好吧，我错了，我输了，从现在起，我只想和你在一起，我保证除你之外我不会再朝别的女人多看一眼多说一句话，同理，你也不准去见那个秦安！"

花萍半信半疑："是你脑抽了还是我听力有障碍？"

安窦举起双手："花萍，我投降，永远向你投降，求求你别再折磨我了，我这心捧出来就是一盆韭菜馅，再发酵下去就是一坛山西老陈醋！"

花萍强忍着笑："这可是你愿打愿挨的，自动从花心浪子要求做一心大师的。好吧，看在安家全家人的面子上，看在你的这份诚心上，那咱就签了这份互相忠诚互相一心一意的口头协议，你容我最后一次跟秦安发个短信，别人千里迢迢来了，我拒而不见总得给人家一个理由吧。"

安窦得了花萍这句话，屁颠颠去厨房给花萍泡奶茶，花萍发出一条短信：亲，你的友情出演劳苦功高收效显著，我会奉上厚礼答谢的，将来我跟安窦的孩子出世，一定认你做干妈！

安窦捧着奶茶进屋，花萍删了那个号码。

其实，这一切都是花萍处心积虑为自己制造的一场"艳遇"，秦安这个名字，秦安给她买的土特产送的玉镯，秦安给她发的短信打的长途，俱是花萍联手异地的好姐妹共同炮制的，这也是她咬牙狠心要给自己的抱恙婚姻开的一服猛药。花萍跟这个好姐妹原同是艺校同学，毕业后各奔东西，年初才联系上的，当花萍和盘托出自己婚姻的症结所在，两人一拍即合，花萍负责在安窦面前演戏，这个好姐妹负责打外围，里应外合之下，一个玉树临风、妥帖细腻、追求猛烈的"秦安"先生便勾得安窦坐卧不安现了原形。花萍处心积虑地爱了一次，把安窦对她闲置到淡忘的爱重新激发出来，让他重新审视这段易

得难守的婚姻，挖掘出他内心深藏的本真的自我。

安窦把花萍紧紧搂在怀里，认真说："萍子，对不起，我是干了些瞎胡闹的荒唐事……"

花萍用手堵住了他的嘴："别，你千万别坦白从宽，我没有你想象的那么坚强。路是向前行，你做好现在把握好未来，这个对我来说更重要。"

安窦眼睛发酸，喉头发紧，一字一句："萍子，我敢对天发誓，我是口花嘴花但我心不花。那种掠人骗色的事我没胆子干。我是在日积月累中渐渐学会过分保护自己，过分替自己开脱，以自我为中心，不轻易相信他人，没胆子背负责任。终有一天，我会把我的心事掏出来跟你分享，那一天或许就是我痊愈的一天。"

此时此刻，花萍什么都听不到什么都看不到，她只知道，她熟悉的那个安窦回来了，他正在一寸寸成长一寸寸壮大，而她愿意做陪着他成熟陪着他老迈的伴儿。

## 第十五章 都是宝贝惹的祸

同一时间,花萍和赵学而不约而同登了安可家门,一个报喜,一个报忧。花萍抢先发言,向姐妹们陈述她是如何欲擒故纵以彼之道还施彼身收服了安窦这个花心大萝卜,让他踏踏实实彻底从良,她那口才与手眼身法步犹如梅兰芳登台,安可听得捧着心口笑,赵学而却听得垂了泪。

赵学而的眼泪吓坏了安可与花萍,两人迭声追问,又是递纸巾又是抚慰的,赵学而才呜呜咽咽地把她跟李赫男这段时间的事儿一一道来。说到她撞上李赫男和程千金那一幕时,泣不成声。

花萍气坏了,安可气坏了,她们两个大骂李赫男不是东西,大骂程千金趁机撬人,在这一点上,花萍与安可的态度是一致了,可当赵学而含着一泡眼泪问她们两个自己眼下该怎么办时,花萍与安可的意见出现了严重的分歧:花萍主张赵学而与李赫男就此分手,而安可觉得只要李赫男肯知错认错改错,为了他们好不容易坚持到如今的感情,应该再给李赫男一次机会。

花萍扶着赵学而的双肩拿话往她耳朵里灌:"学而,你现在一定要振作起来,你应该这么想,你值得庆幸的是现在发现了李赫男的不轨,发现了他压根就不想复婚的鬼念头。趁现在你赶紧和李赫男清清楚楚地分了,重新开始你的生活,你跟他那种左眼珠子里只认钱右眼珠子只认老妈的没断奶的富二代再纠缠不清,蹉跎耽误的可是你下半辈子的幸福大事!"

赵学而泪水涟涟:"我……我舍不得他。"

花萍气急败坏地戳她一脑门:"你是舍不得他那个人啊,还是舍不得他能给你的虚荣和物质享受?你好好回头看看你们一路走来你为他担待的委屈和痛苦,你们做实习夫妻的日子说长不长说短也不短了,眼瞅着这就满一年了,他有没有为你打算过?他有没有为你们的将来打算过?别的不说,就冲他把你塞立柜里也得相亲,就冲他跟你

## 第十五章　都是宝贝惹的祸

冷个战就敢把女人带回家以牙还牙，他就算不得个真爷们！你们别看安窦平时没个正形儿，他也就是个口花花眼花花，真到实处他就成兔子胆儿了。他要敢做出这阴损猥琐的事我早踹了他！我认为夫妻相守的底线不是他过去的劣迹，不是他懦弱畏缩，真正的底线应该是他对你必须要有最起码的尊重，能让你在你家人朋友面前骄傲地抬起头，能让你不含着委屈过日子，这是婚姻最起码的礼遇规格，如果这些落不到实处，你就别指望他能尊你重你爱你一辈子！他这种人哪里配当孩子他爸？学而，你还是趁早醒醒吧！"

安可推开花萍："萍子，你别句句风刀霜剑的，给学而留个缓冲期，她哭坏了身子可怎么是好？"

接着，安可坐在赵学而身旁，慢声细语地劝："学而，说到底，婚姻就是一双鞋，只有穿了才知道，旁人怎么看怎么劝你都只能当个参考，只有你自己知道你跟李赫男到底能不能过下去，你们这双'鞋'的尺寸是太大了晃荡来晃荡去根本没法儿上路，还是小了一码把脚后跟磨出了血泡。我是过来人，离过一次婚，生了小雨点当了妈，比萍子多知道一层，如果你真舍不得你跟李赫男这一路走来的艰辛不易，那我劝你，还是接李赫男的电话，给他一次机会。"

赵学而扑进安可怀里："姐，我恨他，可我又舍不得他，我一连做了好几晚噩梦了，我彻底没主意了，我该怎么办，我该怎么办？"

安可的鼻子一酸，花萍擦擦眼角，赵学而把积聚胸中多日的怨气终于倾泻出来了。

安可拍着赵学而的背："哭吧，哭吧，能哭出来你就好了一大半了，拿不定主意的时候索性不做决定，反正明天不是世界末日天也不会塌下来，没有疼过怎么算爱过，哭完别忘记怎么微笑就好。"

花萍抽抽鼻子叹了口气："这世上的男人只有三种，第一种是心里美萝卜，表里如一，他永远对你敞开心扉，不用你猜着防着，安可

好命,林更生就是这样的男人;第二种男人是卷心菜,一层层把自己裹得严严实实,虚张声势外强中干,安窦就是一棵大卷心菜,不到最后一刻,怕是连他都不知道自己的真心在哪儿;第三种男人就是洋葱,徒有其表,等你一层层剥掉他的外衣,最后会流着眼泪发现他根本没有心。我希望,李赫男不是这样的男人。"

花萍说这话时难免触景伤情,想起自己与安窦一路走来的跌宕起伏心下酸酸软软;安可听了这话尚觉得林更生离心里美萝卜还差一层,他如今至多算是脆皮溏心萝卜吧,他们之间有一对宝贝,一旦当这对宝贝发生利益冲突时,还不知道林更生算不算得上一颗红心向太阳呢;赵学而听了花萍这话觉得正对了自己的情形,又被辣出了眼泪,三个女人拥在一起,沉默以对,惺惺相惜。

"爱我你就陪陪我,爱我你就亲亲我,爱我你就夸夸我,爱我你就抱抱我",这童声童气的手机铃声是小雨点专门为妈妈录制的,安可抄起手机,才吐出半个"喂"字,耳畔传来小雨点哭天抢地的尖叫声:"妈妈,救命啊,快来救命啊,我快死了,我流了好多血……"电话就断了。

安可的魂魄俱飞,今天一大早,小雨点睡醒就嚷着难得有个写完所有作业的星期天,她要去找林林哥哥玩三国杀。林更生便带了小雨点先回婆婆家,安可坐等花萍和赵学而上门。怎么突然从天而降小雨点的求救电话,又是救命又是流血的,话刚说了一半就断了,这可了不得了,他们肯定是遭遇了意外。

安可赶紧拨回去,林更生接的电话,安可眼前一阵金星乱闪,心突突乱跳,她颤声问:"更生,出什么事了。小雨点是被开水烫了还是磕了碰了?到底有多严重?"

林更生安慰道:"别急,你千万别着急,就是两个孩子闹着玩,一时失手额头磕破皮流了点血。你知道的,孩子一哭就急着找妈妈,

## 第十五章　都是宝贝惹的祸

我这就帮她上药。"

林更生慢条斯理的，安可反倒更急了，话也冲起来："你别碰我女儿！我这就过去！你让我别急，这话说得轻巧，这要是林林磕了头流了血，你肯定比我现在更着急！"

花萍与赵学而本也想跟着去，一听安可这急躁话头，生怕这夫妻俩当着她们把口角升级成内战，索性就不往里掺和了，她们嘱咐安可见了小雨点回个电话，她们改天再来探望。

小区门外，安可打车直奔婆婆家，花萍陪着赵学而边走边聊了一段路，在路口分道，各回各家。

赵学而回家的路上，思量着花萍和安可刚才劝慰自己的那番话，又惦念着小雨点的伤势，反倒把自己的事放下了些许，安可说的是，既然自己现在心头一堆乱麻，剪不断理还乱，那就索性搁几天，等缓过这口气来，等整个人冷静平复下来，再做打算不迟。

思绪比车轮还快，转眼到了小区门口。赵学而的脚步不复往日沉重，眉头渐渐舒展，她甚至嗅出了这冬日凛冽空气里若有若无的花香，不远处的一丛丛腊梅开得正好。

赵学而上到二楼楼梯拐角处，一个硕大黑影劈头压下来，拦住赵学而去路，凶巴巴地低吼："你这几天躲哪儿去了，我打电话你不接，找到学校说你请假，快递送花上门你妈说你出差了，你要躲我躲到什么时候，咱们好好谈谈吧。"

黑影居然是顶着一对黑眼圈的李赫男。

赵学而被唬得魂魄惊飞，李赫男一开腔才让她已把到嗓子眼的"救命"给压回去，她稳稳心神，刚刚平复下来的情绪被李赫男的这一惊一乍又给挑起火头儿。

赵学而点点头："你现在是越来越长本事了，不仅会脚踏两只船，还学会了蹲点守位，我躲你是怕你干的那点破事脏了我的眼睛，

咱们还有什么好谈的,你倒是说来听听。"

李赫男捉住赵学而的两臂,赵学而用力一甩,避开了他,他沮丧道:"学而,杀人不过头点地,我现在错也认了,跟那个女人也一刀两断了。那女人从小就是个要风得风要雨得雨的大公主,头次相亲见我对她爱答不理,她心里就不平衡了。后来我在咖啡馆遇上她,跟她倾诉了一些咱们的事,她认为我有老婆还瞒骗着跟她相亲,这对她简直就是奇耻大辱,她安心要找机会报复我。我因为你的试探检验被气昏了头,犯下了这个连环错。要说错的话,我们三个人都有错。当然我的错最严重,可我答应你,给你下跪写保证书都行,以后再不会犯这种错!"

赵学而干笑两声:"呵呵,李赫男,你这是来认错的,还是来把自己摘出来的?你生下来就有一对富贵而溺爱你的父母,这是你的幸,也是你的不幸,你从小到大顺风顺水惯了,事业有成来得太容易,爱情在你眼里也无足轻重,高兴了就给我买花,不高兴了就跟我嘟嘴,心烦了就把我晾在一边,后悔了就糟蹋自己博同情,这是你惯用的伎俩。以前我还能被迷惑,现在我彻底清醒了,你这篇避重就轻的认错论再说下去,你是不是该说你只不过是犯了天下男人都会犯的错?如果你改不掉自私任性和没担当,咱们就没什么可谈的。让开,我累了,我要回家。"

李赫男胸脯一挺,横成人墙:"别走。我知道,咱们俩这段恩恩怨怨都是因为当初的草率离婚、后来的复婚艰难才造成的。我吸取教训了,只要你现在肯给我次机会原谅我,我这就带你去见我父母,然后我再买一堆名牌和高级补品登门跟你妈认错。复婚,这个才是我们的共同目标,我们不要因为一些意外而影响了大局。学而,你是明事理的女人,我最喜欢的就是你知性理性两者兼有,你别让我失望,我就会给你最优渥的生活和全部的爱!"

## 第十五章　都是宝贝惹的祸

赵学而连笑都笑不出来了："这都什么时候了，一个认错的人还能高高在上地跟一个被伤害的人发号施令？我真怀疑你到底知不知道自己错在哪里？我用尽办法都没法儿让你跟你爸妈提复婚的事，而今你就这么轻飘飘地许诺给我了，我真是不太敢相信！如果要用这么惨痛的代价来换取复婚的机会，我宁肯不要！你一提我妈就拿名牌拿东西说事，我妈在你眼里就是个爱财如命的女周扒皮吧？我妈是有点啬小可她不会卖女儿啊，她要知道你做的龌龊事，你就是给她搬座金山来，她也得拿着金山摔你头上！"

赵学而越说越刹不住车，索性把心里所有的积怨和疑虑统统倾倒出来，没容李赫男辩解，她继续质问："李赫男，咱俩既然走到这一步，何不都坦白一点，我一直想问你，你不想从实习转为复婚，除了怕落个'忤逆'你妈的罪名外，是不是也乐得既享受了谈情说爱的情趣，还免除了一个女婿应尽的义务，免除了婚姻的束缚和责任？这私心你别说没有，我早就看出来了，当初只是不敢面对，怕戳破了这层窗户纸情何以堪，现在，我好像什么都不怕了。"

李赫男像一匹困兽被逼到了死角，反扑地嚷道："是，我是有这么想过，难道你就没存过一点小私心？你口口声声说复婚是为了我们好，其实是为了你跟你妈好！你想把我妈取而代之，控制我操纵我，你想主宰这场婚姻，你想用我辛辛苦苦赚来的钱扮演一个孝女，我说错了么？别说你跟我离婚后没见过别的男人没相过亲，别说你对我始终如一的忠贞，这个世界从来是公平的，男男女女谁不受诱惑谁不取悦人？你之所以到现在还有资格站在这里对我说三道四，只是因为两点，一、你没遇到一个比我更出色更优秀的男人，二、你受的诱惑不够大，仅此而已。你也承认了吧，说话啊，你怎么不说话，你这算是默认了吧？"

赵学而给了李赫男一记耳光："浑蛋，王八蛋，你给我滚！滚之

前，请听好我对你说的最后一句话：李赫男，我们完了，一切都结束了。"

李赫男像得了失心疯，怒睁一双布满红血丝的双眼，步步逼前："你敢骂我？你敢打我？从小到大，我爸妈都没舍得动我一根手指头，你算老几？你说咱们完了就完了？你是上帝还是真主还是如来佛祖啊？凭什么咱俩之间你说开始就开始，你要离婚就离婚，你说玩完就玩完？向来只有我李赫男命令别人的份儿，你凭什么对我的一切都要发号施令？就因为我李赫男活了快三十年就这么掏心掏肺地爱过你一人？就凭你如今拿捏了我的错？我告诉你，赵学而，这地球离了你转不转我不知道，我李赫男离了你照样能活得有滋有味，不信咱就试试，走着，咱走着，咱俩现在就找安窦和花萍，让他们当见证人，看我今天发下的誓有没有舔回去的那一天！"

赵学而一错身子，细细的小鞋跟已经杵到台阶边沿。她冷冷一句："我没工夫陪你这个疯子胡闹，那样别人会分不清到底谁是疯子！"

李赫男是真急了，用力推了赵学而一把："走不走，不走你就是心虚理短，你就是还舍不得我这块香饽饽……"

话没说完，赵学而被李赫男这用力一推失去重心，整个人向后仰去，李赫男一个愣怔，伸手去捞，落了空，待他整个人扑上去，赵学而已经滚下了十几级台阶！

李赫男哆哆嗦嗦抱起赵学而，整个人登时软成一摊泥："学而，我真不是故意的。我手贱，不不不，我人更贱，可我真没想伤害你。你现在感觉怎么样？你到底哪儿疼？你一定要好好的，你可千万别吓我啊！"

满头满脸已经分不清是汗还是泪的李赫男抱起赵学而，驾车飞向医院。

## 第十五章　都是宝贝惹的祸

再说安可。

踏进婆婆家门,安可惊呆了,小雨点披头散发的还在抽泣,额头磕得皮开肉绽,血迹斑斑,上嘴唇也肿胀起来,胳膊肘也破了一块!公公不在事发现场,婆婆揽着林林缩在沙发里,林林身上的能见处没什么伤,倒是一脸的惶恐。林更生老老实实抱着药箱搂着小雨点,地上一片狼藉。

安可一把推开林更生,夺过药箱给小雨点清理伤口上药,一看小雨点头上的三角口子着实太深,慌忙给社区医疗站打了电话,不一会儿,医护人员上门,给小雨点做了专业的包扎治疗,婆婆跟着他们下楼去取药。

安可把小雨点揽在怀里问:"雨点,你告诉妈妈,你是怎么受的伤,这到底是怎么回事?"

小雨点抽噎着抬头看看妈妈,又回头看看爸爸、哥哥,眼泪又涌上来,只是不开口。

安可忍不住了,转头问林林:"林林,妹妹一直跟你在一起玩,她怎么受的伤,你应该知道吧,那你告诉我。"

林林直往林更生背后躲,林更生一挺胸膛:"安可,不用说你也明白,其实就是两个孩子一起玩,玩着玩着失了手,这也是小孩子之间常有的事。我刚才已经训斥过林林了。咱们眼下的当务之急是安抚好小雨点,把这件事大事化小小事化了,以后提高安全警觉性,这就可以了嘛。"

安可眼圈红了:"林更生,不带你这么护犊子的。现在是小雨点受了伤流了血,她那声惨叫把我的心都揉碎了。我是她妈,在这个家里她唯一至亲至信唯一可以依赖的人,事发时我不在场,我有权知道事情真相吧?我有权在知道真相后来判断这起伤人事件的性质和处理

方法吧？你现在就急于把这件事给画上句号翻篇，是怕我知道什么还是怕我知道真相后会做出什么事？你这么做可就欲盖弥彰了！"

小雨点扯了扯妈妈的衣袖，突然开口："妈妈妈妈，我跟哥哥玩三国杀，我输了好几盘，哥哥让我当奸臣接受惩罚我不干，我喊爸爸，他就把我按到地上拿靠垫捂住我的嘴，我咬了哥哥一口起来跑，撞到餐桌角上……"

安可听不下去了，她冲到林更生面前："你都听到了么？你是瞎子还是聋子啊？你儿子这是要害死小雨点，可你居然还袒护这么一个歹毒心肠的孩子，你还配当小雨点的爸爸吗？亏她至今仍一口一个爸爸一口一个哥哥地喊你们父子俩！"

林更生的语气也粗壮起来："有你这么说自家孩子的么？林林是有错，但错不至于这么严重，你也甭给他扣一顶杀人害人的大帽子！别忘了，你也是林林的妈妈！"

安可惨笑："妈妈？林林有喊过我一声妈妈么？我记性不好，麻烦您给提点一下！他拿不拿我当妈我不介意，他如果有半点拿小雨点当妹妹，他就不会下这么重的毒手！"

安可越说越气，揪出林更生身后的林林，照着他屁股下手就打："既然你爸说我是你妈，好，那我今天就行使一下当妈的权利！你欺负妹妹就该挨打，你要是男子汉就给我担当起自己的过失，躲在你爸你爷爷奶奶身后你永远也长不大！"

林更生不知哪儿来的狠劲，用力推开安可："我没教育好林林，要打你尽管打我！"

这一推让安可彻底凉透了心，敢情这是谁的孩子谁心疼啊，小雨点受伤他波澜不惊的，林林被打了几下屁股他就发狠了，既然这才是他的庐山真面目，既然他压根就没把小雨点和自己当成自家人同等对待，想必公婆也是如此，这个家再待下去也没意思，她就更应该为小

## 第十五章 都是宝贝惹的祸

雨点讨还个公道!

安可冲上去捶打林更生:"你以为我不敢打你,就打你,打你说一套做一套,打你厚此薄彼,打你也是个没心没肺的臭男人!"

小雨点躲在一旁捧着肿胀的嘴角呜呜哭得好伤心,林林边哭边喊:"别打我爸爸,别打我爸爸!你是坏人!我要告诉爷爷奶奶!"这一切都让安可成为一只火烧火燎的高压锅,取药归来的婆婆的喝止声拔掉高压锅上的阀门,安可炸出一句:"林更生,我要跟你离婚!"说完,安可抱起小雨点,决绝地踏出这个家门。

花萍呢?她回家的途中捎了婆婆爱吃的桂花糕、公公爱喝的枸杞酒,还买了童童最中意的热腾腾的豆沙包,左一样右一样地拎了两袋子,满载而归。

出了电梯左拐,花萍正要掏钥匙,赫然看见家门虚掩着!这肯定又是安窦这不带脑子的主儿干的事,他有两回都是下楼买烟忘记顺手带上门,生怕夹着自己尾巴似的。

人走到门口,屋内的谈话声就先一步飘出来。一男一女,男的问:"你怎么不打招呼就上来了,我跟你可不熟,过门是客,下次来记住先打个电话。"女的声线尖俏:"我有打,不过是打给童童的爷爷奶奶,他们现在正带着童童在麦当劳呢。你别总对我像个刺猬似的,我今天来是专门找你的。我打听过了,花萍有事出去了,这会儿就咱俩,说话方便。"

男的是安窦,女的是唐小喵,唐小喵最后这半句话貌似话里有话,让花萍住了脚步,竖起耳朵。

唐小喵落座在安窦跷着二郎腿的那张三人沙发上,浅笑盈盈:"今天我找你是有两件事,一、我在南京的工作和生活俱已安排妥当了,我这次来就是接童童回家,这段时间麻烦你们全家人,我略买了

点礼物表表心意，我强塞给你的这顶奶爸帽子你终于可以摘帽了。"

安窦一点也不客气："你谢我爸妈还有花萍是应当应分的，他们可真是拿童童当心肝宝贝，童童这一走他们还真有点舍不得。你要有良心就常让童童跟他们二老通个电话聊个视频什么的。至于我，我倒是该谢谢你，我这个奶爸压根就是被你讹上的，你这尊神终于要离开我们家还我太平日子了，我真该给你三鞠躬！"

唐小喵的屁股往安窦这边略欠了欠："我还没说第二件事呢，这第二件事就是，既然你爸妈这么喜欢童童，你也舍不得童童，倒不如咱俩都吃一把回头草，把冤家对头还原成一家三口怎么样？"

安窦像踩到了电门，连声音都发颤："你说什么？你再说一遍，是我闪了耳朵还是你中了邪？当初你可是恨不得食我肉寝我皮，今天这弯拐得有点陡，我晕！"

唐小喵的屁股再次往安窦这边欠了欠："嗨，这有什么想不明白的，我这么做还不都是为了孩子。童童每次见我都跟我说你们待她如何如何的好，我这心里就过意不去了。我倒是随便就能找个比你强一百倍的男人，可他到底跟童童隔了层血脉，未必真心疼童童。咱俩一复合，童童就有了亲爹亲妈，这才是最好的大团圆结局嘛。"

说着说着，唐小喵已栖到安窦的眼皮子下，一双眼睛像涨满横波的秋池，带着几许哀求几许妩媚几许楚楚，撩拨得安窦嗓子眼儿发干手心里冒汗，舌头也直了："你……你……你到底想干吗？"

唐小喵轻嗔："傻瓜，我想干吗你还不知道么？其实我从没忘记过你，我只是恨你的薄情寡义，现在，我给你一次重修旧好的机会，你还不知道赶紧珍惜！"

这一刹那，安窦意乱情迷，他想起了跟唐小喵曾经拥有的美好往昔，他想起了唐小喵的妖娆，他想起了唐小喵从前点点滴滴的好。

当他的唇距离她的唇只有一毫米的距离，当他的呼吸喷扑在她忽

## 第十五章 都是宝贝惹的祸

闪忽闪的睫毛上,当他的心跳已经和上了她心跳的节拍,有股神秘的力量让安窦戛然而止!

安窦凝视着唐小喵几秒,胳膊一软,扑倒在唐小喵身外的毛绒地毯上,长舒一口气:"对不起,我做不到。"

一动不动的唐小喵惊诧:"为什么?你还是安窦吗?"

安窦感慨道:"我也不知道我是谁,自从跟花萍生活在一起后,我就不再是从前的安窦了。我慢慢逃脱掉从前一直纠缠着不放的噩梦,忘记杨树庄,忘记冰冷的地窖,忘记眼泪流在脸上能结成冰,就在刚才,当我差点冒犯你时,眼前又出现了这些我最不愿意看到的东西,我想,花萍是我的护身符,她能给我安宁平和给我信任鼓励,失去这些我会懊恼终生。"

门外的花萍,悄悄离开。

大概沉寂了半支烟的工夫。

唐小喵坐起来,重新捆好头发:"你真的不是从前那个安窦了。你之前从未对我说起过这些,但我从你偶尔一两次的噩梦里听到过杨树庄的名字,我知道那是你一个疼痛的秘密。其实我也有个秘密要告诉你,我今天来,接童童是真,跟你复合是假。上次跟花萍喝酒,我就把她当成了好朋友,她是个难得的率性女子,敢爱敢恨更敢担当,我劝她离开你,因为你配不上她,可她说,别人看到的只是你的劣迹,只有她才能看到你的闪光点,你会在大街上为她系鞋带,你会揣着肉夹馍给她送加班消夜,你会为了她永远拿笑脸面对丈母娘的冷言恶语……"

安窦用手掌揉了一把酸胀的眼睛,摆摆手:"别说了,别说了,这些话太重,我听着觉得脸上臊得慌,我没她说得那么好。"

唐小喵一笑:"你俩可真是天生一对,没见过这么同气连枝的。我打心眼里感念花萍对童童的好,可实在无以为报,就横下心打算帮

花萍试试你,如果你刚才敢下嘴下手,我就会挠你个一脸猫须,趁早让花萍死了跟定你的心,也算是弥补了我当日大闹民政局让花萍蒙羞,报答了花萍对童童的好,善哉善哉,幸亏你及时住嘴住手,回头是岸没铸成大错,我这一关验收合格了,我真心替花萍高兴,她找到了值得相守一生的男人,她打造了一个新安窦!"

安窦一抹脑门上的汗:"你这女人真不一般,差点让我死无葬身之地,看来宁得罪小人莫得罪女人啊,现在的女人真不敢惹,我算是长记性了。"

唐小喵伸出手:"再见,哦不,是永不再见才对,我祝你跟花萍白头到老。"

安窦瞄了瞄唐小喵的手,还是心虚,把自己的手藏在身后,冲唐小喵一鞠躬:"咱俩还是用鞠躬代替握手吧,我也祝你早点找到属于自己的另一半。"

突然,安窦又想起了什么,试探问:"我如果问错了你可别介意,童童,真的是,你跟我的女儿么?我一直觉得不可能,你要觉得难为情就点个头,以后我可以不见童童,但作为她的生理性父亲,我应该每个月给她寄一点生活费,这是我应尽的责任。"

唐小喵捂着嘴笑了,笑着笑着豆大的泪珠滚了满腮:"安窦,你可真让我刮目相看,责任这词儿居然能从你嘴里跑出来,花萍真是造福人间造福社会功德无量啊!你的诚意打动了我,本来我希望一辈子保守这个秘密的,好吧,我告诉你,在我抓到你劈腿时,我气疯了,为了发泄怨气为了报复你,我闪婚了,并很快有了童童,但没多久因为性格差异,我离了婚。童童长到三四岁时,一遍遍问我她的爸爸是谁,我不知道该怎么说,就说出了你的名字搪塞,童童从小就认认真真拿你当爸爸来爱的。我这么做是太自私了,也对不起你爸妈,可我真是宁愿自己承受所有的惩罚,也不愿意让童童受到一丝一毫的伤

## 第十五章 都是宝贝惹的祸

害,当然,你现在已经知道真相了,如果你不愿意做童童的爸爸,我绝不勉强。"

安窦点点头:"说起来这件事我也有过错,如果不是我负了你,你又怎么会如此闪婚闪离,我希望你、我和花萍一起保守这个秘密,我愿意一辈子做童童的爸爸,做个令她骄傲的好爸爸。"

唐小喵无限唏嘘:"谢谢,安窦,谢谢你们全家,我该走了。"

安窦帮唐小喵拎着行李箱,打开虚掩的大门,自嘲道:"我又忘了关上大门,花萍看见该啐我是不是怕夹着尾巴了。"

踏出大门,二人同时看到门口堆着的两袋子吃食日用品,两人对视一眼,面面相觑,安窦脱口而出:"糟了,肯定是花萍!"唐小喵急得直跺脚:"你咋这么点背儿?不知道花萍听到了多少,什么时候走的,你还不赶紧去追!"

电梯口,安窦一个劲按按钮,电梯门口,走出来两个警察,朝安窦看了又看,威严地开口:"请问,你是鸿翔外贸公司的经理助理安窦么?"

安窦呆了。

第十六章　祸兮福所倚

## 幸福实习生

安窦进了拘留所，他涉嫌行贿税务人员，恶意偷税漏税。安可得知消息后，放下手头的工作，嘱咐爸妈照管好小雨点。

探视室里，隔着一排冰冷的铁栅栏，困坐其中的安窦一夜之间老了十岁，一脸的胡子拉碴，望向安可的眼神里再也没有从前的张扬和自负。

安可鼻子一酸，撂出来的话却是硬的："你知道么？爸妈都为你担心死了，你可真给咱家人长脸，什么不能干你干什么，什么铤而走险你干什么！"

安窦不理会这个，转而问："爸妈都还好吧？咱妈心脏受不了刺激，你回去拣好的跟她说，还有花萍，花萍回家了么？"

安可抢白道："你都进了这种地方，我能拿什么好听的跟咱爸妈说？我也不知道你跟花萍到底闹了什么别扭，她只跟爸妈说她要出去走走散散心，就请了事假拎了个行李箱出门了。"

安窦一叹："坏了，她八成是误会了。"

安可敲敲桌面："你现在搞搞清楚状况好不好，现在不是花萍坏了，而是你自己要坏事，你先顾好你自己吧。你到底给我句实话，我才好知道该怎么帮你。"

安窦死死盯着安可的眼睛："姐，如果我说，是李赫男让我在那些财务文件和报表上签字的，你信不？如果我说李赫男只是让我请领导吃饭给领导送茅台，我并不知道那些茅台礼盒里装的不是酒而是钞票，你信不？我知道你们没人信我，除了花萍，可连她也走了，我能说的只有这些，我是好高骛远我是急功近利我是人品太差，可我还不至于糊涂到拿鸡蛋碰石头以身试法吧？"

安可的口气这才缓和下来："安窦，别说我们都不看好你，你问问你自己做过几件能摆到台面上的事？花萍信你，那是因为她爱你，女人一旦爱了智商就是零！如果你真的没做过，那就千万不要认，像

## 第十六章 祸兮福所倚

个真爷们一样咬牙撑下去，总有水落石出的那一天。"

安窦起身抓握铁栅栏，满眼的焦急："姐，我在这里一天也待不下去了，帮帮我，我要出去找花萍，跟她认错，带她回家，否则我一天都过不下去。"

安可握住安窦的手："急也没用，早知现在何必当初，你可千万别乱来！"

警察上前示意他们守规矩，各归各座。

安可宽慰、嘱咐安窦几句，探视时间到，直到她走出拘留所大门外，还觉得安窦那焦急的眼神黏在自己身后。

一个多星期下来，安可跑断了腿磨破了嘴，还是没什么进展。小雨点住回了姥姥家，她忙得顾不上跟林更生办离婚，也再没回她和林更生的家。

正当安可不知道该如何跟爸妈交代如何跟安窦交代时，老妈欣喜若狂打来电话说，安窦回家了！

安可火速赶回家，洗过澡吃了饭的安窦看上去瘦了黑了，从前那些毕露的锋芒和锐气不见了，取而代之的是一个日臻成熟的男人的踏实内敛。

姐弟俩一见面，安窦先开口："姐，我全须全尾的回家了，可姐夫进去了。"

安可那颗刚刚落地的心一下子提到嗓子眼："谁？林更生？他那么个老实人怎么可能？"

安窦惭愧道："姐夫这么做是为了我，为了咱们这个家，他跟警察说，是李赫男利用他的工作之便，让他从中牵线认识了一些主管领导，受贿的事姐夫也帮我澄清了，他收过李赫男的礼，的确是两瓶茅台酒，只有李赫男能利用得上的领导收的才是钱，就这么着，我出来了，姐夫进去了。"

221

幸福实习生

安可跌坐在沙发里，一句话也说不出来，他林更生到底想干吗？他们已经到了离婚的地步了，他这么帮她帮安家，图啥？他真傻，这种事也敢揽上身，他要真有个好歹，安可该怎么面对林家二老？

老安发话："安可，你是个辨是非明事理的好孩子，我不管你跟林更生的婚姻出了什么问题，我也不干涉你们将来是分是和，但在这个时候，你必须回林家去，照顾公婆守好林家，这是你该尽的责任！"

安窦妈附和道："日久见人心患难见真情，林更生那么一个前怕狼后怕虎的老实人，关键时刻都能替咱们家出头，安可，不管你跟他将来何去何从，反正这个女婿我认定了！"

安窦揽过安可的肩膀："姐，我开车送你回家。"

安可环视大家，点点头："回家。"

送了老姐回林家，安窦调转方向去洗车、加油，他要找到花萍。

这偌大的城，岂是一只小小车轮所能丈量的，安窦并非不晓得，可他停不下来，他必须做点什么，即使听不到花萍的声音看不到花萍的脸，他也必须奔赴在一条花萍可能经过的路上，这样他心里才好受些，这样他才觉得花萍并未走远。

能去的地方都去了，一无所获，天色早已暗淡成幽深的一口井，街头，车辆行人行色匆匆，只有他不知道该往哪里去。思想抛锚，方向盘带着人走，他也并不以为意。直到车轮戛然而止，他立直身子瞪大双眼直视前方，怎么会把车子开到他跟花萍领证的民政局了？

安窦下了车，料峭的倒春寒让他不得不竖起皮衣领子，民政局肯定早已下班楼空紧闭落锁，广场上那些吃罢晚饭遛弯、跳健身操的老头儿老太太也耐不住寒意散去了，只有安窦一个人，故地重游，往事如潮水涌来，内心别有一番感慨。

安窦飞起一脚，铲起一粒小石子，小石子飞溅到远处的叮当声真

## 第十六章　祸兮福所倚

像当时花萍的笑声，他一咧嘴，也跟着笑。那个时候的自己挺傻的，不知道天高地厚，不知道珍惜，幸亏有花萍这个婚活女的敢爱敢嫁，不然，他可能一辈子就这么个样了。

安窦继续向前走，可他被落地玻璃门挡住了去路，玻璃门里，他看到了唐小喵扯着童童搅局，看到了人群里发出奚落的哄笑和揪心的叹息，他脸上一阵阵燥热，羞愧地垂下了头。

一阵寒风吹过，安窦打了个冷战。花萍曾问过他，当初两人已经闹得那么难堪，他又知道花萍是假怀孕，为什么还上赶着要娶她，其实，安窦也曾问过自己这个问题，这个冷战，让他找到了最真实的答案。他要娶她，不是因为怕过不了父母那一关，取消婚宴是会让父母雷霆大怒，但也不至于要了他小命；不是他觉得良心有愧，他辜负的人不止花萍一个，从来心安理得，打雷天也照样户外行走不怕被雷劈；唯一的理由，他早已不知不觉爱上了花萍，不过是他没勇气承认面对罢了。这个发现把他自己吓了一大跳，这个发现让他跪在草地上，开心地哭了起来。安窦知道自己现在该怎么做了，这件该做的事比寻找花萍，比跟全世界说他爱花萍更重要。

这样一个适合用彻骨的寒冷来三省其身的夜晚，除了安窦，还有明天一早就要出院的赵学而。

穿着蓝白条相间病号服的赵学而，就像一尾虚弱的热带鱼，她的气色渐渐滋养过来了，这个单人病号房里，从床头到床脚、从窗台到墙边，哪儿哪儿堆的都是营养品，和一天一束不重样的鲜花。赵学而刚刚把老妈给撵回家了，她毕竟是上了岁数的人，入院当日就把她给吓得差点犯心脏病，一连几天守在病床前，恨不得亲手喂到赵学而嘴里，赵学而吃着，老太太就站在床边跟她有一搭没一搭地闲聊，等着收碗。聊天的内容从家里的花到邻居家的猫，从老街坊到才看的电视

剧，就是只字不提李赫男。这反倒让赵学而不安起来，自打她一天天长大、自立、成熟，自打她谈恋爱、嫁人，她们母女的位置就渐渐颠倒了个个儿，女儿得哄着妈，女儿得让着妈，遇到事上老太太更是说一不二。这次她被李赫男失手推下楼梯，搁往常，老太太早就扯着嗓子找到李家门上号上了，再不就堵到李赫男公司开骂，绝不会轻饶了李赫男！可老太太没闹也没跳，捂着心口吞下救心丸，扯起衣袖擦擦眼角浑浊的老泪，就伺候女儿当起老妈子了。

赵学而生怕这个打击太突然太沉重，让老太太迷失了本性灰了心把自己给压垮了，她就有事没事故意逗老太太开心，拿话开解，每顿饭多吃上几口，每天多笑几次。

李赫男每天都来，一天一束花，一天几大盒补品，赵学而把他当空气，老太太也跟着女儿把他当空气，不仅赵学而惊诧，连李赫男都纳闷，一向牙尖嘴利得理不饶人的丈母娘怎么突然好脾性起来。

今天傍晚，赵学而瞧见老太太累得偷偷捶腰眼儿，心下不忍，自己现在一切活动如常，纵有什么事还有值班护士呢，何必让她老人家在这里白白守夜熬眼？再说，她还有一件要紧的事要办呢。

老太太不肯走，赵学而故意噘起嘴，老太太慌了，跟个孩子似的讨饶："你现在是需要调养身子的人，可不能气着。妈已经没了你爸，就指望你呢。你别生妈的气，妈这就走，这就走。"

老太太边收拾保温桶汤碗边叹气："其实，你生我的气也是该着的。要不是我没事就指着你要这个买那个，要不是我怕你这个小门小户的女儿嫁到那大门富户家里去受气，没事也得生出点事来给你长脸撑腰，要不是我跟李赫男他妈吵成冤家对头，你跟李赫男还好好是一家人呢。都怨我都怨我！"

说着说着，老太太的眼泪就下来了。

赵学而嗔道："妈，好好的，你怎么又说起这个了，这事怪天怪

## 第十六章　祸兮福所倚

地也怪不到你头上，你是不是非得招惹我陪着你一起掉眼泪。"

老太太赶紧擦干眼角："妈知道你住院，千刀万剐了李赫男的心都有，我这巴掌都差点抽他脸上了，又缩回来了，我就是把他剁成饺子馅，你受的伤也弥补不了。妈这回是真知道错了，爱你反而害了你，伤了别人自己的日子也不好过。你放心吧，妈以后不会再糊里糊涂地办傻事当绊脚石了。从今后，你爱谁妈就跟着你一起喜欢谁，妈要实在看他不过眼，我就干脆把眼睛闭上，再也不当你婚姻的胡参谋瞎指挥了。"

赵学而亲昵地搂着老太太脖子："妈，这就是祸兮福所倚，这次意外让我们母女俩以后更心心相印，把日子过得更团结更开心，这就是咱们家最大的福气！"

目送老太太离开，赵学而拨通了李赫男的电话，这就是她着急要办的一件要紧事。

李赫男接了电话心头暗喜，还以为是赵学而反省过来要找自己谈复婚的事呢，虽是一路匆匆赶来，也没忘了买花带炖品送礼物。

赵学而脸上波澜不惊，打开李赫男双手奉上的礼物，是一只芭蕾舞女的音乐盒，里面是一枚足足有三克拉的方形钻戒！

李赫男单膝跪地："学而，我错了，请你再给我一次机会，这是我向你求婚的信物，我保证不让你再掉一滴眼泪，我保证给你一生幸福！"

赵学而浅浅一笑："你先起来，我也有礼物送给你。"说着，赵学而掏出一支录音笔。

李赫男一脸不解，打开录音笔，流淌出的只是一些他们平时或打情骂俏或信誓旦旦的私房话。

赵学而继续说："你知道，我备课有给自己录音纠错的习惯，所以我有好几支录音笔，最名贵的一支当然是你送给我的名牌，可那支

录音笔现在不能送给你,因为那上面录了很重要的一些对话。当我们俩关系最紧张的时候,我把它放在你的车里,起初我只是想查证一下你的生活作风是否检点,可不料误打误撞地录下了你跟几个重要人物见不得光的对话,我这才知道你的钱是怎么赚来的,你的锦衣玉食是怎么坑来的。你是想我把它交给新闻媒体还是直接放微博上?如果放微博上那你可就一夜成名了!"

李赫男"扑通"跪下,半信半疑:"学而,你今天是怎么了,干吗拿这种没影的事开玩笑,太煞风景了,我们毕竟是夫妻,还要当老来伴呢,你干吗替别人作嫁衣裳?"

赵学而连连摇头:"李赫男你真是聪明,我这话才说了一半,你就知道我是为了救安窦和林更生,其实你比谁都心知肚明,安窦浑浑噩噩狐假虎威,林更生谨小慎微不求有功但求无过,他们是无辜的,是被你利用的,你敢做怎么不敢当?你的聪明都是些小聪明,我早该清醒,你在商场上的左右逢源有奶便是娘早晚也会在感情里投机取巧稳赚不赔,你能利用程千金利用安窦,自然也不会对我全心全意。说穿了,所有人在你眼里只分两种,一种有利用价值的,一种没利用价值的,然后决定取和舍。亏我瞎了眼,掏心掏肺地对你,对这桩婚姻寄予厚望,我现在彻底反省了,与其痴心妄想等待一个洋葱男人长出心,不如自己用心生活,我们是真的没可能重新在一起了。说完分手,再来说说这支录音笔,你可以认为我说的是疯话,你也可以跟我赌一下,三天期限,三天之后,如果我看不到林更生从拘留所走出来,看不到你去自首,我会把那支录音笔交出来。"

李赫男一口一个错了,一口一个追悔莫及,一口一个一日夫妻百日恩,赵学而不为所动,淡淡说:"我累了,要休息了,你可以走了,记住,三天期限。"

三天后。赵家。

## 第十六章　祸兮福所倚

赵学而得知，李赫男自首了。

赵学而从抽屉里拿出那支金灿灿的录音笔，按键，里面传出一男一女的两情相悦："我李赫男对天发誓，今生今世只爱赵学而一个女人，不让她叹一口气掉一滴泪白一根头发发一句埋怨，此言如虚，就让我下辈子变成一只哈巴狗，天天跟在一个叫赵学而的美女身后摇尾巴！""哎呀，有你这么求婚的么，前半句还挺煽情，后半句太狗血了。""那你赶紧答应嫁给我吧，不然我还有一大堆狗血的求婚誓言等着朗诵呢！""好了好了，真是怕了你，为免你接下来说出更恶心的话来，为了全人类的耳根清净着想，我就收了你吧。""你这算是答应嫁给我了吧，我是天下最幸福的人了。""你小点声，别把警察招来，没见过你这么疯狂求婚的，把人带到凶险万分的电子广告牌梯架上来威逼利诱。"……

赵学而笑出了泪花，她手中这支录音笔，只录下了她跟李赫男最甜蜜最浪漫最珍贵的深情告白，根本没有李赫男的任何把柄，是李赫男自己做多了不可告人的事，心中有鬼而已。

擦干眼泪，赵学而按下了清除键，过去种种，譬如昨日死，以后种种，譬如今日生。

空白，是最好的开始。

# 第十七章　实习期满转正

幸福实习生

三个月后。

一封寄出人为赵学而的邮政专递让李赫男原本平稳的心脏怦怦跃动起来。

这封邮政专递上的邮政编码是100099，这么特殊的编码大概只能是寓意长长久久。再看寄出日期，居然是他跟赵学而当年的结婚日，他迫不及待地拆开信封——

赫男：

当你收到这封信的时候，你一定很惊讶很意外，是的，这是一封由爱情邮局按照我的属意慢递出的信。

我一直想送一件礼物给我们的婚姻，可你把一切一切都安排好了，我有心却无力，正好我看到报纸上说邮政系统新开办了一个爱情邮局，只要领了结婚证的新人都可以领到一个"爱情寄语"的信封，新人们可以写上对婚姻生活的寄语、对未来的愿望，通过爱情邮局向几年后的婚姻投递祝福。我当即决定，要送这样一份礼物祝福我们的未来。我把投递期限定在了结婚三周年的纪念日。

赫男，我好激动啊，当你读这封信的时候，不知道我是否正依偎在你肩头，或是我们已经有了一个活泼可爱的小宝宝，又或者，我们已经走到了婚姻的尽头，呸呸呸，大吉大利！

无论拆开这封信的时候，我是否在你身边，赫男，你都要相信，我嫁给你，不是因为钱；我离开你，不是因为恨；我跟你吵架，不是真的生气；我跟你哭闹，不是真的不在乎你。我知道爱情里不总是甜蜜，我知道婚姻里也有阴晴圆缺，如果你伤害了我，我会用眼泪清洗伤口然后对你微笑，如果我伤害了你，请你不要甩门而去永远不回头。告诉你一个秘密，其实我是玩跳棋高手，打遍天下无敌手，却偏偏总是让你赢，因为我喜欢看到你胜利的微笑，如果有那么一次，我

## 第十七章　实习期满转正

让你输了，输得很惨，你一定不要记恨不要气馁，我只是想帮你祛除暗疾和软肋，帮你真正强大起来，帮你成为真正的赢家，如果有那么一天，你我白头到老，我会告诉你相爱真好，如果有那么一天，你我各奔东西，我也会告诉自己，所有的伤害都是一种成全。很想知道，收到这封投递的祝福，我们是唏嘘是欣慰是感动还是感慨？亲手种下了祝福，希望收获的是满当当的幸福，为了这份美好祝福不落空，我们一起加油哦。

祝福天下有情人终成眷属！

学而

这封信读来有千钧重，压得李赫男透不过气来，他这才明白，赵学而对这段婚姻有多重视有多用心用情，是他辜负了她。就在昨天，他还对赵学而逼他自首百思不解，这封写于三年前的信让他明白，赵学而这么做是想最后帮他一把，帮他清除身上的毒瘤，帮他真正地强大起来，她让他输了一时，却希望他能赢到最后！

就在这个怒放的春天，李赫男趴在桌子上，号啕大哭，他哭早早夭折的婚姻，他狠狠辜负的妻子，还有原本拥有的幸福。

身体康复的赵学而重新回到了课堂和孩子们当中，她还是老样子，不喜欢做个古板陈腔老调的传统老师，她宁肯不当先进，也要做个传授知识和快乐、保护孩子个性的麻辣鲜师。

工作之余，赵学而上网，在搜索引擎输入"啃小"关键词，找到七八千条结果，一条条看下去，原来遭遇"啃小"父母，不是她衰运碰到的个案，而是一个很普遍的社会问题，躲不是办法，硬碰硬只能伤了亲情，唯有鼓起勇气对症下药，化解这场危机。

赵学而拨打咨询专线，专家听完她的讲述，明确指出，老年人面对的是全面丧失的生活，职业生涯已经结束，社会活动聊等于无，成

就感急剧下滑。这个时候能代表社会价值感的只有子女了,因此,他们不断向子女索要,达成自己心愿。老人会像小孩子,变得越来越不讲理,这是生理因素,不可抗拒,老年人由于自身的恐惧和无力感,会让他们对子女有强烈的期待,甚至会幻想"危机",从而用索要增加安全感。子女要做的就是成熟起来,约束父母的不合理要求,主动去关心老人,化解他们的不安全感和危机意识,精神上的慰藉和天伦之乐,才是父母最需要的。

茅塞顿开的赵学而犹如打通任督二脉,她愧悔以前的想法和做法太偏激了,老妈真正需要什么,她这个做儿女的真得好好想想。

赵学而给老妈建立了一个养老基金账户,未雨绸缪,让老妈坚信她老有所依老有所养;瞅准机会,赵学而带着老妈"微服私访"了她的办公室,旁听了一节课,老妈看到她忙得像个陀螺,课堂上应对六七十个学生,下课还要批改一摞摞作业,吃的是凉透的盒饭,抽屉里胃药、金嗓子喉宝、眼药水一大堆。当晚,老妈就发话,过几天她的六十大寿,不去酒店吃海鲜,更不准赵学而买一百块钱以上的礼物,母女俩在家做在家吃,其乐融融。偷点空闲,赵学而会带着老妈去做做足疗、泡泡温泉、旅旅游,还鼓动老妈结交了很多同龄的舞友、牌友,从前老妈很有耐心地等着她长大,现在她也必须有耐心等着老妈成长,走过去这一段,回头再看看,发现经历越多的亲情和生活会越坚韧。

赵学而虽然还没有新男友,可她已经能够嘻嘻哈哈陪着老妈看《非诚勿扰》,一一点评男嘉宾,偶尔冒出一句"我要是女嘉宾一定跟他走"。周六周日,赵学而彻夜追看《城市猎人》,安可问:"这么单细胞白目的偶像剧值得你熬出两只熊猫眼追看到底吗?"赵学而伸个懒腰:"李敏镐太帅了,我这枚优质剩女也得时不时养养眼吧,不然就真OUT了。"安可悬着的一颗心终于安稳降落,这表明赵学而没被

## 第十七章  实习期满转正

李赫男伤了元气，好了伤疤就能忘了疼的日子指日可待。

赵学而识破了安可的"别有用心"，赶紧教书育人一番："别忘了我可是老师，懂得每天自我教育一番，我百度过，女人失恋失婚时的最常有的不健康心理是：自暴自弃；认定天下男人都不是什么好东西，一棍子打翻一船人；以后永远不相信爱情！……其实失恋失婚不可怕，可怕的是失去了对下一场爱情的憧憬和期望，这是伤筋动骨的顽疾，赔上的可是下半辈子的幸福，我没这么傻，我每天都对着镜子跟自己说，失去一个男人，又不是失去整个世界，没什么大不了，没有失去，怎么得到，下一个男人永远会更好！"

安可为赵学而叫好："学而，连我都不得不爱你了，你可真帅！"

花萍回来了，风尘仆仆，眼神炯炯，背囊是空空的，心却是饱满的。

花爸爸花妈妈还有姥姥，每个人都问过花萍去了哪儿，可花萍说，她去了一个苦乐岛，那是一个在地图上找不到坐标的小地方。她去那里要找一个答案，不找到她就浑身不舒服无法工作无法吃喝拉撒，现在她找到了答案，满载而归，她要在娘家休养生息一段时间，再决定今后的日子该怎么过。

花爸爸问："是不是跟安窦闹别扭了才学人家离家出走的？"

花萍摇头否了。

花妈妈问："是不是安窦那小子花心、犯懒的老毛病犯了，你跟他要分？"

花萍把头摇得像拨浪鼓。

姥姥问："丫头，你是不是撞邪了？"

花萍大喝一声："姥姥我饿了，我想吃你包的三鲜馅饺子。"

花萍谁都没告诉，她去的那个"苦乐岛"正是安窦当日口中说的

杨树庄。她当日不是因为误会唐小喵和安窦旧情复燃才愤然离去。唐小喵说的那些挑逗的话，细心一推敲就会发现破绽，既然要勾引，干吗非要选在家里，而且粗心得连大门都没关，这可真有点说不过去。唐小喵有心把公婆支出去，又特意打听到自己不在家，肯定是要实施一项特别行动。冲唐小喵那日与她对饮时的酒醉吐真言，她就猜出了唐小喵的良苦用心，花萍从门缝里瞄到了唐小喵放在门口的行李，她的去意早就昭昭了。从唐小喵和安窦的对话中，她注意到，安窦对杨树庄有着极其复杂的感情，她必须去探个究竟，解开安窦心中的死结。

关键时刻，花萍求助了婆婆。婆婆拉着花萍的手告诉她，安窦4岁半时，在胡同口的银杏树下玩，被人贩子拐骗，一年后才被警察从山西的一个叫杨树庄的地方解救回来，回家的安窦剃了个茶壶盖，整个人瘦成了一根柴火棍，除了会放羊会上树什么都不懂，满口的陕西腔，吃饭必须蹲着，半夜发噩梦哭着喊着的是"别打我别打我我再也不跑了"。公婆努力了好几年光景，才让安窦渐渐忘记那段可怕的过去。这事成老安家全家人共同保守的秘密，怕的是再揭起安窦那刚刚愈合的伤疤，这更是纵使安窦再不成器婆婆也要一力偏袒他的原因，婆婆总觉得愧对安窦，如果那天她不是急着回家烧饭，安窦就不会经此一劫。

凭着婆婆口中残缺、破碎的记忆片段，花萍开始了西行之路。她用了一个多月时间才找到了安窦口中的杨树庄，村口果然有棵很粗壮的杨树。花萍遍访村中上岁数的老人，挨门挨户讨茶做客，功夫不负有心人，她找到了安窦记忆中的冰冷的地窖，那是老杨头惩罚他逃跑的禁闭室，她找到了那个羊圈，那是老杨头家最金贵的经济来源，也曾是安窦每天打着呵欠揉着眼睛穿着千层底粗布棉鞋上山要做的功课——放羊。老杨头老成了村口那棵老杨树，他老婆已经过世了，不过是一对无法生育的贫贱夫妻砸锅卖铁买一个儿子将来给他们养老送

## 第十七章　实习期满转正

终的愚昧故事。

花萍在老杨头家里住了下来，老杨头一听她提及安窦就拿衣袖擦起了眼睛，在老杨头口中，安窦是栓子，寓意拴住就不会跑的意思。老杨头告诉花萍："栓子一逃跑，我就打他，打完就拿绳子拴住他，打完他我心里不好受就喝烧酒，我最高兴的时候就是栓子扯着嗓门叫我爹，我就会领着他买羊蹄吃，那个时候过年才能吃上一顿正经肉肉饭呢。"老杨头还告诉花萍："其实最疼栓子的是栓子他妈，他妈经常背着我给栓子煮鸡蛋吃，给他篦头上的虱子，给他纳的棉裤床上腿都打不了弯儿，栓子被警察带走后，栓子妈就常常躲着哭，没几年眼睛就哭坏了，临咽气时还念叨他。"

花萍告诉老杨头，她曾经认识一个叫栓子的男人，一口陕西腔，嗓子特亮，爱吃羊肉，他现在过得很好，娶了媳妇生了娃娃，老杨头听了咧嘴笑，问花萍娃娃是不是像年画上那样白白胖胖。

花萍是悄悄走的，走的时候刨出路费，把所有的钱都留给了老杨头。

花萍回家的第二天，安窦就登门了，花萍带着安窦进了卧室，跟安窦说她刚跟唐小喵母女通过电话，她给安窦看了数码相机里的上百张照片，有老杨树的，也有老杨头的。她把老杨头的话转达给了安窦，也说了自己给老杨头留下一叠钱，至于安窦要不要回杨树庄看看，她没问。

安窦扑进花萍怀里泣不成声，自始至终，花萍都是这个世界上最了解他的人，他对杨树庄又恨又怕却也忍不住回头遥望牵挂的复杂心思，只有花萍最懂。

花萍还是没有跟安窦回家，安窦问为什么。花萍说："现在还不是时候，我等着你，等你真的能担负起婚姻的责任。"

安窦走后，花萍爸斥责花萍有点作了，花萍妈埋怨花萍心太硬。

235

幸福实习生

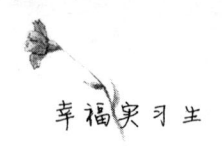

他们跟花萍说，上个月姥姥半夜犯病，气儿都喘不出来了，他们给安窦打电话，安窦穿着睡衣就跑来了，背起姥姥就上医院，医院的电梯半夜停掉，安窦一口气把姥姥背上了住院部九楼！安窦定期开车带姥姥去复诊，家里买米麦面的活儿他包了，花萍妈见女儿走了心里有气，劈头盖脸冲安窦撒，他不急不恼还赔着笑，花萍爸妈一致认为，这样的女婿在如今的80后里，算是能竖大拇指的了。

花萍岔开话题："安窦半夜背姥姥上医院那晚穿的睡衣是不是灰太狼与红太郎的？"

花萍妈剜花萍一眼："这睡衣是你买的吧？你也太没个正形了，安窦穿着它站在医院走廊上，每个医生护士过来过去都抿嘴乐，安窦的脑袋压根就没抬起来过。"

花萍乐颠颠回屋，撂下一句没头没脑的话："爸妈你们不懂的，婚姻的神奇之处不在于两个相爱的人朝夕相守，而在于它能让一个劣迹斑斑的人顽石成金，能让游戏感情的人信仰真情，能让两个好坏各半的人拼成一个好字！"

花萍妈啐道："这丫头魔怔了。"

花萍照旧上下班，兼职去当瑜伽教练，跟安窦是有事说事，没事就各忙各的，安窦大学时学的是建筑，这行不好找工作，可他如今居然不挑不拣，拿着学士文凭去了工地当搬运小工，几天下来手就起了血泡，一个月下来他咬牙一个公休没歇，两个月后被提拔进了设计室做助理。

花萍爸妈背后没少犯嘀咕，这两人既不合也不分，这到底唱的是哪一出啊。还是姥姥英明："这俩孩子是实习呢。我这辈子看人就没走过眼，这俩孩子天生是一对，他们虽然没有人挨着人但心却贴着心。他们这是要尝遍酸甜苦辣，甜了觉得赛过蜜，苦了还能咂摸出一丝甜，酸了回味当初的甜，辣了就更知道珍惜舌头根底下的那点甜！

## 第十七章 实习期满转正

你们俩就把心放肚子里去吧,随他们实习个够!"

转眼间,就到了林更生与安可举行婚礼的日子。这个大喜日子是林老太千挑万选、能讨各种好彩头的大吉大利的好日子。除了挑日子、选酒店、定菜单、拟男方宾客名单,都是林老太亲力亲为,可以这么说,是婆婆要为安可操办这场盛大的婚礼,林更生与安可实习期满转正啦!

打林更生进了拘留所,安可进门冲婆婆说了一句:"妈,我回家了。"林老太就把安可视作了一家人,患难见真情嘛。

那天,安可刚刚放下包,林林就把一双拖鞋递到安可脚下:"妈妈,换鞋,奶奶刚擦干净的地板。"

安可不敢相信自己的耳朵:"林林,你叫我什么?"

林林直答:"妈妈。"

安可蹲下身子,把林林搂进怀里:"林林,对不起,那天妈妈不该打你,你屁屁还疼么?妈妈错了,妈妈跟你保证以后再也不凶你不打你了。"

林林不乐意了:"那这样我就不喊你妈妈了!你应该像对待小雨点那样对我,不光要表扬,错了要凶,犯大错了更要打,我妈妈就是这样对我,妈妈不怕我恼不怕我哭,就怕我不长进,妈妈说这样才是真正对我好。"

安可揉了揉林林的头发:"你妈妈说得对,我向她学习,争取当个合格的好妈妈。"

林林伸出小拇指:"来,拉钩上吊,一百年不许变。"

安可这才意识到,自己从前对林林一味夸赞呵护的方式那不是真正的母爱,那只是心有顾忌的宠溺,自己不指出不纠正林林的错误,

237

反倒让他小小的心灵敏感而脆弱。真正的一家人是吵不散打不散的，人有亲疏心有隔阂才聚不到一个屋檐下。

　　打这起，安可就学习做一个合格的妈妈，小雨点和林林再动了手，安可气冲头顶时就出门走走，等情绪缓和下来，再对小家伙们论过行罚，渐渐地，安可对孩子们的争执吵闹渐渐习以为常，处理起来让他们心服口服，如果有几天孩子们安安静静的，安可跟婆婆还觉得纳闷呢。

　　林更生回家那天，一进门，俩孩子争着抢着让爸爸抱，餐桌上的饭是热的，安可迎上来的笑脸是暖的，两人沉吟半天，不约而同说了对不起，又不约而同地笑了。

　　结婚典礼上，婆婆当众将自己手上的翡翠镯子戴在了安可手上："我把安可当媳妇更要把她当女儿，我对安可是一百个称心一百个如意，今后这个家就全交给安可了。"安可奉上一盏茶："妈，我们一起守护这个家。"林林和小雨点急不可耐拉响礼花炮，顿时漫天缤纷喜气洋洋。

　　宣读誓词时，林更生就着司仪手里那张纸，读了两行就读不下去了，他抢过司仪的麦克风，对着安可说："我平时谨小慎微唯唯诺诺惯了，今天是咱俩的大喜日子，就容我壮着胆子放肆一回，我不想照本宣科读这纸上写的，我想当着所有亲朋好友的面，对你说几句掏心窝的话。"

　　安可打趣林更生："拣好听的说，把我说笑了有奖，把我说哭了必罚。"

　　林更生牵着安可的手，字字铿锵："如果有一天你白了头发、掉光了牙、脾气很臭、忘性很大、皱纹爬满脸颊，我依然会像现在一样牵着你的手陪在你身边，藏起所有的镜子，给你做软烂的饭菜，当你的出气沙袋，做你的备忘簿。我一定要比你健壮，我一定要比你平

## 第十七章　实习期满转正

安，我一定要最后一个离开这世界，因为我不能看着你无依无靠，我娶了你，就必须对你负责到底，我们牵了手，就绝不能放手。"

安可踮起脚尖，深深一吻林更生的脸颊："这是我对你最好的奖赏，也是我对你最严厉的惩罚。"

掌声雷动，所有人都被深深感动。

此时的安窦，高高举起酒杯，经过几个月的努力，他已经画出了第一张被成功采用的图纸，虽然那只是一个学校车棚的图纸，但他心中装着广厦千万间，虽然他不知道能给自己心爱的女人什么，但他浑身充满了力量。

安窦的目光穿过酒杯，穿过人群，定格在大厅门口处一个再熟悉不过的身影，巧笑倩兮美目盼兮的花萍正款款向安窦走来，带来她身后的一整个春天……